# СЕРГЕЙ МИНАЕВ
# ДухLESS 21 века
## СЕЛФИ

АСТ
Москва

УДК 821.161.1-31
ББК 84(2Рос=Рус)6-44
М61

Любое использование материала данной книги, полностью или частично, без разрешения правообладателя запрещается.

Художественное оформление
Андрей Ферез

**Минаев, Сергей Сергеевич.**
М61 Духless 21 века. Селфи : [роман] / Сергей Минаев. – Москва : АСТ, 2015. – 413, [3] с.

ISBN 978-5-17-082216-4

В жизни известного писателя и телеведущего Владимира Богданова есть все составляющие успеха: автограф-сессии, презентации, прямой эфир, ночные клубы, поклонницы — и все это его давно не воодушевляет.

Но внезапно ход событий становится подвластным чьей-то злой воле, и герой в одночасье теряет работу, славу, друзей, любимую женщину. Он остается один на один с самим собой — и со своим отражением в глазах других людей.

Чей же образ они запечатлели? Почему он не узнает себя на фото и видео? И как ему вернуть свою жизнь?

УДК 821.161.1-31
ББК 84(2Рос=Рус)6-44

© Минаев С.
© ООО «Издательство АСТ»

ISBN 978-5-17-082216-4

*Селфи (англ. selfie)* — разновидность автопортрета, заключающаяся в запечатлении себя на фотокамеру. Поскольку чаще всего селфи выполняется с расстояния вытянутой руки, держащей аппарат, изображение на фото имеет характерный ракурс и композицию — под углом, чуть выше или ниже головы.

В жизни каждого человека бывают минуты, когда для него как будто рушится мир. Это называется отчаянием. Душа в этот час полна падающих звезд.

*Виктор Гюго.* Человек, который смеется

— Что имеете предъявить?
— Крылья.
— Ношеные?
— Конечно.
— Тогда всё в порядке. Проходите.

*Ивлин Во.* Мерзкая плоть

## «КОСТИ»

— Нет-нет-нет. Я туда не пойду. Не хочу. Не могу. Мне неуютно, мне не нравится то, что там происходит. В конце концов, у меня просто больше нет сил...

— Послушайте. Это всего на полчаса. Полчаса — и вы свободны. — Последнюю фразу Жанна говорит по слогам, тоном, которым уговаривают маленьких детей перед кабинетом стоматолога или взрослых детей, перед тем как сдать их на руки наркологу. Кому как больше нравится.

— Ага, полчаса, а потом еще фотосессия с победителями этого, как его... — щелкаю пальцами, — ...идиотского...

— Конкурса! — радостно и несколько истерично подсказывает Жанна.

— Твоя избыточная энергетика меня пугает. Это что-то гормональное? — Тянусь за сигаретами.

— Людмила Алексеевна не курит, — намекает на владелицу кабинета, директора книжного, отделившаяся от стены женщина, похожая на полиэтиленовый пакет для строительного мусора. Что-то бесформенное, бессодержательное и оттого таящее скрытую угрозу.

— Правильно делает, — закуриваю я, — дольше проживет. Наверное...

Краем глаза вижу, как Жанна молитвенно складывает руки на груди и томно смотрит на «полиэтиленовую». Та хмыкает и выходит за дверь.

— Я не могу по сто двадцать восьмому разу отвечать на одни и те же вопросы: «О чем ваша новая книга?» и «Чьи в герое воплотились черты?». Я уж молчу о том, что перед интервью можно было бы и прочесть книгу автора — так хотя бы в гугле порылись, суки! Посмотрели бы, что я отвечал на предыдущих встречах, чтобы идиотами не выглядеть!

— Но вы же понимаете, журналист всегда надеется, что именно ему вы ответите что-то особенное. Что-то такое, из-за чего потом его интервью на цитаты растащат.

— Что например? — Беру со стола список вопросов. — Вот что можно ответить на эту бессмыслицу: «Чем продиктовано наличие монологов такой длины»? И, главное, язык какой конторский, ты посмотри! Такое впечатление, что он не вопросы составляет, а отчет в ментовку!

— Да, согласна, формулировочки еще те!

— И что ему ответить, чтобы, как ты говоришь, на цитаты растаскали? «Пошел ты в жопу, придурок»? Или: «Твоя мать до сих пор жалеет, что встретила твоего отца»? Что я могу сказать о длинных монологах людям, большинство которых даже сто сорок знаков в твиттере считают за «многа букоф»?

— Я сама им все расскажу. — Жанна ловко сворачивает кулек из листа с вопросами и протягивает мне эту импровизированную пепельницу. — А вы только подпишете книги, и все.

— Сама? — Я заглядываю внутрь кулька и читаю вслух: — «В чем состоит задача вашей новой книги?» Нет, это реально текст из ментовки. И что ты на это *сама* расскажешь? Что задача каждой моей новой книги — поиздеваться над читателем сильнее, чем в предыдущей? Напомнить ему, что год проходит за годом, а он, читатель, все такое же примитивное говно? Что я — еще большее говно, чем он, и вся разница между нами в том, что я поливаю его помоями бесплатно, а он мне за это платит и по телевизору меня смотрит? Это ты им расскажешь? Ненавижу! Всех ненавижу! — На лбу выступают капли пота. Кажется, сейчас все обернется банальной истерикой.

— Но это же не так. Они вас любят. И вы... их... — Она смотрит на меня своими фарфоровыми немигающими глазами и, кажется, сейчас расплачется. Или убедительно играет в «сейчас расплачусь». Хотя слишком она еще молода для такой убедительности.

— Любят они меня! Фигушки. Меня даже мой кот не любит.

— Мы уже задержались на пятнадцать минут. — В дверь просовывается голова полиэтиленовой. — Там полный зал, все ждут.

— Ладно. — Я тушу сигарету в стакане воды. — За это, Жанна Викторовна, ты избавишь меня от личного интервью с редактором «Новинок рынка». Ты же о нем предательски умолчала?

— Но издательство настаивает на поддержке литературной прессы! Я эту встречу полгода готовила, — откровенно канючит Жанна.

— Какая поддержка?! «Писатель поделился с нами любимыми местами для летнего отдыха» и «писатель рассказал, почему не заводит собаку»? Эти заметки, безусловно, носят литературный характер. Или, ты думаешь, будут другие? Надергай ему цитат из фейсбука, заголовки он сам придумает. Какие — уже было замечено выше, — примирительно улыбаюсь я, подмигиваю и отворачиваюсь к зеркалу.

Через сколько-то там минут я должен начать встречу с прессой, предпоследнюю, в рамках промотура моей новой книги «Кости», или «Touring the Bones», как я ее сам называю во время общения с журналистами. Называю из тщеславия, точнее, из дешевой попытки походить на интернациональную звезду (привет любимым *Depeche Mode* и *Touring the Angels*).

Справедливости ради стоит отметить, что промотур в самом деле имеет мелкую претензию на то, чтобы быть «интернациональным». Книгу купили немцы, и все началось в Берлине, с чтений перед аудиторией в сорок человек (тридцать ностальгирующих эмигрантов, три представителя немецкого издателя и семь собственно немецких читателей, помятых интеллектуалов, видимо, до сих пор живущих в парадигме рухнувшей стены и моды на литературу из «советского» блока).

Сегодняшний диалог происходит в гримерке, наскоро сооруженной в кабинете директора книжного магазина. Час назад я прилетел из Питера, где провел последние три дня в надежде отдохнуть, с выключенным телефоном и выключенным сознанием. На мне графитовый костюм, остатки бессонницы, черная футболка с оранжевой надписью «Social Artist» и черные же круги под глазами, которые вот уже пять минут безуспешно пытается замазать несчастная гримерша. Она как синица подныривает мне под руки, стараясь не мешать, пока я курю, пью воду, говорю, параллельно листая ленту новостей в телефоне. В общем, мешаю ей работать.

В общем, я мешаю работать всем, кто меня окружает. Так было в Казани, Ростове, Нижнем Новгороде, Ярославле, Кельне, Берлине, Франкфурте, Лейпциге. (Нет, в Лейпциге не было. Там я просто нажрался, заперся в номере и провалил чтения.)

Больше всех досталось представительнице издательства Жанне. Несмотря на то что мы работаем с ней второй год, это был ее первый читательский тур со мной. Незаметная, типичная офисная мышь, увлеченная только своей работой. Исполнительная до тошноты. Всегда и везде читающая. Книги, рукописи, журнальные статьи. Все, что содержит буквы.

Конечно же, она представляла это себе совсем иначе. Близкое знакомство с автором, его друзьями — людьми из богемной тусовки: журналистами, критиками, дизайнерами, художниками, заграничными писателями. Веселые посиделки, в середине тура — долгие ужины. Разговоры о литературе, смысле жизни, состоянии общества, любви наконец. Возможно, прогулки по ночным немецким городам, в одной из которых он рассказывает тебе о замысле своей новой книги.

В реальности все было несколько иначе. Друзьями писателя, теми самыми «людьми из богемной тусовки», оказались мрази со спитыми лицами, прокуренными пальцами и ничего не выражающими глазами. Почти всегда одинаково выглядящие. Они появлялись в каждом городе, одетые в стертые джинсы и сношенные кеды. В не снимаемых даже ночью солнцезащитных очках или капюшонах черных худи, скрывающих непромытые волосы. Появлялись всегда в одно и то же время — за десять минут до конца автограф-сессий — и сидели в зале, осматриваясь по сторонам, как уголовники. Обычно с собой они приводили девиц, одетых как откровенно дешевые проститутки (а писатель слыл человеком эстетских привычек в одежде, напитках и женщинах). Девицы срывались курить на улицу через пару минут после появления в зале.

Завидев друзей, писатель начинал ерзать на стуле, ускорял речь и раздачу автографов и после окончания мероприятия спешил к ним. Встреча всегда проходила странным образом: без объятий или рукопожатий, свойственных людям, которые друг друга давно не видели, без разговоров или перекуров на улице — они приветствовали друг друга кивком головы и уходили в ночь.

«Веселые посиделки» были всего один раз. Утром, в холле гостиницы, Жанна оказалась в обществе писателя и его друзей за завтраком, в течение которого компанией из пяти человек в темных очках не было сказано ни одного слова, кроме «привет». Эти пятеро литрами пили воду и апельсиновый сок и изредка глупо хихикали, показывая друг другу картинки на экранах айфонов.

В Кельне представитель немецкого издательства заметил Жанне, что у писателя die seltsamen freunde[1], которые выглядят, как drogensüchtige[2]. Вероятно потому, что они и есть самые что ни на есть конченые drogensüchtige.

Впрочем, это были единственные совместные посиделки. Всю оставшуюся немецкую часть тура писатель в гостиницах не ночевал. Несчастной Жанне приходилось каждое утро часами вызванивать меня, и когда я

---

[1] странные друзья (*нем.*).
[2] торчки (*нем.*).

наконец продирал глаза и блеял в трубку «алё», по неясным ориентирам вычислять мое местоположение.

Как правило, им оказывались сквоты или недостроенные лофты в фабричных районах города, куда вчерашняя студентка отправлялась с костюмом, свежей рубашкой в руках и пачкой Алка-зельтцера с витамином С в сумке. Дверь Жанне открывали одинаково выглядевшие девицы, и она блуждала по коридорам и комнатам, брезгливо перешагивая через распростертые на полу тела, перевернутые пепельницы и пустые бутылки, пока не находила меня на полу кухни с косяком в зубах или поглощающим из картонки лапшу быстрого приготовления и хохочущим над немецким телешоу (я по-немецки не говорю).

Под угрозой срыва оказывалось все и всегда. Во Франкфурте я опоздал на утреннюю встречу с прессой на сорок минут, что для Германии является следующим по тяжести преступлением против человечества после убийства. В Берлине, напившись еще за обедом, я, в компании друзей, ввязался в драку и попал в полицию. Драка началась после моих выкрикиваний «шовинистического содержания» в адрес торгующего шавермой турка (по версии полиции). Или в ходе религиозно-цивилизационного диспута (по моей версии). Неловкость улаживалась часа четыре, что позволило мне выспаться перед вечерними чтениями, но и после них я отличился.

Попытавшись склеить на пресс-конференции немецкую журналистку, я вступил в философскую (как мне казалось) дискуссию о нацизме, творчестве Альберта Шпеера и проблемах захлестнувшей Европу иммиграции, был обвинен в национализме и устроил скандал с криками: «Цензура! Цензура! Мы в свободной стране, а вы затыкаете мне рот!»

В Кельне, на встрече с журналистами, я согласился с доводами Жанны и сделал вид, что плохо говорю по-английски, предоставив ей возможность «переводить», тогда как сам молол не связанную с делом чушь, пока она отвечала на вопросы текстами из моих предыдущих интервью.

Вечером проходивший в те дни в Кельне литературный фестиваль подарил мне аж двести зрителей, набившихся в старый кинотеатр. Лучи софитов, стоявшие в проходах люди и графин спонсорского виски вкупе с дичайшими отходняками вернули мне ощущение собственной значимости до такой степени, что, отвечая на вопрос о том, каким на самом деле мне видится финал (герой стоит на мосту, оставляя читателю поле для фантазии: бросится он вниз или уйдет обратно, в материальный мир полногрудых женщин и мужчин в возрасте IPO), я выдержал многозначительную паузу, отыскивая в памяти значения образа моста в конфуцианстве, схоластике и буддизме, не нашел ни одного подходящего, окончательно затупил и промямлил: «I gave him a chance...» — что впоследствии было растиражировано немецкой околололитературной прессой как наследие Достоевского, или Набокова, или хрен пойми кого. Вечер закончился в компании привычных seltsamen freunde и двух хохлушек-иммигранток, которые (предположительно) украли у меня кошелек и мобильный телефон (в версии друзей кошелек был отдан дилеру, сопровожден цитатой из Гёте, а телефон... скажем, утерян). В общем, все прошло исключительно удачненько.

В Лейпциге я дал Жанне честное слово, что не выйду на улицу до мероприятия и не воспользуюсь мини-баром (предварительно опечатан) или рум-сервисом (оповещен) и, надо сказать, сдержал его. Жанна весь день просидела в холле и сопровождала каждого подозрительного гостя до дверей моего номера.

«Польский литературный агент» в безукоризненном костюме и красном галстуке подозрений у Жанны не вызвал, и она милостиво согласилась пообедать с нами на первом этаже отеля. Стоит ли говорить, что чужая наивность и добросердечие — самые легкие для употребления плоды, и когда Жанна отлучилась в туалет, мне были переданы вещества и алкоголь. Чтения в Лейпциге, как сказано выше, не состоялись.

На обратном пути, в поезде «Лейпциг — Берлин», после того как я час сорок вдумчиво протирал клавиши ноутбука салфеткой, Жанна наконец заговорила со мной, заметив, что в таком виде ехать в Россию «просто неприлично» и что стоит задержаться в Берлине на сутки, чтобы провести время в СПА (выводящая токсины маска, хаммам, водные процедуры). «Хотя, конечно, мое дело предложить. Решайте сами».

Слово «неприлично» могло бы стать отличным заголовком к статье об этом читательском туре. Откровенно говоря, я и сам чувствовал себя порядочной свиньей по отношению к Жанне и, чтобы хоть как-то загладить свою вину, решил сделать ей небольшой презент в виде сумки.

Мы приехали в Берлин, когда все магазины уже закрылись, поэтому, побродив по городу, я купил ей цветов и почему-то... сандвич. Следующим утром ехать за сумкой меня заломало, и я отделался приглашением на ужин, за которым мы мило поболтали, и на лице Жанны читалась радость завтрашнего перелета в Россию, что давало надежду на окончание моих беспробудных гулянок (угроза попасть в желтую прессу, отсутствие либерализации марихуаны).

Надежды умирают так же легко, как и рождаются. Смерть этой была скоропостижной. Можно сказать, ребенок умер при родах. В России все оказалось гораздо хуже, как в песне «мой сосед не пьет и не курит, лучше бы пил и курил». Мое немецкое разухабистое веселье и глуповатая, но добродушная рассеянность исчезли.

Первой женщиной, которую я встретил в московском аэропорту, была депрессия.

Я превратился в мерзкого, раздражающегося по каждому незначительному поводу типа. Мне до смерти надоели интервью, пресс-обеды, студии региональных кабельных каналов, однообразные вопросы читателей, бессмысленные журналисты, поезда, самолеты, местные достопримечательности. Я сам себе смертельно надоел. Чаще всего от меня можно было услышать фразы вроде «я устал», «мне все равно», «у меня нет сил» и «скажи им что-нибудь сама».

Тур любви (в российской его части в самом деле были какие-то невероятные аншлаги) плавно превратился в тур ненависти, тур усталости, тур бесконечных, бессодержательных самоповторов. И аналогия с котом казалась теперь весьма удачной. Если он урчит и делает вид, что любит меня за то, что я кормлю его «Вискасом», то все окружающие в этом турне делали вид, что любят меня за то, что я кормлю их байками.

Вскоре я ощутил полную опустошенность. Я развлекаю их, я скрашиваю час их жизни. Многие приходят просто поглазеть, с пивом, чипсами и телками. Они жрут меня. Как в кино, только бесплатно. Я даже не знаю, с какой целью они берут автографы. Возможно, и скорее всего, у таких людей есть полка с подписанными книгами актеров, певцов, телеведущих, музыкантов. И моя встанет на нее просто потому, что прикольно иметь полку книг с автографами «известных, типа, чуваков». Чтобы книги стояли и чтобы... что?

— Что вы сейчас чувствуете? — задает вопрос девушка в левом ряду справа.
— Спать хочу, — отвечаю.

— Нет, я в другом смысле. — Полный зал журналистов, все в восторженном ожидании. — Это слава? — Видимо, ей очень хочется мне понравиться перед тем как задать «неудобный» вопрос.

— Давайте назовем это так, если вы хотите.

— Герои ваши — поголовно подонки, с той лишь разницей, что некоторые из них жалкие, а некоторые гнусные. Почему?

— Это делается в расчете угодить обеим читательским аудиториям: и гнусной, и жалкой. Для хороших людей и для девушек я пишу под псевдонимом.

— Ваши романы сплошь автобиографичны. Вам нормальные люди в жизни вообще встречались?

— До вашего появления нет. Вам, кстати, какие подонки больше нравятся?

— Мне вообще подонки не нравятся, — вспыхивает она и садится на свое место.

— Жаль. — Тянусь за стаканом, делаю глоток воды.

— Не устали от тура? — Юноша в первом ряду.

— Что вы! — Чуть не захлебываюсь водой. — Каждый новый город — это новая встреча с читателями, новая энергетика. Она питает меня.

— Вы любите своего читателя?

— Конечно. Иначе зачем писать? Любовь созидательна, тогда как ненависть непродуктивна.

— А журналистов? С удовольствием даете интервью?

— Безусловно. Ваши интервью заставляют постоянно держать мозг в тонусе. — Смотрю на Жанну, та сидит довольная, изображает аплодисменты.

— О чем ваша новая книга? — интересуется похожая на библиотекаршу женщина с последнего ряда.

— Наконец-то, — выдыхаю, — а у кого тот же вопрос? Есть ли еще вопросы про мои черты, воплотившиеся в героях, и про творческие планы?

С десяток человек поднимают руки, вызывая зубовный скрежет. Встреча медленно, но верно переваливает экватор моего терпения.

— Спасибо, — говорю, — на эти вопросы я уже отвечал в Казани, Питере и, по-моему, в Ростове. Что-то еще?

— Почему у вас нет собаки? Не хотите какую-нибудь болонку завести? Это сейчас так модно! — Жизнерадостная тетка в берете.

— Мне не везет с суками, — цежу сквозь зубы.

Боковым зрением отмечаю суету в зале. Какой-то журналист опоздал и теперь пытается переместиться с «галерки» в первые ряды. Он, словно краб, бочком-бочком движется между стоящими в проходе людьми, разгребая их угловатыми плавательными движениями клешневидных рук, пару раз вызывает недовольные шиканья, протискивается между сиденьями третьего ряда, потом второго, замирает. Видит лежащую на крайнем стуле первого ряда дамскую сумку, устремляется туда, садится, берет сумку в руки.

Заросший бородой до кончика носа, весь какой-то взъерошенный и абсолютно несуразный с этой дамской сумкой на коленях. Сперва вертит по сторонам головой, будто в страхе, что кто-нибудь вот-вот прогонит. Потом, видимо успокоившись, утыкается взглядом в меня. Замерев, изучает сквозь очки с невероятно толстыми стеклами, периодически поправляя свободной клешней прическу. Натурально — волосатый краб.

— Для вас человек по сути своей зол или добр? — продолжает «берет».

— Для меня человек по сути своей фальшив. Про него нельзя сказать, зол он или добр. Болонка из вашего предыдущего вопроса хотя бы искренняя.

— А что по поводу критики? Переживаете, читаете рецензии на свои книги? — Известный в узких кругах литературный критик. Писал рецензии, кажется, еще на Шолохова.

— Критики? — Я растерянно оглядываюсь. — Я не перестал ее читать. Видимо, рецензии стали реже выходить. Вы вот давно не радовали. — Посылаю ему улыбку класса «земля-воздух». Цели не поражает, но эффект оглушительный.

— Вам нравится то, чем вы занимаетесь? Нет усталости от повторяющихся тем в передачах? Ощущения, что все уже сказано? — оживает «краб».

— Нет, — вру, — я обожаю свою работу. И, поверьте, есть еще много тем, о которых я хотел бы написать. Главная проблема — нехватка времени.

— А творчество Камю вам нравится?
— Безумно, — опять вру.
— Как вы думаете, зачем вам все это дано?
— Кем дано? Что дано? — Кажется, в нем есть что-то неуловимо знакомое. Голос?

— Умение писать книги, делать телепрограммы, влиять на умы. Дано… Богом… или судьбой. Как вам больше нравится. — «Краб» жестикулирует, помогая себе сформулировать точнее.

— М-м-м… сложно сказать. — Где-то я видел эту постановку руки или эту часть лица, между очками и бородой. Хотя, однажды увидев человека в такой натуральной «балаклаве», я бы точно не забыл.

— А вы попытайтесь, — говорит он с легким нажимом.

— Возможно, где-то находилось несколько гектаров больного леса, который человеку нужно было переработать в бумагу. Может быть, в этом и был замысел судьбы? А что касается телепрограмм, это скорее вопросы не к судьбе, а к продюсерам. Спасибо. — Зал разражается дружным хохотом.

— Хорошая шутка, — крякает он. — А если серьезно ответить?

— Я вполне серьезен. — «Краб» начинает раздражать. — Вы какого ответа ждете? Про место писателя в истории, про разговор с поколением? Извините, я пока еще вполне здоров психически, чтобы рассуждать такими категориями.

— Есть ли у вас ощущение ответственности за те идеи, которые вы транслируете своей аудитории? — «Краб» снимает очки, и я успеваю разглядеть его глаза. Маленькие немигающие глаза хищной рыбы.

— Есть конечно. Задача каждой новой книги — показать читателю, каким дерьмом он может стать, если пойдет по пути моих героев.

— Я не про книги, а про вас. Про идеи, которые вы транслируете самим фактом вашего существования. Ради чего все это? — «Краб» морщится, будто лимон сожрал.

— Вы не сектант случайно? — наигранно улыбаюсь я, а самому настолько неуютно, что приходится глазами искать помощи у Жанны. Зал, до того момента смеявшийся, затихает. — Может, лучше перейдем обратно в категорию вопросов про кошечек и собак, а то аудитория заснет.

— Представьте, что завтра вы больше не писатель и не телеведущий. Смогли бы вы снова жить жизнью простого человека?

— В общем, я ею и живу, — мямлю в ответ.

Атмосфера вокруг наливается тяжестью. Наверное, так себя чувствуют актеры юмористического жанра, когда после пары-тройки удачных шуток произносят абсолютно пустую репризу, и вот уже доселе рукоплескавший зал готов их освистать и закидать гнилыми овощами.

— Последний вопрос, — не унимается «краб», но вовремя на помощь приходит Жанна, громко командующая:

— Мужчина в третьем ряду, ваш вопрос, пожалуйста!

— Я? — Человек будто вырывается из сна. — Скажите, Владимир, какие ваши творческие планы?

Зал снова смеется. Как будто становится легче дышать. Отвечаю даже на самые глупые вопросы вроде того, кем хотел стать в детстве, какие книги советую прочесть, за какую команду болею и прочую штампованную чушь. Все это время борюсь с желанием посмотреть на «краба», а сдавшись, обнаруживаю его стул пустым. Нет его и среди журналистов, подошедших подписать книгу. «Краб» исчез, будто и не было.

— Уф! — Откидываюсь на спинку кресла, закуриваю. — С ума можно сойти. Откуда-то возьмется один такой мудак, и настроение на весь день испорчено.
— Да уж, — соглашается Жанна.
— Не вполне здоровый чувак, ты не находишь? Я думаю, так маньяки выглядят. Может, охрану завести? А что! Стоит небось сейчас у выхода и ждет, с ножом или бритвой.
— Хотите, я попрошу охрану проводить вас до машины? — Жанна очень комично пьет кофе: маленькими глотками, как кошка из японского мультфильма.
— Брось ты! — отмахиваюсь. — Отобьюсь как-нибудь. У нас когда следующие чтения?
— В среду. И еще пресс-конференция в четверг.
— Два дня еще. — Выпускаю дым в потолок. — Это же последняя, да?
— Последняя.
— Слава богу. Ну что? Докуриваю и едем?
— А вы со мной больше ни о чем не хотите поговорить?
— А я о чем-то с тобой должен поговорить? — Настораживаюсь.

— Во-первых, спасибо за цветы. — Она ставит чашку на стол. Ее фарфоровые глаза наливаются голубым.

— Жанна! — Прищуриваюсь. — Ты меня пугаешь.

— Вы стесняетесь этого, что ли? — Она проникновенно смотрит на меня. — Это же так здорово: прислать девушке цветы.

— Чего я стесняюсь-то, Жан? — Миролюбиво улыбаюсь. — Ты точно меня с кем-то путаешь. Не хочу тебя расстраивать, но цветы я тебе не присылал.

— В тебе будто два человека живут. Один — романтик, а второй — законченный циник. Впрочем, в обоих есть что-то притягательное. — Она все так же смотрит на меня, задумчиво накручивая прядь волос на указательный палец.

— Ты как-то очень резко сокращаешь дистанцию. Мы давно на «ты»? — Хватаю со стола бутылку воды, делаю судорожный глоток.

— Ночи три уже или четыре, или... — Жанна умолкает. Будто ждет, когда я сделаю какое-то важное признание.

— Что-о-о?! — Я выплевываю остатки воды прямо на нее. — Ночи?! Ты с ума сошла!

— Видимо, это ты с ума сошел. — Жанна краснеет, сжимает ручку кофейной чашки так, что белеют костяшки пальцев. — Зачем ты эти идиотские игры устраиваешь? Ты книгу новую пишешь, и тебе героиня нужна, или ты спиваешься и скуриваешься такими темпами, что память отшибает?

— Жанна, у тебя все в порядке? — Я начинаю нехило так волноваться.

— Ты сейчас серьезно говоришь или просто прикалываешься? Тебе так легче начать, да? — Жанна вся будто сжимается в комок.

— Может, тебе сейчас выпить воды, успокоиться и рассказать, что случилось?

— А может быть, тебе сейчас докурить и прекратить паясничать? Признаться наконец и начать говорить со мной не как с секретаршей, а... А как ты обычно говоришь? — Она улыбается, но видно, что держится из последних сил.

— Признаться?! В чем, Жанночка? У тебя какая-то проблема? Или просто стресс? — Придвигаю к ней бутылку воды.

— Проблема? У меня? — Она отталкивает бутылку. — Ты звонишь мне по скайпу третью ночь, пьяный вусмерть. Рассказываешь про свои душевные метания, про одиночество. Говоришь, что я единственная, кто тебя понимает. Кто не требует ничего взамен, кто... — Жанна начинает хлюпать носом, отчего тот моментально краснеет, а глаза намокают. — Потом пропадаешь, потом присылаешь цветы. А теперь, оказывается, у меня просто стресс...

— По скайпу?! Звоню?! Тебе?! — Она либо не в себе, либо разводит меня. Понять бы, с какой целью.

— По скайпу, Володя. Третью ночь, ровно в два часа, как будильник. — Она выкидывает вперед средний и указательный пальцы, обозначая время звонка. — Я б тебе хистори показала, жаль, компьютер не взяла. Не готова была к такому спектаклю.

— Жанна, я тебе не звонил! Я... я даже не знаю номера твоего скайпа. Это какая-то ошибка. — Она точно больна. Я стараюсь говорить как можно более спокойно, ведь любые аргументы в таком состоянии не проходят, «критика отсутствует», как говорят психиатры. Главное — чтобы она в состоянии аффекта не залудила мне в голову чем-нибудь тяжелым.

— Ошибка — это ты. И еще подонок, конечно. Просто дешевая тварь!

Она хватает сумочку и вскакивает из-за стола. Опрокидывает кофейную чашку и бутылку, и я смотрю, как та, словно в замедленной съемке, катится по столу, на секунду задерживается у края, потом срывается вниз и разлетается вдребезги.

Жанна выбегает из бара, оставляя меня наедине с услышанным бредом, бутылочными осколками и залитым кофе столом. Из динамиков звучит Эми Уайнхаус:

You say why did you do it with him today?
And sniff me out like I was Tanqueray...

— Что-то еще закажете? — спрашивает материализовавшаяся из пустоты официантка.

— Пожалуй что и нет, — тихо отвечаю я.

## ТАКСИ-БЛЮЗ

— «Я уеду жить в Лондон», — напоминает о себе Григорий Лепс в тот момент, когда я плюхаюсь на заднее сиденье такси.

— Музыку оставить? — не оборачиваясь, без особой надежды на положительный ответ интересуется таксист.

— Конечно, — киваю я и закупориваюсь от внешнего мира пуговицами наушников.

Уже довольно давно я перестал просить таксистов переключать их любимое радио «Вальс-Бостон», или «Шансон», или как оно там называется. С избыточно надрывными голосами, горюющими о рано ушедших братанах, с псевдодоверительной хрипотцой шепота, сообщающего, что «все для тебя», или визгливыми пэтэушницами, которые хотят от всей нашей необъятной страны сына и дочку и еще точку.

Во-первых, просьба «че-нить другое поставить» кажется мне еще большим жлобством, чем собственно слушанье подобной говно-музыки. А если ты даже в туалет сходить не можешь, пока саундтреком к этому действу не заиграет последний сингл The National, пользуйся собственной машиной или, как я, наушниками.

Во-вторых, песня — в сущности, то немногое настоящее, что есть у таксиста. Машина в лизинге, квартира съемная, отпуск кредитный. И только песня как бы его собственная. Таксисты в большинстве своем искренне верят в то, что есть настоящие мужики, у которых есть настоящие, пусть и рано ушедшие братаны, и рюмка водки на столе, и нормальные бабы, которые все понимают и которым за это поют «все для тебя». И еще про моря и океаны и даже про топорно рифмующиеся с ними рассветы и туманы.

И глупая пэтэушница именно от таксиста хочет и сына и дочку, потому что он реально нормальный, настоящий мужик. Такой же, как те, что пели перед ней на радиоволне. И все эти неказистые тексты доказывают таксисту, что еще не все окончательно ссучились в нашей стране. А значит, реально еще можно жить.

И это все, что у них осталось. Это и есть та самая национальная идея, которую долгие годы придумывают всякие умники, поминутно сверяясь то с ценами за баррель, то с «балансом негативного и позитивного фона в СМИ», то с метрономом «мастеров культуры». Придумывают, снабжают цветными картинками и яркой оберточной бумагой, а выходит почему-то один и тот же плоский и несмешной анекдот.

«Ты закончил?» — пишет мне Оксана.

«Только что».

«Какие планы?»

«Еду к издателю. Будет длинная встреча».

«Вечером увидимся?» — и куча смайликов. Идиотских, раздражающих, совершенно не к месту.

«Конечно. С издателями закончу и позвоню», — отвечаю и засаживаю в ответ роту скобочек. Одну за другой, так что ноготь на большом пальце белеет.

Поднимаю глаза. Мы увязли в месиве из представительских лимузинов, скутеров и маршрутных такси. Прокручиваю в голове разговор с Жанной, размышляю о том, что надо бы рассказать моим издателям, ведь девушка сошла с ума. Ладно я — многих видел в состоянии измененной психики, — но есть же приличные люди. Серьезные авторы. С кем-нибудь другим такую штуку выкинет — проблем не оберутся.

А может быть, она просто влюбилась и слегка подвинулась психикой на этой почве? И таким неуклюжим образом пыталась объясниться. Придумала этот скайп, надеялась вывести меня на задушевный разговор. Может, стоило ее выслушать, подыграть ей, а потом сказать что-то вроде: знаешь, ничего у нас с тобой не получится. Слишком ты хорошая, а я — бла-бла-бла...

С другой стороны, какого черта я должен сглаживать острые углы в отношениях с больными, пусть даже и влюбленными? Странная история, откровенно говоря.

Таксист, судя по двигающимся челюстям, что-то бубнит себе под нос, отчаянно жестикулируя в такт, словно подпевая. Я отворачиваюсь к окну, достаю сигарету, краем глаза отмечаю, что жестикуляция водителя становится более резкой, изредка он вертит головой в мою сторону и бросает взгляд в зеркало заднего вида. Скоро до меня доходит, что все это время он разговаривал со мной...

— ...На нее стакан поставит и смотрит, что будет!

— Куда поставит, — ловлю я конец фразы, вытащив из ушей пуговицы, — простите?

— Я ж говорю! — Таксист наконец оборачивается. — Кадыров так дороги принимает у себя. Ставит стакан с водой на панель и едет. Если вода прольется — строителей под суд. А эти! Все нахер украли, дороги — говно! Им чего, есть дело до моей подвески? Они на государевых тачках да с мигалками! Козлы!

— Согласен. — Я прикидываю, в какой момент можно будет снова надеть наушники.

— Может, через Третье кольцо поедем? На Ленинградке сейчас встрянем на час, — предлагает таксист.

— Как скажете. Самая короткая дорога — та, которую знает водитель, — выдавливаю я из себя эту набившую оскомину банальность. Других я не знаю: я редко общаюсь с таксистами.

— Правильно. А то, знаете, некоторые садятся и начинают командовать, как ехать. Учить. А че меня учить-то, епт? Я двадцать пять лет за ней. — Он хлопает обеими ладонями по рулю. — Двадцать пять, епт!

— Каждый должен заниматься своим делом, — борюсь я с зевотой.

— Правильно! — Водитель выдерживает паузу, пристально изучая меня в стекло заднего вида. — А вы случайно не... Вы же на телевидении работаете?

«Черт!» — Машинально тянусь к карману за темными очками, но решение довольно запоздалое.

— Знаете, — начинает он знакомый заход, — я иногда смотрю ваши передачи. Вы там правильные вещи говорите. И вы, и гости ваши. Те, конечно, которые, извините за выражение, не пиздоболы.

«Все они пиздоболы. И я, в общем и целом, тоже».

— Так вот, все правильно, только я после каждой передачи вывод сделать не могу.

— Какой же? — разыгрываю я неподдельный интерес.

— А никакой! Понимаете, у вас же каждый раз все ясно. И что за проблема, и кто виноват, и как надо было по уму и по совести все сделать. Одно непонятно — а че делать-то, епт? И кто отвечать будет? А?

— Я даже не знаю, что вам ответить.

Хотя, конечно же, знаю: я отвечал сто раз, а потом прекратил, чтобы людей не обижать. Потому что как только ты начинаешь говорить правду, устойчивый мир собеседника распадается как карточный домик.

Это все равно что бабушке сказать, что ее любимый певец, трижды женатый плейбой — на самом деле махровый гей. Либо не поверит, либо тебя же и возненавидит...

— Взять, к примеру, меня. Женат, двое детей. Работа плохая, денег мало, друзей почти не осталось. Ну, бабы там, иногда. В общем, жить можно. Вы думаете, меня только это волнует? Нет! — Он поднимает вверх указательный палец. — Возвращаясь к вашей передаче... Я себе постоянно эти вопросы задаю. Что с нами дальше будет? Со страной и вообще? Почему все так происходит? Потому что, как поет Стас Михайлов: «Я не верю теперь ни во что, а я верю лишь в Бога». Вы-то себя об этом спрашиваете? И ответы наверняка знаете.

— Послушайте, — закуриваю я, — я только что с самолета. Ночные съемки, почти не спал. Глаза слипаются. Пожалейте меня, пожалуйста. Я не слушаю Стаса Михайлова. Я не знаю, кто виноват и что делать. И думать об этом не хочу. Я хочу быстрее до дома доехать. А еще спать хочу очень.

— Понятно, — раздражается таксист, — извините.

— Спасибо. — Я закуриваю.

Ни черта тебе не понятно. Ведь один из ответов состоит в том, что мир несправедлив, особенно когда ты таксист. Еще один — в том, что тебя это совершенно не волнует. Тебя волнуют вопросы поиска виновных и что делать со страной, и еще, наверное, война в Сирии, и мировой кризис, и будет ли Грузия опять с Россией дружить. В общем, все то, на что ты ни при каких обстоятельствах повлиять не можешь. А то, на что можешь — от плохой работы до маленькой зарплаты, — тебя не парит. И самая большая проблема состоит в том, что все так устроено, чтобы ты и дальше заморачивался глобальными проблемами, убегая от своих собственных. Именно об этом поют тебе твои музыкальные кумиры, получая за это миллионы долларов.

И не дай тебе бог однажды узнать, что на самом деле друзья поющих никуда «рано не ушли», а все так же сидят в госкорпорациях и министерствах, и все в их песнях не «для нее», а для очередного корпоратива. И даже глуповатая пэтэушница врет, что хочет от тебя сына и дочку. Потому что на самом деле хочет она сумку и туфли, и не от тебя. А детей рожать не способна лет уже десять...

— Вы не обижайтесь на меня, — прерывает мои размышления таксист, — я вам честно хочу сказать... Я же редко с такими, как вы, встречаюсь.

— С какими «такими»? — грустно интересуюсь я.

— Ну, с людьми из другого мира. Из «ящика» или из кино. У вас же там жизнь, а у меня что? Пятьдесят два года, полжизни за рулем. Вот сейчас вас отвезу, потом поеду в Химки, обедать. Съем суп, может, горячее. Если, конечно, там сегодня не котлеты по-киевски на прогорклом масле, как обычно. Потом с нашими покурю — и обратно в «Шарик». Еще клиента три-четыре за день — и домой. Дома жена, двадцать лет в браке, а иногда кажется, что совсем друг друга не знаем.

Дети растут, и как-то странно: вроде на твоих глазах, а вроде как в другой квартире. Понимаете? То ли время такое, то ли во мне дело. В выходные поедем тещу с дачи забирать. И так каждый день. И каждый сентябрь. Все наперед известно. И иногда спрашиваешь себя: вот ты в школе или в технаре так себе представлял свою жизнь? Наверное, не так. — Мы останавливаемся на светофоре. — И как оно все так вышло, и какой во всем этом смысл? И ради чего все — не понятно. — Он выключает радио и поворачивается ко мне, а светофор такой долгий, что я успеваю разглядеть его до мельчайших подробностей. Оспины на щеках, щетину, глубокие морщины на лбу, широко расставленные зеленые глаза, нос, который делает его лицо особенно простодушным. Наверное, с таким мужиком хорошо бухнуть, сходить в баню и проговорить до утра. «Ради чего все это?» Кажется, этот вопрос уже звучал сегодня с утра. Что-то они все зачастили.

— Вас как зовут?

— Тихон, — улыбается он и неожиданно переходит на «ты»: — Ты хороший парень, и все у тебя хорошо, я же вижу. Но я тоже не жалуюсь. Просто, знаешь, иногда такая жаба вот сюда сядет. — Он тычет себя в грудь. — А поговорить, в общем, не с кем. Бывает такое у тебя? И ты думаешь, что как-то не так живешь. Чего-то рыпаешься, пыжишься, а все это не важно. А что важно? Что-то важное в жизни ведь точно есть?..

Машина трогается. Он выключает радио. Мы замолкаем. Я думаю о том, что каждый из нас, безусловно, представляет свою будущую жизнь иначе. А потом оно как-то внезапно складывается в причудливый пазл, и вроде бы все происходит по стечению обстоятельств, без видимого приложения сил с твоей стороны. И наступает момент, когда в нас просыпается такой Тихон, который испытывает дикую потребность «не жаловаться», особенно тогда, когда и жаловаться-то некому, кроме случайных попутчиков.

Мне тридцать восемь лет. Я автор шести романов и двух телепередач. Я хорошо зарабатываю и не считаю свою работу ни плохой, ни хорошей. Все, что происходит со мной после института, я воспринимаю как временный заработок, в ожидании чего-то большого и настоящего. Один психолог объяснил мне, что это от неуверенности в себе и дикого инфантилизма. Я не спорю.

Последние три романа вышли настолько попсовыми, что не было ни одного дня, когда мне захотелось бы перечитать в них хоть один абзац. Год назад я начал писать пронзительный, как мне кажется, текст, который не получается закончить. Это называется красивым словом writer's block, а по-русски — нечего больше сказать.

Моя дочь растет в другой квартире, а я снимаю свой комплекс вины подарками, алкоголем и объяснением, что сейчас такое время. Жены дома нет, то есть ее в принципе нет. А с женщиной, которая меня ждет сегодня вечером, мы друг друга почти не знаем.

И в жизни моей каждый день, так же, как у Тихона, известен наперед. Ну разве что ассистентка вот неожиданно с ума сойдет. Но это трагическая случайность. В остальном мое расписание состоит из ненужных встреч, ночных посиделок с друзьями, бессмысленных интервью, попыток писать и телепередач, от которых никому лучше жить не становится. И если рутинный распорядок Тихона оставляет ему время думать о том, ради чего все это движение, то я плотно, наглухо подбиваю часы как раз затем, чтобы не оставить себе ни единого шанса подумать, какой во всем этом смысл.

Но эти мысли, сука, иногда пролезают сквозь щели в плотно сбитом графике так, что я до четырех утра курю сигарету за сигаретой, а потом проваливаюсь в никуда, под скрежет таджикских метел во дворе.

Однако даже здесь мы с Тихоном не сойдемся, потому что, расскажи я о своей жизни и своих переживаниях, он лишь у виска покрутит. И справедливо признается в субботу жене и теще, какие же они зажравшиеся твари, эти телевизионщики, и «мне бы их проблемы, епт». И станет у Тихона больше на один объект ненависти. Поэтому я молча курю в окно и рассматриваю однотипный индустриальный пейзаж Третьего кольца.

Еще я думаю о том, что философские разговоры о сложном устройстве внутреннего мира людей преследуют меня с утренней пресс-конференции. И, будь я мистиком, я немедленно бы заметил в этом знаки судьбы. Но, конечно, дело не в знаках, а в русском сентябре, который всегда наступает вдруг, без плавного перехода из лета в осень. Будто кто-то включает тумблер, за сутки меняющий солнце и тепло на низкие тучи и промозглую, больную сырость.

Заруливаем в мой двор, я расплачиваюсь и вылезаю из машины. Тихон принимает деньги и, кажется, чего-то ждет, какого-то особенного слова, которое логично завершит наш спонтанный диалог о смысле жизни.

— Тихон, — наклоняюсь я к боковому стеклу, — вы Стаса Михайлова не слушайте. Врет он все.

— Почему вам так кажется?

— Мне не кажется, я в этом уверен. Потому что когда твой годовой доход от творчества двадцать миллионов долларов в год, ты не можешь не врать. А как только ты начнешь своим поклонникам правду петь о себе и о них, тебе эти деньги немедленно перестанут платить, понимаете?

— Он так много бабла получает?! — Тихон качает головой.

— Точно вам говорю. И еще, знаете, Тихон, вы очень хороший человек.

— Правда?

— Правда. Был бы у меня такой отец, я бы им гордился.

Последняя фраза, разумеется, вранье. Я разворачиваюсь и иду к подъезду, а Тихон сигналит мне на прощанье, лихо газует и уезжает прочь. В приподнятом, как мне кажется, настроении.

## ВДВОЕМ

Поворачиваю ключ в замке, открываю дверь. Квартира встречает звенящей тишиной. Кидаю сумку, смотрюсь в зеркало. В коридоре, за моей спиной, тоскливо реет в воздухе перо из подушки.

— Мяу, — говорю своему отражению. Квартира не откликается.

— Мяу, — говорю я более настойчиво.

Из кухни нехотя выходит заспанный кот.

— Привет, — запускаю лапы в плюшевый затылок. Кот трется, урчит. — Ну как ты тут? Отощал?

— Фур-р-р, — урчит кот, потирая толстенную морду о мои икры.

— Сейчас выдам.

Прохожу на кухню, достаю из холодильника корм, наполняю миску. Кот мешает накладывать, бьется о руки, не переставая урчать, с чавканьем погружает морду в миску. Лицемерная скотина.

Мы живем вдвоем с Мишей второй год. Не совсем вдвоем — время от времени здесь появляются женщины, к которым он относится с презрением. Каждая тут же норовит сказать, что это лучший кот, какого она видела, а через пару дней торжественно сообщает: «Мы с ним подружились, будто знаем друг друга сто лет». На самом деле подразумевается, что лучший кот в ее жизни — это я. И это со мной она чувствует себя знакомой «сто лет». Коту похуй. Мне тоже.

Женщины меняются, Миша остается. На каждую новую подругу, которая его тискает, Миша сначала смотрит немигающим взглядом, будто намекая: «Я тебе не плюшевая игрушка, сучка», — потом царапается. Подруги от его поведения приходят в неописуемый восторг.

В целом Миша баб не любит. В целом Миша не любит никого. К окружающим он относится как к обслуживающему персоналу, что понятно. Он-то шотландец с прекрасной родословной, а в гости ко мне приходит всякая лошня.

Единственное, что позволяет нам мирно уживаться (помимо моих функций кормильца и уборщика), — это четкое разделение территорий. Он не пересекает границ кабинета, я не захожу в гостевой туалет и дальний угол кухни. Спальня и гостиная общие. Я не играю в его резиновые игрушки и точилку для когтей, он, в свою очередь, не трогает компьютер и не сбрасывает со стола оставленные деньги и наркотики. Этот нехитрый принцип лежит в основе нашего с Мишей существования. Принцип, который совершенно не могут понять изредка заселяющиеся сюда женщины.

То, что им кажется бардаком, на самом деле является разграничением ареалов обитания хищников. «Смотри «В мире животных», бейби», — словно говорим мы с Мишей. Но девушки теперь не смотрят «В мире животных», предпочитая «Секс в большом городе». Очевидно, что подобное несовпадение телепродуктов почти всегда заканчивается полнометражным «Страхом и ненавистью в Лас-Вегасе».

Дождавшись пока Миша поест, я сгребаю его в охапку и несу в кабинет. Там скручиваю косяк, поджигаю и делаю первую глубокую затяжку, глядя в его глаза цвета топленого молока. Откровенно говоря, курить с котом гораздо лучше, чем с людьми. Люди вторгаются в процесс своими разговорами, насыщая атмосферу ненужными тонами — от избыточного веселья до панического страха. Кот в основном молчит. И как представитель природы является носителем баланса. Кот не портит карму и уравновешивает энергетику пространства.

— Я что-то дико устал от этой поездки, — говорю я, выпуская плотную струю в потолок. — Взял три дня отдохнуть, называется.

Миша умывается, изредка бросая на меня пронзительный взгляд.

— Все то же самое, а главное — совершенно бессмысленно.

Миша пожимает плечами и продолжает умываться.

— И не отпускает состояние какого-то стрема. — Стряхиваю пепел на лежащий на столе компакт-диск, поворачиваюсь к окну. — В Питере не пригласил девушку в номер, например. Мне показалось, что она журналистка, которая украдкой меня снимает. Она все время щелкала телефоном. Фотки какие-то в инстаграм постила. Или делала вид. Стремная, в общем, девушка.

— Мяу, — говорит Миша и трет лапой висок.

— Согласен, звучит глуповато. Но, с другой стороны, она же могла оказаться журналисткой, с диктофоном или скрытой камерой. В таком случае лучше перебдеть, как думаешь?

Кот прекращает умываться, щурится и валится набок.

— Нет, ты прав, конечно. Я и сам устал от этой бесконечной паранойи. Но, с другой стороны, меня почти всегда окружают чужие люди. Ты предлагаешь им доверять? Нет? Вот и я про то же. Ты бы стал с незнакомой тебе кошкой откровенничать?

— Ур-р-р, — кивает Миша. Ему легко кивать. Раз в пару месяцев я приношу ему на случку лучших кошек, каких только могу найти. Сертифицированных и привитых. А мне, в отличие от него, все приходится добывать самому. И сертификат при встрече не проверишь.

— А еще ассистентка моя, приставленная издательством, сошла с ума. Говорит, я ей по ночам являюсь. Как привидение. Только в скайпе. Можешь себе представить?!

Накатывает дикий приступ смеха. Кот в испуге вздрагивает. Смотрит на меня пристально, будто гипнотизирует.

Трава начинает плотно забирать. Свет так странно преломляется в клубах дыма, что кончики шерсти кота кажутся посеребренными. Пространство вокруг разрыхляется, тело наполняется сладкой истомой, а сознание стремительно мутнеет, погружая меня в состояние полного безразличия. Мы довольно долго молчим, пока наконец кот не издает хриплое «мяу».

— Так вот, Миша, что я думаю, — я добиваю косяк и сплевываю в пепельницу, — надоело это. Квартира, в которой не живешь, а ночуешь. Череда непонятных, скрашивающих то ли тоску, то ли интерьер женщин. Психи вокруг. Дружба, похожая на обязательства. И — какая-то катастрофическая неустроенность. Будто все умерли, а ты остался один-одинешенек.

Кот внимательно смотрит на меня. В его взгляде тайное знание всех кошек мира, которые тысячелетия ждут, пока мы все сдохнем, а они разделаются с нашими останками и построят на них свой мир.

— Я думаю, стоит что-то поменять. Может, к Оксанке насовсем переедем?

Миша недовольно фыркает и отворачивается.

— Допустим, это не самая лучшая идея. Хорошо, давай ее перевезем к нам!

Миша спрыгивает со стола, подходит к двери и начинает скрести о нее лапами, пытаясь открыть.

— Вот ты всегда уходишь от серьезных тем, — говорю я поучительным тоном, — тебя-то это не волнует, понятно. Корм есть, туалет чистят, баб приводят.

Кот оборачивается. Были бы у него брови, он бы обязательно их поднял.

— Да, в этом смысле мы с тобой похожи. Но хочется чего-то большего. Какой-то иллюзии нормальной жизни, понимаешь? Жизни, в которой рядом с тобой кто-то есть. Кто-то, кто попытается стать не совсем чужим, врубаешься?

Но Миша не врубается. Его зажравшаяся душа протестует, он отчаянно скребет дверь и орет отвратительным голосом. Я выпускаю кота, иду в ванную, по ходу сбрасывая с себя одежду.

Открываю кран, наполняю ванну, ложусь. Механически смотрю на часы: до бессмысленного вечера остается пять часов абсолютно пустого дня. Беру с тумбочки компьютер, открываю. На экране начатая месяц или больше назад глава новой книги, состоящая из единственного предложения:

*Герои эпохи посредственностей абсолютно не нуждаются в поклонении. Им нужно лишь одно: твое соответствие их образу. Синхронизация чувств, предопределяющая желания.*

И все. Дальше два экрана гениальной, зияющей пустоты. Вероятно, это должно было стать началом пронзительной отповеди миру, но не стало. Вспоминается водитель такси с его песнями, рассуждениями о жизни, с его жабой, сидящей на груди, и вопросом, бывает ли у меня так.

Наверное, жаль, что не напились мы с Тихоном, как напиваются русские люди, случайно встретившиеся в купе поезда. Так, чтобы назавтра и не вспомнить, как друг друга зовут. И перед тем как рухнуть в состояние, после которого утром важно не который час, а какое число, я рассказал бы ему про жабу. Про то, что она не только «бывает у меня» — а я с ней живу, кормлю, спать ее укладываю. И самое страшное — тот момент, когда она мне на грудь присела.

В большинстве своем мы не помним момента, когда что-то начинает идти не так. Сначала ты ловишь себя на том, что точно знаешь, какой будет реакция окружающих на твои заявления и поступки, и от этого все реже и реже делаешь попытки «писать поперек», говорить то, чего от тебя не ждут, пытаться удивлять. Это состояние знакомо людям, каждые выходные проводящим за преферансом в одной компании. На первый взгляд, комбинаций великое множество, но с течением времени ты ошибочно утверждаешься в том, что сыграл их все, и уверен в исходе каждой. Ты якобы становишься профи. Мастером игры.

Потом процессы вокруг тебя замедляются, чтобы однажды пойти совершенно по-другому. Ты пробуешь объяснять логику собственных действий попытками мимикрии под изменившийся мир, новыми временами и новыми поколениями. Ты встаешь в позу «я выше этого», игнорируя новые тренды, которые, на твой взгляд, — лишь ловко вынутое кем-то из архива позабытое старье. Ты рассказываешь в интервью о том, что «ваша новая искренность — это наша старая ложь». Ты делаешь все, чтобы только не признать: ты больше не рулишь потоком, ты плывешь по течению. Тебя сносит. Тебя уже снесло, и бороться с течением нет ни сил, ни желания.

Так вышло, что я эту точку невозврата помню великолепнейшим образом...

Двое молодых людей поймали меня, когда я выходил из кафе. Один из них, долговязый тип с румянцем на лице, застенчиво улыбаясь, попросил меня сфотографироваться с ними. Я состроил привычную полуулыбку и поочередно сфотографировался с каждым.

— Мы вашу передачу каждую неделю смотрим, — сказал мне на прощанье долговязый.

Я вежливо поблагодарил в ответ, сказал что-то дежурное про важность их внимания и вышел вон.

Всю дорогу до дома со мной творилось что-то странное. Не было ни одного разумного объяснения внезапно нахлынувшей тревоги, но она, как камешек в ботинке, впивалась в мозг, и боль ощущалась все сильнее.

Уже на пороге квартиры, копаясь с замком, я поймал вспышку. «Мы смотрим вашу передачу», — сказал тот парень. Сказал то же самое, что фотографировавшиеся со мной пару дней назад девушки. То же, что... да почти все. Меня больше не благодарят за книги, не вспоминают встречи с читателями. Меня все реже идентифицируют с писателем. Я оказался где-то там, «в ящике». Между Еленой Малышевой и «Чрезвычайным происшествием». Рядом с «Угадай мелодию» и ведущими новостей.

Самое паскудное было то, что вечером я даже не напился. Я стоял на балконе, курил и пил чай. Я не переживал крушение мира и отчаяние несбывшихся надежд. Вероятно, так чувствуют себя вчерашние звезды, «сбитые летчики», которые неожиданно получают приглашение вести цикл передач «Ностальгия» или занимают первое место в телешоу «Забытые имена». Это переход в состояние «теперь будет так», или, еще честнее, «хорошо хоть так».

Парадокс был в том, что я не был «сбитым летчиком». Я не получал приз «Comeback of the year», не был приглашенной звездой на корпоративном концерте «Дискотека 80-х», ничего похожего. Мне тридцать восемь лет, я востребован, я зарабатываю очень приличные деньги, мои книги продолжают быть популярными, хотя...

Вот в этом «хотя» и была вся проблема. Я говорю оговорками, я пытаюсь жить, не оглядываясь и не вспоминая. Совершенно неожиданно для себя я смирился с тем, что не обладаю суперпозицией. Преимуществом, с которого все началось. Я больше не тот парень, который очень метко издевался над глянцевым миром теми же словами, которыми его высмеял бы любой из пользователей интернета, умей он более-менее сносно писать. Я больше не «один из нас». Я «один из них»...

Конечно, писателю следует изо всех сил избегать публичности. Но как ее избежишь, когда твой издатель нудит, как важно для тиражей появляться в телевизоре, когда твои друзья сообщают в эсэмэсках, как круто ты выглядел в этом ток-шоу, когда тебя узнают на улице. Когда... сотни «когда», главным из которых является твое гребаное тщеславие.

Медиа упаковывает тебя очень быстро. Сначала ты — «свежее мясо», которое нарасхват. «Анфан террибль», парень, который не боится «говорить честно». Тебя противопоставляют всем «им», и однажды, в программе федерального канала, ты дерзко рвешь в клочья какого-нибудь замшелого патриарха поп-индустрии. Об этом говорят, об этом пишут. Кто-то называет тебя «голосом поколения», писателем, нарисовавшим портрет «героя нашего времени». Выходит заголовок о новом литературном стиле, произведшем «взрыв в мире гламура». Ты настолько обожаем в своей «антигламурности», что со временем она становится новым гламуром. Точнее, тебе так кажется. Ты просто еще не понимаешь, что упакован. Упакован и помещен в соответствующую ячейку шоу-бизнеса. Засунут на полку между «старыми песнями о главном», «новыми лицами» и «классическими брутальными мужиками». Теперь там стоит маленький ящик с ярлыком «Бунтари без причины», с кратким описанием, областью применения и ценником за рабочий час.

Ящик захлопывается в тот момент, когда тебе предлагают вести собственную программу в вечерний прайм-тайм. Поначалу ты, конечно, отнекиваешься. Говоришь, насколько от всего «этого» далек, и «у вас там не позволяют говорить правду». Но тебя довольно быстро убеждают, что настали новые времена, что востребована только искренняя эмоция. А у кого теперь остались искренние эмоции, кроме вас? Действительно, у кого же они остались, думаешь ты. И соглашаешься.

Соглашаешься, потому что ты-то точно знаешь, что не станешь одним из этих лживых уродов, ты-то вырос сам, без чужой помощи. Ты говоришь от лица того, кем на самом деле являешься. И таких, как ты — миллионы. Кто-то же должен их представлять. Быть единственным, говорящим все как есть. Кто, если не ты?

И продюсеры соглашаются с тобой. Они искренне кивают. Они настолько устали от фальшивых, изъеденных гримом, не сходящих десятки лет с федеральных экранов никому не нужных одних и тех же рож. Они хотят чего-то свежего. Хотят именно тебя. В вечерний прайм-тайм. С контрактом в полмиллиона долларов в год («хотя деньги вас, понятно, не интересуют, вы же литературой зарабатываете»).

Первое, что ты приобретаешь, — это гаденькую привычку быть so-o-o nice с каждым. Никого нельзя обижать по разным причинам. Одних — потому что они не придут к тебе на программу, других — потому что связаны с самыми крупными рекламодателями, третьих — потому что тогда никакой программы больше не будет.

Второй обретенный навык — бесконечное лицемерие. И вот уже ты отпускаешь кургузый комплимент парню, который недавно женился, хотя в прежние времена ты бы написал едкую колонку о том, как сложно быть открытым гомосексуалистом, когда стоимость твоих выступлений зависит от того, насколько ты брутален в глазах телезрительниц бальзаковского возраста. Умиляешься вместе со студией над романом тридцатилетнего паренька и шестидесятилетней поп-дивы, когда на самом деле тебе бы кричать: люди, вы с ума сошли?! Как у вас, находящихся в пошлейшем браке по расчету, поворачивается язык говорить о морали и семейных ценностях?! Но ты не орешь, ты смотришь в зеркало и убеждаешь себя в том, что это ты слишком циничен, а они искренне любят друг друга. Так бывает.

Хотя что-то ничтожно малое в тебе вопиет: «Чувак, так не бывает! Какие, к черту, семейные ценности? ЕЙ ШЕСТЬДЕСЯТ! А ты его видел вчера с молодыми телками в ночном клубе!» Тебе бы подойти к нему и спросить, как часто у них бывает секс. Не ревнует ли он ее? Показать его испуганно бегающие глаза, показать ее истерику, показать зашедшийся в аплодисментах зал. Показать правду. Но вместо этого ты говоришь мерзкую фразу: «Ваша история — удивительный пример того»...

...Того, что некогда небезнадежный парень скатывается в попсовый трэш из-за возможности оказаться в мире богатых и знаменитых.

Это ничтожно малое возникает еще раз, когда в комментариях к твоему посту в фейсбуке кто-то пишет: «А я не ожидал, что Богданов продастся. Хороший был писатель». И ты срываешься в ответ, пишешь что-то про зависть, про «это ты был, а я есть. Точнее, ты, сука, даже не был. Ты один из тех, кто пытается полить грязью каждого, вырвавшегося из мира ваших мещанских ценностей. Как ты можешь судить человека, даже не представляя, чего ему это стоит... и бла-бла-бла». Пишешь, а потом стираешь.

На самом деле тебе это больше ничего не стоит. Ты больше не рефлексируешь. Ты утратил эту способность. Да и как можно рефлексировать, когда ты в топе? Там, где стоимость бутылки шампанского стремительно приближается к цене стиральной машинки, где с тобой ложатся в постель не потому, что ты удачно пошутил, а потому, что просто пришел на вечеринку.

Где искрометное «срывание покровов» перед аудиторией — это когда в конверте, а простое выступление — это по безналу и НДС восемнадцать процентов. Когда дружба измеряется полезностью, искренность — численностью аудитории, а влюбленность —

наличием хорошего портфолио у твоей подружки. А люди у тебя в телефоне записаны без фамилий: «Стас Газпром», «чувиха из школы», «Лена, маленькое черное платье» — исключительно из-за простоты написания, а не из-за того, что фамилии больше не являются отличительной характеристикой.

Довольно сложно устраивать душевный стриптиз в тексте, когда единственная твоя боль — это кариес. И ты пишешь в новой книге что-то вроде: «В его крошечной квартире основное место занимали книги, бутылки дешевого вина и мысли о том, как бы отсюда вырваться», — сидя в двухсотметровых апартаментах с бутылкой виски за двести евро. Потом твой герой идет принимать душ, «закрывая рукой дыру в порванном шланге», а ты падаешь в джакузи и думаешь о том, что каждое твое слово, каждая запятая, каждое многоточие — вранье, вранье, вранье.

Ты лечишь себя и других, пускаясь в пространные высказывания о том, что социальные сети убивают литературу: «Если раньше автор выдавал многостраничные колонки в Live Journal, то теперь он вынужден втискивать свою мысль в прокрустово ложе ста сорока знаков твиттера». На самом деле тебе бы сказать правду о том, что никто никого к этому не вынуждает. Просто раньше ты писал колонки, потому что тебе важно было высказаться. А теперь ты пишешь потому, что у тебя в каждой соцсети по двести тысяч подписчиков, необходим ежедневный контакт с аудиторией и ежедневное присутствие, — поскольку читатели нуждаются в тебе.

И каждый новый «лайк» для тебя — не доказательство солидарности читателей с твоей позицией, а барометр интереса.

Символ твоего существования, в котором страсть измеряется численностью, а свобода — заборами.

Ситуация обострялась состоянием аудитории. Довольно давно я понял, что гореть здесь бессмысленно. Вслед за твоим пламенем никто не зажжет свое. В лучшем случае от тебя прикурят. Во всех прочих — будут стоять вокруг и снимать на мобильники, как снимают убийства, автоаварии и тонущих в пруду собак.

Я все еще смею надеяться, что для настоящих творцов это лишнее доказательство того, что гореть нужно непременно. В моем случае количество стоящих вокруг костра говорило о том, что поджигать его не следует ни в коем случае. Не стоит путать самосожжение с дачным шашлыком.

Это и еще сто одно подобное объяснение собственного превращения в унылое дерьмо давались легко. В общем, я стал настоящим профессионалом по нахождению смягчающих обстоятельств для предательства самого себя...

...Вода стремительно остывает. Я моментально покрываюсь гусиной кожей, открываю кран, напускаю кипятка. Добавляю шампунь.

К звукам лопающейся пены примешивается посторонний шум. Выключаю воду — нет, не показалось.

Металлом о металл. Будто кто-то скребется, или царапает, или...

Выпрыгиваю из ванны, по пути зачем-то срываю с крючка полотенце, чуть было не поскальзываюсь на мокром кафеле, шлепаю босыми ногами в прихожую.

Так и есть, кто-то с той стороны пытается всунуть ключ в замочную скважину, но ему мешает это сделать мой ключ, торчащий с внутренней стороны двери. Первая мысль об Оксане. Ключи есть только у нее, но чего бы ей тут делать в это время? Тем более я сказал ей, что поеду к издателям. Проверяет? Пытается поймать?

Замираю в прихожей. Пусть уж это будет Оксана, шепчет воображение. В дверь начинают скрестись активнее.

— Кто там?

Что я хочу этим сказать? С тем же успехом можно было крикнуть: «Пожар!» или «Грабят!» — но сознание первым почему-то предлагает именно этот панический возглас.

Все на секунду затихает. Слышны удаляющиеся шаги. Сердце колотится где-то в области кадыка. Прилипаю к двери, осторожно выдыхаю и наконец решаюсь посмотреть в глазок. На лестничной площадке никого.

Долго смотрю в глазок в надежде уловить какое-то движение. Проклинаю себя за то, что не поставил на лестничной площадке камеры. Вслушиваюсь в шорохи на лестнице, в звуки лифта. Ничего. Ни малейшего намека на чье-то присутствие.

Пропитанную липким страхом тишину разряжает звонок мобильного.

— Да, — отвечаю почти шепотом. — Нет, не сплю. Просто... голос чего-то сел. Ага. Когда? Сегодня? А во сколько? А чего такая спешка-то?

Смотрю на часы. Дома оставаться слегка некомфортно. Слегка боязно, что ли?

— Да. Хорошо. Увидимся.

На всякий случай еще раз смотрю в глазок. Никого.

## ЛЕРА

Выходя из подъезда, опасливо озираюсь по сторонам. Знобит.

Хочется верить, что не от страха, а оттого, что на улице холодно, или оттого, что все еще держит трава. Не плотно, урывками, но достаточно, чтобы ощущать дискомфорт внутреннего и внешнего миров. Сажусь в машину. Трогаю. Выезжаю на Петровку. В зеркале заднего вида выцепляю из потока машин вынырнувшую из моего двора грязно-серую «Дэу». Она следует за мной до светофора у ресторана «Галерея». Я продолжаю движение по Петровке, минуя «Мариотт», Большой театр, поворачиваю на Тверскую, снова замечаю «Дэу» позади.

На светофоре перед Старой площадью вспоминаю о недавнем инциденте с дверью и резко рву вперед. «Дэу» поворачивает направо, на Ильинку.

Поеживаюсь. «Надо бы к психотерапевту сходить, — думаю, — а то так можно себе манию преследования придумать. А потом — шизофрения, желтые стены клиники, и больше никаких душевных терзаний».

Включаю музыку. Стараюсь отвлечься мыслями о том, что надо бы купить бутылку шампанского, но выходить из машины ломает, а потом я оказываюсь на набережной, и никаких магазинов больше не встречается. В тот момент, когда я подъезжаю к Лериному подъезду, Земфира начинает петь по радио: «Мне не надо и надо: ты — мое одиночество», — а блеклое московское солнце внезапно появляется над городом.

Сначала меня встречает убийственно сильный заряд духов. Такая концентрация аромата бывает в туалетах азиатских гостиниц и ванных комнатах, где подростки курят тайком от родителей. Вслед за запахом появляется Лера. В платье, на каблуках, в макияже, на который явно потрачено существенное время.

— У-у-у-у! — визжит Лера, бросаясь мне на шею.
— Мяу, — хрипло говорю я.
— Я шампанское открыла и, кажется, поранила руку. — Она подносит к моим губам указательный палец с еле заметной крапинкой крови. Кровь, по сценарию, полагается слизать.

— Хорошо не вены, — тянусь к пальцу языком. Лера отдергивает руку, разворачивается и, подиумно виляя бедрами, идет на кухню.

Лера постучалась в мою жизнь два года назад. Причем постучалась буквально — в дверь мужского туалета, раковина которого была заполнена окровавленными салфетками (мне разбили нос стаканом, впрочем, и я в грязь лицом не ударил, угодив сопернику бутылкой точно в переносицу). Войдя в туалет, она пролепетала что-то про ментов и что ей нужно немедленно меня увезти отсюда, иначе наступят какие-то глобальные неприятности. Я был изрядно пьян и недолго дал себя уговаривать.

Менее чем через полчаса мы валялись на полу квартиры в Сокольниках, а она скакала на мне верхом, истеричным шепотом выясняя, сколько мне платят за одну книгу. Потом вслух делила все на главы, и в конце нашего бухого суаре, с возгласом: «Я купила это время!» — кинула на пол пятьсот долларов (отнесем это на счет ее плохого умения считать) и убежала прочь, закрыв меня в чужой квартире.

С утра квартиру открыла девушка, похожая на билетершу Пушкинского музея, буднично поздоровалась, предложила кофе. И, даже не удосужившись выслушать объяснение незнакомым мужиком факта нахождения в квартире, сообщила, что хотела бы принять ванну. Деньги я оставил хозяйке квартиры в обмен на телефон ее сумасшедшей подруги.

«Такой у меня был порыв в тот вечер. Хотелось тебя купить», — объяснилась Лера на нашей следующей встрече в полуподвальном пакистанском ресторане. С тех пор похожие порывы случались у нас приблизительно раз в два месяца. Чаще не хотелось обоим, да и реже не получалось. То ли я попал точно в пазл одной из Лериных сексуальных фантазий, то ли она стала иллюстрацией того, что подобными активами с хорошей ликвидностью в моем возрасте не разбрасываются. Короче говоря, это продолжалось уже два года.

Лерина жизнь — сплошная порнография итальянского производства. Там, где все телки всегда в чулках, а мужчины — в костюмах и масках. С сексом в публичных местах и обязательным мужем, подглядывающим за изменой жены. В свои тридцать пять она является обладательницей хорошего тела, что вкупе с деньгами супруга, еврейского банкира Алика, позволяет ей не только крутить романы с одногодками, но содержать постоянно меняющихся молодых любовников (она называет их «котиками»). Время от времени она сваливает куда-нибудь типа Индии или Бали, объясняя супругу свои поездки общением с гуру в ашраме, или где там эти гуру обитают, я не особенно интересуюсь.

Описание одной такой поездки я вынужден был однажды выслушать. Она состояла из сеансов тантрического секса, чередующегося с обкуренными трипами в близлежащие поселки, чтобы отдаться первому случайному прохожему. Это у них называлось как-то вроде «опыления всех цветов» или похожей пургой. Стоит ли говорить, что в финале истории мне было предложено прокатиться по ночной Москве на такси с последующим групповым сексом с таксистом.

Лера была склонна к авантюризму и излишней театральности. Выкупить у вахтера дома Нирнзее ключ от крыши и заняться там сексом. Попробовать крек в компании нищих студентов-художников, прыгнуть с парашютом, оглаживать официанта каждый раз, когда он подходит к твоему столику, закрутить роман с соседом по лестничной площадке только ради «блядского», по ее словам, ощущения при встречах с его ничего не ведающей женой. «Представляешь, мы с ней еще и целуемся!» Продолжать заниматься любовью на заднем сиденье машины при приближении мента, в надежде, что он присоединится. В общем, после встреч с Лерой я чувствовал себя абсолютно нормальным человеком. На фоне ее обволакивающего безумия меркло все.

Вот и сейчас, несмотря на все чулки-каблуки и тишину квартиры, я оглядывался по сторонам, не появится ли из ванной дражайший муж ради исполнения threesome в финале пьесы, которую она два года готовила. Впрочем, не могу сказать, что меня это сильно беспокоило, слишком уж убедительно я был укурен.

— Я чего-то за неделю дико устала. — Она сделала глоток шампанского и сбросила левую туфлю.

— Новый любовник бармен? Ночные смены, душные прокуренные помещения. Понимаю! — Я вытащил сигарету.

— Какой ты циничный! — Она наигранно скривилась.

— Циник — мое второе, то есть третье имя. Все время забываю, у тебя курят?

— Ни черта ты не забываешь, просто лень напрягаться. Конечно нет.

— Жалко. Может, на балкон выйду?

— Кури. Скажу, что подруга приходила.

— Мы остановились на усталости. — Закуриваю. — От чего устала-то?

— Я открыла галерею. — Лера несколько раз хлопнула обеими ладонями по столу в такт сказанному.

— Господи, прости их всех! Ну тебя-то я всегда считал человеком умным. Очередная жена, проматывающая мужнины деньги на мазюльки, развешенные по кирпичным стенам с уродливой подсветкой?

— Ты ничего не понимаешь!

— Эту фразу мне говорят последние сорок восемь часов. Она из какого-то модного кино, да?

— Короче, дарлинг...

— Как же меня бесит это слово! Ко мне так училка по английскому обращалась.

— Ты ее трахал? — В Лериных глазах зажглись огоньки надежды.

— Ей тогда было уже за шестьдесят.
— Ну знаешь, кому что нравится.
— Так что там с галереей? — Срываю с бутылки фольгу и принимаюсь скручивать из нее самолетики в ожидании пустой истории новоявленной галеристки.
— Я когда последний раз была в Индии, попала в местную деревню. Там молодой парень лет восемнадцати...
— Трахал тебя со своими друзьями, а потом вы купались в вонючей реке и смотрели, как сжигают умерших. Вокруг стояла дикая вонь, но у него была такая задница, да?
— Это к делу не относится! — Лера залпом опустошила бокал и подставила его для новой порции. — Парень рисует картины. Я за какие-то копейки купила три — там коровы, луга, пески и всякое такое говно, но завораживающее...
— Всегда завидовал отточенности твоих формулировок. — Самолетик выходит кривоватым, и я принимаюсь за новый.
— Привожу домой, показываю Алику. А он как раз с друзьями пьет. Навешала этим бухим лохам про современное искусство, Ротко, Уорхолла.
— Это откуда у тебя такие познания? — Я искренне удивлен.
— Дарлинг, читай самолетные журналы. Там иногда полезные вещи печатают.
— Вот как. А я-то, идиот, все с «Моноклем» да с «Эсквайром» по старинке.

— В итоге продала все три картины, за пятерку каждую. Эти придурки заказали у меня еще — в офис там, на дачи. Не знаю куда. Потом их курицы подвалили: «Ах, Лера, какой стиль, как красиво, а вот у меня подруга...» — и прочая шняга. И понеслась душа в рай. Я позвонила в Индию, у меня там местные все решают, ты же знаешь...

Конечно не знаю.

— Заказала пять картин. Продала. Потом еще. Подняла ценник до десятки. Они опять заказывают. В итоге развела мужа на галерею. Сначала согласования, потом ремонт. И как-то так все закрутилось... — Лера выпивает еще бокал. — Арендаторы, СЭС какой-то, мудаки менеджеры...

«Ребенок учится, ребенок познает мир». Я допиваю свой бокал и чувствую, как пары алкоголя присоединяются к канабиатам. Лера все несет эту пургу про трудности набора персонала, клиентов, которые ни в чем не разбираются, про гору литературы, которую приходится читать, про «я уж кандидатом наук стала».

А я задаю себе сакраментальный вопрос, почему взрослые, встречающиеся довольно регулярно с одной и той же целью люди не могут просто трахнуться. Без прелюдий и никому, кроме рассказчика, не интересных историй.

— Ты пишешь сейчас что-то? — Лера вырывает меня обратно в мир галеристов, клиентов и баснословных барышей.

— Я? Ну... в общем, нет. — Мне в самом деле нечего сказать.

— Жаль...

Комната наполняется тягучей пустотой бессмысленности, которая бывает только в двух случаях: когда нужно что-то сказать перед тем как это произойдет, — и когда говорить больше нечего. Все произошло, и пора валить. Шампанское меж тем допито. Очередная сигарета докурена, Лера встает и игриво одергивает платье, чтобы оно не слишком обнажало ноги.

Она подходит ко мне сзади, запускает пальцы в волосы, шепчет:

— Давай свалим в эти выходные.

— Куда? — Закрываю глаза и возвращаюсь в состояние блаженной упоротости.

— В Рим.

— Почему в Рим?

— Потому что длинные выходные, а там деревья еще зеленые и тепло. А до моря, — она облизывает мое ухо, — сто километров.

— А как же твой благоверный? — как можно более безразличным тоном интересуюсь я.

— Ну он же не твой муж.

— Ты сумасшедшая, — улыбаюсь.

— Первые сутки будем трахаться, заказывать еду в номер, курить дурь.

— Как я могу отказаться? — А у самого в голове Лера, тайком отбивающая эсэмэсы мужу, Лера, выходящая из ресторана для продолжительных телефонных разговоров с ним же. Разрывающий утренний сон звонок ее мобильного, потом самолет с разными местами. И все очень нервно. Все пропитано страхом в любой момент спалиться, страхом, который так будоражит и так хорош в двадцать и даже лучше в двадцать пять. Сладкое ощущение чего-то постыдного, из которого весь роман и соткан. Ощущение, которого теперь нет.

Потому что все это когда-то уже было. Настолько давно, что все растворилось в годах и выпало в сухой остаток обыденности. Когда в ресторане ты допиваешь вино, понимая, что через полчаса ляжешь в постель со шлюхой, а утром проснешься с женой-домохозяйкой, которая к тому же еще и не твоя.

— Я скажу, что поеду в Италию по делам галереи, — не унимается Лера. — Я же теперь галеристка. Три дня вдвоем. Помнишь, как тогда, в доме отдыха, как его...

— Ты не боишься случайных друзей семьи, как это обычно бывает?

— Да пошли все к черту. Даже если и так... — Она расстегивает мою рубашку. — Он им не поверит. А поверит... Да куда он денется? Десять лет в браке — слишком долгий срок. Мне выбрать отель самой?

— Выбери. — Встаю, запускаю руки ей под платье и пытаюсь прогнать мысль о том, что женщина, в отличие от мужчины, с возрастом становится более безрассудна. То ли из-за генетики, толкающей ее в объятия самых безумных авантюр перед тем как окончательно накрыть климаксом. То ли в попытке доказать себе, что молодость определяется количеством новых сексуальных контактов. Непонятно. Очевидно одно: женщина в порыве страсти еще более хитра и изобретательна. И остановить этот грейдерный каток никто не в состоянии. Ни муж, ни дети, ни общественное мнение. Только забытая косметичка. И здесь уместно бы вспомнить библейскую историю изгнания из рая, которой я, разумеется, не читал.

— Я скучала. — Она садится на стол, оплетает мою поясницу ногами и прикрывает глаза, оставляя узкую щелку, чтобы по моей реакции оценить, достаточно ли круто она выглядит на этом столе.

— Я тоже. — Кажется, первый раз за сегодня я говорю искренне.

Где-то звонит телефон. Сначала писком, потом громче, настойчивей, требовательней. Лера ищет рукой по столу позади себя, открывает глаза, находит телефон на дальнем конце.

— Да! — Томность в ее голосе моментально пропадает. — Что ты говоришь? Паркуешься? В смысле? Где? Правда?!

Она сереет лицом и тычет пальцем то в меня, то в сторону окна. Я довольно туго соображаю, что происходит что-то, не входившее в планы, но что конкретно, понять не могу.

— Хорошо, жду! — Она кидает телефон на стол и начинает носиться по квартире с криками: — Он у подъезда! Паркуется! У тебя все вещи на кухне? Так!

Быстро! Пиджак, возьми пиджак! Сигареты! Ладно, черт с ними!

Лера выталкивает меня в прихожую, открывает дверь, толком не дав надеть ботинки, всучивает пиджак и чуть ли не на руках выносит из квартиры.

— По лестнице, иди по лестнице! — последнее, что слышу я перед тем как дверь захлопывается.

Я спускаюсь на три этажа, достаю сигарету, и в этот момент меня душит дикий приступ хохота. Я представляю, как Лера судорожно прячет пустую бутылку, скидывает в мусорное ведро окурки, убирает стаканы, возможно, успевает открыть окно, которое, конечно же, не спасет от висящего в квартире дыма. Потом бежит в спальню, срывает чулки, платье, бросает под кровать туфли и переодевается в домашнее. И безрассудство, с которым эта женщина еще пять минут назад готова была забыть про мужа, быстро рассеевается вместе с сигаретным дымом, Римом и сотней километров до моря...

Как только муж появится в квартире, она пожалуется ему на дикую головную боль, вызванную разговором с подругой, которая выкурила пачку сигарет, рассказывая, как ее бросили. Затем склонит его к занятию любовью, чтобы после того предложить ему свалить из Москвы на выходные. Да в тот же Рим, например.

Глупо подхихикивая, я спускаюсь до первого этажа, выхожу на улицу, направляюсь к машине и вижу, как к подъезду подходит интеллигентного вида мужчина моего возраста. Строгое пальто, очки, добротный портфель Dunhill. Таких обычно в рекламе Zegna снимают. Подтянутый, выглядящий моложе своих лет. Всем своим видом как бы намекающий на то, что мы никогда не поймем, чего хотят женщины.

Сев в машину, понимаю, что залез в ботинки как в тапочки, сломав задник. Расшнуровываю, переобуваюсь.

«Придурок, уйди с балкона», — сообщает мне Лера в эсэмэс.

«С какого балкона???»

«Тебе острых ощущений не хватает? Ты давно вуайеризмом заболел?»

«Лер, тебе нужно меньше пить», — отвечаю.

«ТЫ ИДИОТ!»

Откладываю телефон в сторону. Закуриваю. Постоянно заезжающие во двор машины долго не дают выехать. Наконец я трогаюсь, миную длинный ряд одинаковых серых авто. Секунду мне кажется, что одна из них — та самая «Дэу», которую я видел два часа назад выезжающей из моего двора. Мне хочется притормозить, чтобы убедиться в своей правоте. Но я быстро отказываюсь от этой мысли как отказываются от информации, которая огорчит или испугает, — или если бокал шампанского на выкуренный косяк был явно лишним. Я делаю музыку громче и аккуратно выезжаю в переулок.

Двигаюсь по Садовому кольцу безо всякой цели. Мысленно визуализирую Леркину квартиру, пытаясь понять, о каком балконе вела речь эта чертова нимфоманка. Вспоминаю, что из окна ее кухни вроде бы виден общий балкон, на который можно попасть с лестницы. Но, честно говоря, я даже не представляю, какая дверь на него ведет. С чего бы мне там стоять? «Вуайеризмом заболел». Все-таки она сумасшедшая, эта Лера. Или не один я манией преследования страдаю.

Дверь. Мания. Тут же подкрадываются размышления о том, кто ковырялся сегодня в моей двери. Варианты: «пьяный сосед» и «мне показалось». Оба варианта не выдерживают никакой критики. Если это была слуховая галлюцинация, то слишком убедительная. Если пьяный сосед, то почему убежал, а не стоял перед дверью, покачиваясь, с упоротым выражением лица, как это в таких случаях бывает. Остается слабая надежда на то, что просто ошиблись этажом и, испугавшись моего отчаянного крика, убежали.

Или воры. Тогда надо все же установить камеры. Или показалось. А еще «Дэу» показалась. Значит, все-таки — психиатр. Замкнутый круг какой-то. Надо бы к Максу заехать поговорить.

Где-то звенит телефон. Глухо так, будто кто-то его проглотил, и теперь он пищит во чреве. Рыскаю по карманам, по соседнему сиденью, пока не обнаруживаю, что сижу на нем.

— Алле.
— Ты там спишь, что ли? — осведомляется Оксана весьма недовольным тоном.

— Нет, с чего ты взяла?
— Я звоню уже четвертый раз.
— Я телефон долго найти не мог.
— Нашел? — Очень женский вопрос, иначе каким образом мы сейчас с тобой разговариваем, интересно?
— Да. Он у меня был практически в заднице.
— Это как?
— Вот так, Оксан. Кто-то себе в задницу амбиции засунул, кто-то — диплом о высшем образовании. А у меня там айфон.
— Ясно. — Следует долгая пауза. — Я освобождаюсь через час. Ты как? Чем занимался?
«Я даже не знаю, как это описать».
— Да так, — говорю, — переговоры были. Неудачные.
— Не договорился?
— Скажем так: нас прервали.
— Понятно. — Еще более долгая пауза. — Ты во сколько приедешь?
— Часа через... Надо к приятелю заскочить. Тебе купить чего-нибудь?
— Нет, я уже все купила. До вечера. Удачи!

## МАКС

— Макс! Сейчас я тебя повеселю! — кричу с порога.
— В очередное говно вляпался? — усмехается он.
— Ты совсем в меня не веришь, — делано обижаюсь, — почему сразу в говно?
— Я-то как раз в тебя верю. Только я в тебя и верю, старичок. И в говно. Выпьешь? — берет он с полки бутылку виски.
— Нет-нет. Я за рулем.
— Ага. — Ставит бутылку обратно, берет несколько пустых стаканов, начинает их протирать.
— Леру ты, конечно же, помнишь? Ее невозможно забыть, — вкрадчиво начинаю я.
— Ну я же говорю: говно. — Он равнодушно пожимает плечами.

Макс — мой старинный приятель. Добродушный бородатый человек, смесь Пако Рабана с Хемингуэем. Хотел написать «слегка полноватый, как все добрые люди», но это было бы искажением действительности. Макс худеет. Все годы, что мы знакомы, Макс худеет. А я бросаю курить.

Он один из осколков старой Москвы, прошедших первые настоящие рейвы, последние настоящие клубы, передоз, клиническую смерть, вершины корпоративного мира и все прочее, что прошли те, кто родился в конце семидесятых, если они были в меру любознательны, недостаточно осторожны и вглядывались в мир больших надежд своими неестественно расширенными зрачками.

Макс был памятником, живым укором всем этим псевдодокументальным фильмам про «лихие девяностые». Глядя на него, хотелось сказать: «Это не девяностые были лихими, это вы были лохами».

В какой-то момент он сменил кресло управляющего ай-ти компанией на барную стойку собственного бистро, затем резко дрейфанул от эстонского «спида» к Владимирской Богоматери, а вместо паломничеств в ночные клубы стал наведываться в Оптину пустынь. В общем, теперь пламя кухонных газовых горелок сменил свет истинной веры.

Стоит отметить, что и в этом своем новом статусе глубоко верующего человека Макс продолжает оставаться памятником. Монументом, олицетворяющим теперь не только мимолетные пагубные увлечения условно-досрочно вышедшей на свободу страны, но сам русский дух. Тот несгибаемый и нематериальный актив нашей необъятной Родины, попеременно заходящий то в церковь, то в кабак, в зависимости от того, какой сейчас век на дворе.

Он хороший, размеренный человек. Цельный, как принято таких называть. Понятно, что любому такому парню в друзья обязательно достанется вечно мятущийся, поверхностный раздолбай. То есть я.

Время от времени мы обсуждаем важные темы, которые обсуждают парни под сорок. Нет, не эти, хотя и эти тоже. В основном же — есть ли всемирный заговор, существует ли борьба добра со злом и начнется ли мировая религиозная война. Изредка мы делимся такими вещами, о которых и рассказать теперь больше некому. Макс о таком исповедуется в церкви. Я втайне надеюсь, что и за меня тоже.

Все это довольно странно, ведь спустя годы после нашего знакомства все претерпело значительные изменения. Макс стал добропорядочным отцом семейства, я — беспутным разведенным папашей. Он кормит народ вкусной едой — а я в основном баснями. Со временем мы стали слишком разными, и иногда я задумываюсь, как мы еще общаемся? Может быть, дело в том, что каждый из нас смотрит на другого, пытаясь понять, что стало бы с ним, пойди он однажды совсем по другому пути. А может, в том, что однажды разбился тот самый стеклянный шар больших надежд, которые мы все когда-то питали. И осколки этого шара вонзились в нас, как лед в сердце того парня из сказки. Вот этими осколками до сих пор и притягиваются друг к другу такие, как мы.

Я рассказываю ему про случай с Лерой, а он все это время безэмоционально вытирает стаканы. До дыр уж дотер, кажется.

— Вот так я сегодня стал героем анекдота про любовника в шкафу, прикинь! — заканчиваю я.

— Прикинул. Интересно, ты когда-нибудь прекратишь воплощать в жизнь бородатые анекдоты?

— Ну, старик, новых-то мне судьба не подкидывает, приходится старье реализовывать.

— Это может стать профессией.

— Ой! — отмахиваюсь я. — Уже стало. Ну а что? Кто-то же должен реализовывать образ персонажа из народных сказаний!

— Сказочного долбоеба, — Макс заходится глухим смехом.

— Ха-ха. Ха-ха-ха, — передразниваю его я.

С минуту молча курим, погруженные в свои мысли. Я через затяжку щелкаю фисташки, щедро насыпанные в граненую вазу.

— Есть хочешь? Мы меню новое ввели.

— Нет, спасибо. Меню не хочу. Я бы сейчас бутербродов съел с докторской колбасой. Штуки три.

— Курил? — Макс пристально смотрит мне в глаза, видимо, пытаясь разглядеть размер зрачков.

— Ну так, — уклончиво отвечаю я.

— У тебя все нормально? — внезапно он делается совсем серьезным.

— Да... вполне. Просто не виделись давно, а я тут мимо ехал... — Меня сносит в какую-то ересь.

— Что случилось-то? — Он пытается улыбнуться.

— Тут такое дело... — Я хочу рассказать ему обо всех идиотских событиях сегодняшнего дня: о Жанне, о том, что в мою квартиру пытались пробраться (теперь рассудок предпочитает называть это так), о Лерином балконе. Но, глядя на его задумчивое лицо, понимаю, что все мои рассказы со стороны выглядят какой-то индийской комедией. Воспринять всерьез историю о том, будто все разом сошли с ума, практически невозможно. Особенно зная меня. Уж кто-кто, а Макс меня знает лучше всех остальных. Иногда мне кажется, даже лучше меня самого. Поэтому я осекаюсь и вместо пылких признаний выдавливаю из себя:

— Как ты думаешь, мы кризис среднего возраста лет в тридцать прошли или еще пройдем?

— Мы из него и не выходили.

— Серьезно?

— Любой ищущий человек постоянно находится в кризисе.

— Ты говоришь банальности.

Макс пожимает плечами, открывает рот, чтобы продолжить, но я его перебиваю:

— Понимаешь, у меня какое-то странное ощущение в последнее время. Все хорошо. Никаких происшествий. Кхм... Все вроде бы ничего. И так каждый день. Бесконечное умножение «вроде ничего» на «вроде ничего», которое ничего и не дает.

— А что бы ты хотел чтобы дало?

— Не знаю. Движение какое-то. Смысл. Вот, правильное слово: смысл. Я тут подумал — может быть, я когда-то в неправильный поезд сел, а теперь соскочить пытаюсь. — Закашливаюсь. — Ну, в метафизическом смысле. Как в фильмах серии «Что было бы, если».

— Знаешь, — смотрит Макс куда-то поверх моей головы, — в метафизическом смысле я думаю, что жизнь — это ни фига не прямая линия. Это движение вперед с бесконечными развилками. И на каждой такой развилке камень. Понимаешь? Как в сказках: налево пойдешь, чего-то найдешь, направо пойдешь — чего-то другое найдешь.

— Да, понимаю. Такое впечатление, что я на каждой развилке на этот камень ссу.

— Вполне допускаю. Так вот, задача этого камня в каждом из вариантов предложить тебе правильную дорогу. Тебе нужно направо, а ты налево идешь. Тебе еще раз предлагают, а ты опять налево.

— И сколько раз будут предлагать?

— Бесконечное множество.

— Это, типа, «безграничное милосердие Будды»?

— Что-то в этом роде. Господь любит тебя.

— А как узнать, что нужно именно направо?

— А ты и так знаешь, раз эту тему поднимаешь. Ты же все время налево уходил, правильно?

— А ты будто не уходил.

— Вован, — укоризненно морщится он, — мы ж о тебе сейчас говорим, правда? Это твой выбор, Вова. Выбор чего-то совсем другого. Того, что ты никогда не делал.

— Я каждый день из фейсбуков своих бывших одноклассников узнаю о том, как выглядит то, чего я никогда не делал. Это безгранично уныло.

— Не упрощай.

— Ох, дружище, — вздыхаю, — если бы я упрощал, может, оно все и легче как-то проходило. Слушай, у тебя на парковке машину можно до утра оставить? — Вместо ответа Макс наливает виски в сиротливо стоявший до того момента стакан.

— А у тебя бывает такое? — осторожно интересуюсь после первого большого глотка.

— Не то слово, — усмехается он.

— И как?

— Тяжело. Самому себе всегда сложнее вопросы задавать.

— Да уж, — соглашаюсь, — лучше бы кто-то другой задавал. Всегда можно полуправдой отделаться.

— Так только в детской комнате милиции бывает. Но есть места, где... как бы точнее... врать не получается.

— У меня таких мест нет. Скорее остались только места, в которых не получается говорить правду.

— Мы с тобой, как всегда, о разном говорим.

— Да понимаю я. — Достаю очередную сигарету. — А тебя прощают?

— Кто?

— Ну батюшка там, я не знаю. Процедура какая-то есть?

— Исповедь. Еще псалтырь в такие моменты читаю. — Лицо его делается серьезным. — Это очень тяжело. Там каждое слово как про тебя написано.

— Про меня?

— Да не про тебя, а про меня. Про всех нас. Дико тяжело читать, будто что-то не пускает.

— А потом лучше становится?

— Конечно. Потом ты чистый лист.

— И что, потом можно опять по новой? — Закуриваю. — Что бы мне-то почитать...

— Вов, исповедь — это не вытрезвитель и не рехаб.

— Так я тоже вроде не Эми Уайнхаус.

— Жулик ты, — хлопает он меня по плечу. — Ты пытаешься ко всему относиться как к страховому полису: «А давайте я здесь и здесь заплачу, зато потом буду это и то делать».

— А как мне к этому относиться? Ты думаешь, легко так вот сразу из мира товарно-сырьевых отношений прыгнуть в мир... — Залпом допиваю стакан. — Может, правда в церковь сходить?

— Давай сходим, — кивает Макс.

— Я вот... Может, я зря загоняюсь? Может, это осень, хандра? А потом лето, и опять вау-вау, средиземноморское побережье, Дафт Панк «Гет лаки» из колонок поет! И никаких тебе вопросов!

— Может, и так. Ты сам-то чего больше хочешь?

— Не знаю. — В баре ощутимо холодает. — Я больше всего хочу посмотреть какой-то отрезок своей жизни. Ну как если бы за мной человек с камерой ходил и записывал. А я бы потом на самого себя со стороны взглянул. Может, я что-то не так делаю? Перестал обращать внимание на какие-то значительные детали? Так вроде бы запланируешь что-то, думаешь: «Вот завтра поступлю так-то и так». А завтра все неожиданно рассыпается и скатывается в унылое говно. Помнишь, как в том фильме, где маленькие человечки чуваку за ночь мебель в комнате переставляли, и он перестал понимать, где находится?

— Это бесы, Володенька. Бе-сы.

— Бесы... — Зеваю то ли от холода, то ли от усталости. — Я сам тот еще черт...

## ОКСАНА

— Воды хочешь? — спрашивает Оксана, откидываясь на подушки.

— Не хочу. — Нащупываю на прикроватной тумбочке пачку сигарет.

— Ненавижу. — Она вытягивает из моей пачки сигарету, пристально вглядывается в меня. — Ненавижу, когда ты уезжаешь.

— Ты же знаешь... — Зависаю, забыв, что, собственно, она «знает». — Знаешь... есть вещи, которые необходимо исполнять. У музыкантов концерты, у писателей чтения эти гребаные.

— Тебе не понравилось?

— Не понравилось? — Выпускаю в потолок плотную струю дыма. — Даже не знаю... Меня в этот раз как-то... вымотало... сильней, чем обычно. Я правда очень устал. И все время это странное ощущение повтора. Как будто на реверс меня поставили.

— Как это?

— Одни и те же вопросы читателей, журналистов. Когда не понимаешь, это сегодняшняя встреча или вчерашняя все еще продолжается. Бесконечно затянутые интервью. А главное — я, все время произносящий одни и те же слова. Знаешь, я тут подумал: а как *U2* не устают на каждом концерте играть «One»? Или *Depeche Mode*, которые тысячу раз играли «Everything Counts»?

— Никогда не думала об этом, если честно.

— Но согласись, ты же, например, на концерте «депешей», несмотря на новый альбом, все равно хочешь слушать «Personal Jesus» или «Enjoy the Silence». Это же то, ради чего ты приходишь: а пусть они больше «старенького» поиграют.

— Ну я же за эти вещи их и люблю. И тебя, главным образом, все помнят, — дирижирует Оксана в такт своим словам незажженной сигаретой, — и любят за первую книгу. Мы, читатели и слушатели, существа примитивные. Зато вы питаетесь нашей энергией. Им она позволяет петь, а тебе писать.

— А у меня, наоборот, какая-то энергетическая пробоина. Я раньше себя чувствовал как губка. Впитывал и моментально отдавал обратно. А сейчас я валяюсь такой, почти высохший, в дальнем углу кухни. На меня нажимают, а оттуда мутная пена: пыщ-пыщ...

— Прекрати! — Она садится на кровати. — У тебя новый контракт на носу, программа, куча поклонников. Тебя узнают на улицах, тебя любят, тебе, наконец, платят огромные бабки. А ты, скотина, при всей народной любви и издательском бабле ноешь тут про «мутную пену».

— Оксан, ты, как обычно, все упрощаешь. А у меня кризис, между прочим.

— Кризис у тебя?! — Она вскидывает брови. — А ты с ним борешься вечными зависаниями черт знает где и с кем, травой и бухлом, да? Ты Буковски?

— Буковски мертв, а я еще нет.

— Ты, вместо того чтобы заниматься не пойми чем, садись и пиши. — Она несколько раз щелкает зажигалкой, в раздражении отбрасывает ее и вырывает мою сигарету, чтобы прикурить от нее. — Как это было раньше. Напиши что-то прорывное, как шесть лет назад. То, что всех зацепит, оцарапает. И тогда не будет одних и тех же бессмысленных вопросов: «Как вы начали писать?» и «А ваш герой в первой книге умирает?».

— Не могу. Не получается.

— А ты пробовал? Вот скажи, ты хотя бы абзац написал за последний месяц? Не в фейсбушку и не в твиттер, а литературный текст?

— Я считаю свои фейсбушные тексты вполне литературными, между прочим. — Говорю так, на всякий случай, без особой надежды на то, что заявление не воспримется как вранье. Чем, по сути, и является.

— Литературными?! Тогда не причитай. Тогда продолжай бессмысленные туры раз в год, бери интервью с «интересными людьми» раз в неделю для «ящика», а в промежутках между травой и бухашкой выступай на конференциях и семинарах про «креативные», мать их, «подходы в современных медиа». Тут полтос, там десяточка. Всем бы так.

— Ты довольно злая сука. — Тушу сигарету в пустой пачке.

— Просто я, в отличие от массы твоих так называемых друзей и коллег по работе, не говорю целыми днями о твоей исключительной гениальности. Я говорю тебе правду. И еще я знаю, отчего на самом деле у тебя кризис.

— Ого! Этого даже я не знаю.

— Сколько мы встречаемся?

— Это против правил. Я могу воспользоваться подсказкой? Помощь зала? Звонок другу?

— Два года, Вова. Почти два года.

— И?

— Скажи мне, между нами что-то качественно изменилось после того вечера в «Бонтемпи»?

— Ну... мы начали трахаться.

— Ты можешь и дальше идиотничать. — Оксана встает с кровати. Пытаюсь поймать ее за руку, но она вырывается и идет на кухню. Заворачиваюсь в плед, шлепаю за ней.

— Ну не сердись, я больше не буду. — Пытаюсь ее приобнять, но она вся колючая, холодная — неживая, одним словом. — Ну давай поговорим.

— Да ну к черту, чего тут говорить!

Оксана принимается ходить по кухне, стараясь утопить нарастающее раздражение в череде бессмысленных движений. Открывает и закрывает кухонные ящики. Включает чайник. Подходит к холодильнику. Застывает на секунду, будто изучая его содержимое. Наконец поворачивается ко мне:

— Ты когда-нибудь думал о том, что я чувствую, на что надеюсь? Вот зачем мы делаем то, что мы делаем?

— Наверное, затем, что мы друг другу небезразличны. Я не прав? — Утыкаю морду в растопыренную ладонь, смотрю на нее сквозь пальцы, отчего она вся получается в расфокусе, плывет и подрагивает.

— Правда? Небезразличны? Мы живем то вместе, то раздельно. Иногда даже отдыхаем вдвоем. При этом ты считаешь нормальным внезапно сорваться в Европу в одиночестве, не появляться неделями, звонить только когда у тебя телефон набивается моими эсэмэс. Я, честно говоря, даже не знаю, где ты ночуешь в такое время.

— Окс, ну у меня же кот. «Мы ответственны за тех, кого...» и все такое.

— Вов, ответственность — это когда тебя волнует то, что происходит с «небезразличным», как ты сказал, человеком. А тебя, Вова...

— Нет, только не «ты сам»...

— Нет-нет. На самого себя ты тоже давно подзабил, я соглашусь. И вот что мне непонятно. А зачем тебе все это? — Она обводит руками пространство, отчего ее голая грудь пару раз вздрагивает, будто стремясь соответствовать пафосу момента. — Вся эта бессмысленная массовка вокруг тебя. Ради чего все движение?

— Этот неуправляемый хаос и называется жизнью.

— И кто я в этом хаосе? Один из персонажей массовки? Удобная девочка, с которой не стыдно вместе выйти, у которой можно переночевать в любой момент и от которой в любой момент можно соскочить? — Грудь продолжает возмущаться, но уже как-то отдельно от хозяйки. — Она же умная, да? Она же все про меня понимает?

— А разве ты что-то про меня не понимала? Разве я когда-то был нечестен с тобой?

— Да-да. Тебе осталось только процитировать свое любимое, из «Прирожденных убийц».

— Это какое?

— «Ты же знала, сука, что я змея».

— Да, хорошая, кстати, цитата. Правда, не уверен, что к месту.

— Про честность. Скажи, честно воровать у женщины ее репродуктивные годы? — Оксана садится напротив меня и доверительно смотрит в глаза. — Мне уже не двадцать, а почти тридцать, понимаешь?

— Окс, ты серьезно хочешь это обсудить? Мы уже как-то поругались по этому поводу.

— Я не хочу ругаться, Вовочка. Я ясности хочу. — Она как-то сразу, без предварительных всхлипов, начинает рыдать, что несколько обескураживает. —

Я... я не понимаю, чего ты на самом деле хочешь. Кто я для тебя? Я не понимаю, я устала читать тебя. Это сложно, Вова.

— Ну-ну... — Обнимаю ее за плечи, рыданья сообщают ее телу некоторое тепло.

— Сложно, когда мы напиваемся вдрабадан, и из тебя начинают переть чувства, разговоры о детях, о будущем, о семье, которой у тебя никогда не было.

Странно, неужели я такое говорю? Из людей по пьяни сексуальные монстры или хулиганы вылезают. А из меня, оказывается, семейный папаша. Интересное наблюдение. Только вот насколько верное?

— А потом проходит какое-то время, и ты опять рассуждаешь о неготовности, несвободе, о быте, который душит людей в своих «ипотечных объятиях». Ипотечные объятия — это особенно для нас с тобой актуально. У нас же нет собственных квартир, дач и дорогих автомобилей, правда?

Вот это уже я. Узнаю старика Вовку.

— Потом все опять повторяется. Опять пьяные объятия, разговоры о том, как не хочется «всхлипывать в одиночестве над фотографией выросшей дочери, которая тебе не перезванивает».

Ого. Оказывается, подобные базары имеют некоторую регулярность.

— Потом Вова летит в Лондон на выходные и опять «не чувствует в себе сил», успокаивается, еще месяц в Москве, и — как две недели назад. Аж до пьяных слез. И фразы про «заднее сиденье такси, которое увозит нас двоих неизвестно куда».

Фу. Какая же пошлятина-то. А что было две недели назад? Может, я *Suede* переслушал?

— Тебя колбасит, Вовочка. — Плач, грозивший было сорваться в истерику, заканчивается так же внезапно, как и начался. Оксана продолжает монолог ровным, я бы даже сказал спокойным голосом. — И в этом весь твой кризис, а не в «писательском блоке». Ты уж определись, кто ты. Стареющий ловелас, сексуальный в своем одиночестве, или романтичный писатель, втайне мечтающий о семье. А то, знаешь, мне надоело читать уточняющие подписи под фотографиями. «Владимир Богданов и Оксана Дементьева, совладелица рекламного агентства».

— А ты, понятное дело, хотела бы подписи вроде: «Оксана Богданова с мужем Владимиром, совладельцем рекламного агентства»? — Вроде бы пришел мой черед раздражаться, но на это просто нет сил. — Извини, что я таким не стал. И еще постарайся простить за то, что когда-то меня угораздило начать писать книги, а людей угораздило их покупать. Я думал, мы достаточно постарели для всего этого дерьма типа игры в статусы.

— Дело не в статусах, Вова. Дело в том, что я женщина, которая хочет с мужем вечером глупость какую-нибудь по телевизору посмотреть, которая детей хочет, которая хочет самой обыкновенной... устроенности, что ли. Которая боится все больше и больше, понимаешь? Тик-так ходики, убегают годики, Вовка. Я боюсь упущенного времени, а ты боишься, что кто-то откусит у тебя кусок твоей популярности. Я про семью, а ты про статусы. Я обычная русская баба, Вова.

— Не разбивай мне сердце, ты не обычная. Ты принцесса. Терпеть не могу «обычных» и «обычное». От них отдает плесенью советского холодильника.

— Все обычные, дорогой мой, — вздыхает она. — А те, кто говорит, что для них это не самоцель, либо врут, либо не выросли еще, либо выросли уже настолько, что понимают недостижимость такой устроенности.

— М-да. — Рыскаю глазами по столу в поисках сигарет, создавая себе паузу для ответной реплики. Но говорить, собственно, нечего.

— М-да, Вовка, — повторяет она за мной. — Грустно все это. Светка, наверное, была права, когда сказала, что ты любую рядом с собой будешь воспринимать как довесок. Как еще одну деталь к тому, как ты выглядишь. Как машину или запонки.

— Светка? — прищуриваюсь я.

— Знакомая. Ты видел ее пару раз.

— Надеюсь, за эту тупую попытку препарировать меня ей уже отрезало голову трамваем на углу у Патриарших.

— Опять эти сложносочиненные бессмысленные речевые обороты. — Она встает, улыбается, гладит меня по шее. — Ты прячешься, да? Я тебя больше не буду палкой тыкать, обещаю. Пойдем спать!

Лежа в постели, мы еще какое-то время обмениваемся ничего не значащими фразами, листаем ленты фейсбука, проверяем почтовые ящики, — в общем, делаем все то, что делают люди, стремящиеся показать, что никто ни на кого не обижается. Просто разговор не задался. Вернемся к нему в другой раз или не вернемся никогда.

Оксана говорит что-то вроде «не забудь с утра свой компьютер и проверь, на месте ли ключи от квартиры», и пока я соображаю, откуда здесь взяться моему компьютеру, разве я с ним приезжал, да и ключи у меня всегда в кармане, с чего бы мне их забывать, она гасит свет. Мы притворяемся уснувшими.

Мы в самом деле очень хотим уснуть, чтобы проснуться уже в завтра. Там, где кажется, что вчера ничего особенного не произошло. Хотя, конечно, мы оба понимаем, что произошло все. И это «все» нас обязательно догонит. Не завтра. Когда-нибудь потом. Но догонит.

Это «все», эта пятисоткилограммовая гиря под названием «неприятный осадок» внезапно падает с потолка ровно в тот момент, когда отношения девочек и мальчиков, независимо от возраста и социального положения, переходят из фазы «любит — не любит» в фазу «как ты думаешь, на свадьбе невеста лучше смотрится в белой классике или стоит выбрать что-то более оригинальное?».

И это не вопрос, а утверждение. Она думает, что ты только этого и ждешь, тебе легче, когда направляют, ведь она об этом где-то читала или подруга рассказывала, точно она не помнит. А ты думаешь о том, как было здорово. Все эти ухаживания, томные перешептывания в темных ресторанах, романтические ночные прогулки, смешные подарки. Все то, что вчера было милой привычкой, сегодня оборачивается обязательствами. Потому что у нее в голове свадьба, кольца, подарки и подруги. А у тебя — вычурная церемония напоказ, потом теща, обстановка квартиры, дети, супермаркеты, семейные курорты и не спрятанный вовремя косяк.

И ты что-то мямлишь, тогда как от тебя ожидают бурной положительной реакции. И там, где должно было воздвигнуться твое «да», лежит теперь эта чертова гиря, а вы от нее по разные стороны.

И что бы ты ни сказал, в следующие пять минут, завтра, послезавтра, на неделе, в следующем месяце — все будет с ощущением «неприятного осадка». Когда отказ воспринимается как оскорбление, а согласие — как вымученное одолжение.

Гиря уже догнала. И очень скоро разметет вас и ваши отношения в мелкие щепки.

Дальше начнется весна нелепых придирок, лето взаимных упреков сменится осенью безосновательных выводов, которая соскользнет в зиму выяснения отношений, которых давно нет. Скорее всего это закончится пошлым скандалом. Ведь какое бы российское мелодраматическое шоу ты ни начинал смотреть, всегда смотришь «Пусть говорят».

В нашей с Оксаной ситуации выяснять ничего не нужно. Кажется, мы про себя все знаем. И ответ на ее вопрос «Что качественно изменилось между нами?» кажется очень простым.

Страх — вот наше единственное качественное изменение. Только у нее это страх потери времени, у меня — независимости.

Я боюсь, что скоро все исчезнет. Обладание собственным временем и пространством, отсутствие необходимости докладывать о том, во сколько я вернусь и зачем уезжаю. Чехарда ни к чему не обязывающих отношений, внезапные загулы с друзьями среди недели, суточное похмелье, разрывы и воссоединения во имя ничего. В общем — все то, что позволяет хоть как-то рефлексировать и писать, — все исчезнет. Пропадет под наслоением ежедневных ритуальных обязательств, именуемых семейной жизнью. Или «устроенностью», в категориях Оксаны. Я боюсь, что однажды уютный мир мещанских радостей, с которым сражался мой литературный герой, задушит меня в объятиях, сделав одним из пузатых папаш, губернаторов семейных резортов и мэров ИКЕА. Одним из тех «нормальных людей», над которыми я все эти годы издевался.

Оксана же боится, что не успеет конвертировать молодость в эту самую устроенность. Когда муж-жена, хлеб в хлебнице, а сахар в сахарнице. Когда «нормальные люди» — не ругательство, а единственно верный способ существования. Просто я, дурак, в силу своей инфантильности этого не понимаю. Именно от отсутствия устроенности меня, по ее мнению, и «колбасит». И писать не дает. А как только все счастливо наладится, и условный хлеб, который валяется у меня в холодильнике, ляжет в условную хлебницу, все тотчас встанет на свои места. Гармония наполнит душу счастьем, а перо — вдохновением.

Только я не знаю ни одной по-настоящему глубокой книги или песни о счастливых. Если только это не книга о счастливых строителях светлого будущего. Никто не будет с замиранием сердца переслушивать «Ландыши, ландыши, светлого мая привет», тогда как «Я ломал стекло, как шоколад, в руке» у любого поколения рождает ворох мыслей о странности судьбы. Хотя, казалось бы, обе песни о любви.

Историей доказано, что самые лучшие книги пишутся в самые худшие моменты твоей жизни. Несчастная любовь, предательство, развод, смерть близкого человека — подойдет все, что способно вогнать тебя в стойкую депрессию. Когда помощи ждать больше неоткуда, остается только возопить о ней к неизвестным людям. Особенно хорошо рефлексировать на тему крушения уютного мира, униженного достоинства или растоптанной любви — такое с тобой готовы разделить миллионы, живущие этими годами. Чем безысходнее положение — тем ярче текст.

Я не знаю, как объяснить ей (да и стоит ли?), что безысходность моего нынешнего положения не в неустроенности существования, а в его бессмысленности. Когда все уютные миры давно разрушены, достоинство заменили компромиссы, а вялотекущие отношения при всем желании не выдать за растоптанную любовь.

И нынешняя безысходность вместо импульса к творчеству рождает в тебе его имитацию. Когда в ожидании большой вспышки, которая перевернет твое сознание, ты пытаешься выдавить из себя редкие тексты в фейсбуке, какое-то подобие рефлексии. Хотя, конечно, рефлексия о московских таксистах или ограничении интернет-торговли смешна. Она не может не быть смешной.

Но когда в очередной раз вертишь все это в голове, появляется солидный мужчина, предполагающий, что, может, и не будет никакой вспышки. Может, в тебе и переворачивать больше нечего. Просто это такой этап. Зрелость, там. Переоценка ценностей, и все такое. И, в общем, Оксанка права, она на самом деле хорошая баба, просто ты слишком застрял в конце девяностых, со своей дурью, алкоголем, упоротыми вечеринками и непониманием того, где проснешься завтра. На дворе уже нулевые закончились, прекращай, чувак!

А чувак все еще пытается ерепениться. Нет, говорит он тому, солидному. Знаем мы этот новый этап.

На нем повестки выдают на службу в гарнизоне состарившихся. На этом этапе дальше никого нет. Дальше остается только ежедневно оглашать твиттер бессмысленными воплями: «Доррогие мои! Харррошие! Как у вас дела?» — подобно актеру Безрукову. Дальше интервью газете «Труд» и, наконец, слезливое прощание с прошлым в программе «Исповедь» на канале НТВ. Днище, в которое снизу уже не постучат. Снизу только гостевые продюсеры.

Три часа утра. Рядом спит женщина, несколько часов назад спросившая: «Кто я для тебя?». Эти двое продолжают вяло переругиваться. Я прикрываю глаза. Мысленно повторяю ее вопрос. С силой втягиваю ноздрями воздух. И уже вслух, свистящим шепотом:
— Кто я?

## «ОСТАНКИНО»

— Все в панике, — говорит Коля, открывая дверь ньюсрума.
— Я тоже, — бурчу я.
— Как гастроли?
— Как обычно. Медленно, сыро, еда невкусная, в порочащих связях замечен не был, девушек в номер не звал.
— Правильно! Я тебе всегда говорил: будь аккуратней в гостиницах. Попадешь на журналистку, мы потом замучаемся из «желтяка» фотографии выкупать.
— А обычно же, наоборот, таблоиды звездам платят за фотосессии, разве нет? — пытаюсь шутить.
— Наоборот? — смотрит на меня пристально. — Это явно не твой случай. А что-то такое было? Ты лучше сразу скажи, к чему нам готовиться.
— Готовьтесь к худшему. Как обычно.

Коля слегка морщится, будто у него голова болит.

— Я шучу, — хлопаю его по плечу, отчего он практически сгибается пополам.

Следующий час проходит в обсуждении будущего эфира. Продюсеры зачитывают цитаты гостей, те, на которые, как им кажется, стоит обратить внимание. Хотя нужно ли говорить, что в этих высказываниях нет ничего заслуживающего внимания. Ничего нового, острого или значимого они не сказали. За последние лет этак пять. Потом мы смотрим сюжеты, а я смотрю фейсбук. И, периодически, на часы. Встреча с издателями неотвратимо приближается.

Кто-то, как обычно, говорит «длинновато», ровно затем, чтобы кто-то другой ответил, что «лучше сюжет показать, чем бессмысленный диалог на входе». «Бессмысленный диалог» подразумевает разговор ведущего с гостем, и мне бы стоило вступить, но, с одной стороны, я слишком увлечен чтением ленты фейсбука, а с другой — меня здесь будто и нет. Идет много раз повторенная беседа. Рутинная, как и вся наша программа, которая слишком давно напоминает уездную операционную, где все устали от пациентов, главврача и друг от друга. Где одна операция похожа на другую: тут криво отрежут, там криво зашьют, но для жизни это не опасно. Точнее, не опасней того, что пациент сам с собой вытворяет ежедневно — запои, обжорство, опять запои.

— В общем, смотрится говенно, но на выходе будет отлично, — говорит редактор Юля. — У нас же есть... кто?

— Вова! — раздается нестройный хор хриплых голосов.

— Бинго! — хлопает в ладоши Юля.

— Спасибо, что вспомнили старика, — отвечаю, — у ведущего, как у циркового медведя: вопросов нет, есть только коньки.

— Ну что, — хлопает себя по ляжкам Коля, — тогда все свободны?

«Все» с радостью покидают душное помещение.

— С третьим гостем все ок? — осведомляется Петя, когда мы остаемся втроем.

— Я думаю.

— Что думаешь?

— Думаю, кого позвать.

— Зачем?

— Ты предлагаешь без третьего снимать, я не понимаю?

— Нет, это я не понимаю! — Коля закуривает. — Вов, мы же с тобой решили Корнева звать, из ассоциации книготорговцев.

— Когда? Мы его даже не обсуждали сегодня.

— На прошлой неделе обсуждали. — Петя пристально вглядывается в меня.

— На прошлой? — Я отворачиваюсь. Ненавижу, когда меня глазами сверлят как на допросе.

— Ну да, мы еще в кафе на первом этаже сидели. Перед твоим отъездом.

— Коль, ты бредишь, что ли?! — раздраженно восклицаю я. — Мне кажется, тебе три разных программы продюсировать очень вредно. Начинаешь путаться в героях. И в ведущих.

— Я не путаюсь. — Он смотрит на меня своими водянистыми «медузьими» глазами, потом достает из кармана блокнот. — То есть путаюсь, поэтому записываю. Вот смотри: число, дата, гостевой план.

— Убей меня, я не помню такого. — Я смотрю на фамилии гостей и темы программы, выведенные его аккуратным чертежным почерком, но вспомнить все равно не получается.

— Вов, ну как не помнишь? — Коля встает, начинает нарезать круги по комнате. — Ты прикалываешься, что ли? Ты еще сказал, что твои издатели какую-то сеть поглощают, и им эту сделку «правильно подсветить» нужно. А он как раз такой человечек.

— Да? Вообще что-то такое... да. — Вроде бы что-то припоминается, во всяком случае, перед сегодняшними переговорами с издателями могло бы стать сильным пунктом. — Точно, я его предложить хотел, а, выходит, что уже предложил. Чертова командировка, все мозги набекрень, — ну Корнев так Корнев.

— Отдыхать тебе надо. — Коля выпускает в сторону струю дыма, смотрит искоса, как на психа.

— Это точно, — говорю.

Образуется неудобная тишина. Непонятно, что меня больше раздражает в этот момент: жужжащая этажом выше дрель или Колина манера называть людей «человечками».

— Слушай, а ты в Твери был когда-нибудь? — Коля перекрывает дрель.

— Никогда.

— Зря, хорошо отдохнуть можно. Леса там всякие. Реки. Завидово. Государственный заповедник, между прочим.

— И что с того? Нафига мне в Завидово?

— Ну так... развеяться.

— Коль, а Коль, — отмечаю, как он чуть нервно барабанит пальцами по поверхности стола, — какие, к черту, заповедники? Переходи к сути.

— Ну... тут... это самое. — Коля ломает сигарету в пепельнице. — Тебя на медиафорум приглашают. Чиновники тверские. По культурной части. Хорошее мероприятие. Всякие селебы будут. Гонорар неплохой.

— Ты за меня денег уже взял, что ли?

— Не совсем. У меня там... тема одна.

— Коль, хорош мяться уже.

— В общем, я там дом строю. А с газом проблема. Ты же понимаешь: газ подвести к участку нереально. — Коля чешет голову, жует губы. — Проще нефтеналивной танкер по реке завести, чем газ. А ребята там одни пообещали газ дать, если я... короче, договорюсь с тобой. Им очень статус этого мероприятия нужно поднять до федерального.

— Коль, ты как Украина.

— В смысле?

— За газ кого угодно продашь.

— В общем, ты не поедешь? — Его глаза испуганно округляются.

— Когда ехать-то?

— Через две недели. — Коля весь будто подбирается к подбородку. — Двадцать восьмого.

— Я подумаю.

— Ох!

— Не вздыхай только, — говорю, — поеду я. Поеду.

— Ты не представляешь, как ты меня выручишь! — Он вскакивает, хватает меня за руку.

— Представляю.

— А потом мы с тобой, после форума, — щелкает он пальцами, — туда-сюда, выпьем, там...

— Туда-сюда, — шепчу я, — за них, за нас. За нефть и газ.

— Ты обиделся? — Смотрит исподлобья.

— Что ты! — Достаю я сигарету и задумчиво постукиваю ею по столу. — А Корнева, говоришь, мы на первом этаже обсуждали?

— На первом, — услужливо подсказывает Коля. — Я даже могу сказать, что на тебе было надето.

— Это уж точно лишнее.

Засовываю сигарету в рот. Коля подносит зажигалку, чиркает. Пламени нет. Он раздраженно чиркает еще и еще. Трясет ее, снова подносит, снова чиркает.

— О, — затягиваюсь, — газ пошел!

— Газ, — кивает Коля, — пошел.

## ИЗДАТЕЛИ

— Как же это? — Лев берет пригоршню фисташек из стоящей на столе фарфоровой плошки. — Это на сегодняшний день что же получается-то?

— Получается один евро двадцать центов с экземпляра, — устало говорю я и в десятый раз достаю пачку сигарет. Вспоминаю, что у него в кабинете не курят, и убираю обратно. — Несчастные евро двадцать, Лев Михайлович. Несчастный миллион сто тысяч евро.

— Ох. — В глазах Льва отражается вся скорбь еврейского народа. — Да таких гонораров на рынке нет на сегодняшний день, правда, Дим?

— Нет конечно! — подтверждает его партнер.

— Я на такое никогда не соглашусь! — Лев откидывается на спинку английского клубного кресла зеленой кожи, закатывает рукав рубашки и достает аппарат для измерения давления. — Ты должен понимать, — доверительно шепчет он, — мы готовы платить деньги, но такие суммы фирма просто не потянет, правда, Дим?

— Обуревшая рожа, — соглашается Дима и принимается чистить апельсин. — Такие гонорары платят только на американском рынке. Здесь таких денег нет.

Описать Льва Михайловича довольно легко. Благообразный еврейский дедушка с аккуратной бородкой и проницательными глазами, прикрытыми толстыми стеклами очков в роговой оправе. Вы его неоднократно видели. В тринадцатом веке он, переодетый венецианским купцом, под астрономический процент ссужал деньги крестоносцам, в пятнадцатом был изгнан испанцами из Жироны за то, что посмел напомнить монарху о своевременном возврате долга короны (скорее всего из-за Льва был позднее принят международный закон, позволяющий объявлять государственные долги суверенными). Позднее, в девятнадцатом, вместе с Натаниэлем Ротшильдом он пилил акции Суэцкого канала. В семидесятых годах двадцатого века он переквалифицировался в «цеховики», параллельно занимая скромную должность замзавотдела НИИ, а в лучезарные девяностые стал книжным магнатом.

В принципе, Лев мог бы тогда выбрать нефть, газ, ювелирку или недвижимость — и во всем бы преуспел. Но выбрал книги. Люди подобного склада характера преуспевают именно потому, что довольно быстро теряют интерес к деньгам как предмету борьбы. Борются они всю жизнь только за первое место в отрасли. В основном сами с собой.

Его младший партнер Дима похож на молодого ученого-физика. Голубые джинсы, свитер с геометрическим узором, металлические очки. Золотые часы Jorg Hysek (видимо, как напоминание о прежней жизни, среди больших и точных математических приборов). Из тех физиков, которые в 1995 году доказали, что кредиты МВФ могут существовать не только в твердом и жидком, но и в газообразном, распыленном по собственным офшорам состоянии.

«Фирмой» Лев скромно называет концерн с годовым оборотом в полмиллиарда долларов, а фразу «здесь таких денег нет» говорит человек, две недели назад заплативший одному скромному автору исторических романов три миллиона долларов наличными. На-лич-ны-ми. Вот сейчас еще раз, про себя, произношу это, и под ложечкой холодеет.

— Мы уже два часа сидим, — напоминаю я. — Мне бы домой поехать, писать, у меня руки чешутся главу закончить. А вы сидите и сознательно надо мной издеваетесь.

— Руки у тебя чешутся, потому что ты нас на деньги разводишь. — Дима с аппетитом поедает апельсин. — И писать ты, конечно, не поедешь. Поедешь водку пить и баб трахать.

— Фу, — кривлюсь я, — водку я не пью, ты знаешь. А с бабами все сложно. Муки творчества. Можно я все-таки закурю?

— Что ж, кури, — голосом умирающего говорит Лев.

— Не давай ему курить, у него так мозг быстрее отключится, — предупреждает Дима.

— Уже отключился от вашей жадности и всех унижений, которые я тут сношу.

— Ладно, — выдыхает Лев. — Ребят, мы все вместе не первый год работаем и из-за денег ругаться не будем. Но на сегодняшний день есть реальность. Девятьсот тысяч.

— Девятьсот? — Я раздраженно достаю сигарету, прикуриваю. — Ребят, вы же знаете, что ваши коллеги из «ИПГ» просто сейчас, по звонку, купят меня. Проверим? За миллион двести, просто ради того, чтобы вам насрать. Позвоним сейчас Дмитриеву, вот прямо сейчас, позвоним?

— Слушай, ну имей же совесть! — Лев по-бабьи всплескивает руками. — Я к тебе отношусь по-семейному, как к внуку. Дима вон... тоже. Что это за шантаж?! Предательство!

— У нас прекрасная семья, Лев, — стряхиваю пепел себе в руку. — Как в анекдоте. Когда еврейский дядя все время приходил к племяннику и рассказывал, что хотел купить шоколадных конфет, но в магазине были только леденцы. И племянник как-то сказал: «Дядь, ну купи хоть леденцы...»

— И что дядя? — заинтересованно смотрит на меня Лев.

— Дядя сказал: «Пока я жив, мой племянник будет есть только шоколадные конфеты». — Кабинет взрывается хохотом. — Один миллион сто тысяч евро. — Я отворачиваюсь к окну.

За окном районы офисных блоков серого бетона, машины на светофоре, птицы на электропроводах и липкое марево утренней Москвы. Люди едут на ланч, люди сидят в метро. У некоторых из них наверняка одна из моих книг. И я думаю о том, что, возможно, кто-то из моих читателей закрывает книгу и думает: «Как же здорово это написано». Еще он думает о том, что я прямо сейчас сижу и пишу новую книгу. Будет ли в ней старый герой или новый? И хотелось бы продолжения со старым, ведь он такой прикольный. Здорово было бы узнать, что именно Богданов пишет в данный момент. А Богданов сидит и как последняя проститутка торгуется с издателем за новый контракт.

И все его герои в данный момент — Лев, Дима и миллион евро, а красная нить произведения в том, чтобы пройти этот извилистый ритуал торговли. Протанцевать свои партии до конца, хотя все уже, конечно, решено. Стороны еще вчера все просчитали и внутренне согласились на миллион. Но обе они настолько алчны, что одна сторона не может не предпринять попытки заплатить на двести тысяч меньше, а другая, такая же алчная, хочет срубить лишнюю сотку, потому что машину вроде как пора менять...

При этом в глубине души один думает, что все-таки, наверное, и скорее всего, слегка переплачивает, а второй твердо уверен, что просит маловато. И каждый за этим столом надеется, что в этот раз получится отжать себе какие-то экстрабонусы.

Будем объективны: в войне писателя с издателем оба хуже. Точнее, оба правы по-своему.

Писатель справедливо считает издателя скрягой и бездуховным жуликом, который, помимо того что ни черта не понимает в литературе, невнимательно читает гениальные рукописи, еще и тиражи ворует — это самый распространенный миф среди отечественных писателей. Почти каждый малотиражный автор уверен, что продажи его последней книги составили сто тысяч экземпляров, из которых пять ему показали, а девяносто пять напечатали в «левой типографии», чтобы не платить гонорар. Почему соотношение 5 к 95, а не 40 к 60 — неясно.

Издатель не менее справедливо считает писателя алчным мудлом, поймавшим звездную болезнь после первой более-менее удачной книги. Вымогателем и лентяем, который пишет какую-то ересь, вместо того «чтобы брать нормальный сюжет», переносит сроки сдачи текста и постоянно «смазывает финалы». Нормальный сюжет и смазанный финал — любимые мантры издателя.

Дело в том, что в его, издателя, идеальном мире каждая новая книга писателя должна быть похожа на старую. Чтобы обложка «такая же красненькая», и название с цифрой 2, 3, 4, 5 и т. д. Все, что этим требованиям не отвечает, непременно имеет «смазанный финал», «ненормальный сюжет» и, до кучи, «идиотское название».

Таким образом, издатель видит своего идеального автора человеком, всю жизнь пишущим одну и ту же книгу, с одним и тем же героем в слегка измененных обстоятельствах. Каждая последующая такая книга легко просчитывается в тираже, а следовательно, и в расчете аванса (каждый новый тираж будет предсказуемо меньше предыдущего). Автор, как правило, заканчивается для читателей уже на третьей книге такого рода.

Писатель после первого бестселлера непременно хочет написать «что-то кардинально иное», чтобы «увести читателя в новый мир». В результате «кардинально иное» выходит полным говном, с мизерным тиражом и жуткой реакцией читателей (потому что читатель не хочет никакого нового мира: от фантастов он ждет фантастики, от бичующих пороки общества — очередного предмета бичевания, но никак не наоборот. Вы же не идете за мясом в рыбный отдел, а за куриными бедрами — в публичный дом, правда?)

При этом гонорар писатель за «кардинально иное» требует как за первый бестселлер и, опорожняя третий стакан, в кругу друзей рассказывает о том, как «издатель угробил ВЕЩЬ», не организовав «правильную» рекламную кампанию и не обеспечив хорошую выкладку в магазине. Умные, после поля экспериментов, возвращаются к своей стезе, все прочие уходят «говорить с вечностью» (форумы неудавшихся писателей, литкритика, пьянство).

Парадокс состоит в том, что война автора с издателем — непременное условие существования обоих. Без этих споров о сюжете, герое, шрифте на обложке не получается ни один проект. Они держат обоих в тонусе. Они учат реагировать на читателя. Это химия книжного рынка. Я люблю ее.

Своих издателей я, по правде говоря, тоже очень люблю. Хотя бы за то, что они уравновешивают наш лицемерный мир «творческих людей», показывают его суть, как лакмусовая бумажка с проступающим на ней портретом Франклина. Каждый из сотни говорящих с вами со страниц своих книг о духовности, морали, отрешенности от бытия, ничтожности материального, превращается здесь, в этом кабинете, в мерзкого, алчного Леприкона, готового до одури торговаться за свой мешочек золота.

Самая увлекательная часть литературного спора — конечно... торговля. Да-да, довольно глупо жить в двадцать первом веке и делать вид, что настоящие писатели питаются нектаром и пишут чаще всего в стол. В стол кладут деньги.

Просто спорят о гонорарах три процента авторов-бестселлеристов, а остальные девяносто семь довольствуются тем, что им предлагают.

Конечно, никто из известных писателей не начинал писать ради гонораров. Но в то же время я не знаю ни одного, кто бы после первого мало-мальского успеха не попытался выбить из издателя более выгодные условия. Видал я альтруистов и аскетов, «живущих совершенно вне материального мира», которые выгрызали у редакторов кадык за лишних пятнадцать центов с экземпляра. И я никого не готов за это осуждать. Кроме тех бездарностей, которые получают более высокую ставку роялти, разумеется.

Стоит ли говорить, что лучшей рецензией на мою книгу было словосочетание «один миллион долларов», сказанное на переговорах моим издателем по слогам.

— Слушайте! — Мне кажется, что час предъявления козырных тузов пробил, я прищуриваюсь и завлекающим тоном открываю дверь в комнату с табличкой «Выбить лишнюю сотку». — А вы же сеть эту региональную, как ее? «Премьер-книга»? Вы ж ее покупаете, а конкуренты ваши говорят, что это рейдерство. А вот если я...

— Вов, за правильное упоминание в эфире про «Премьер-книгу» мы еще отдельно сотку готовы отдать, — как бы подытоживая давно пройденную тему, бросает Дима.

— Ты телепат, что ли? — искренне удивляюсь я.

— Ты придуриваешься, что ли? Вов, хорош дурака валять, мы эту сотку за эфир с тобой по телефону обсудили. Ты больше хочешь? Больше сотки не дадим. Честное слово.

— Правда обсудили? — С одной стороны, я искренне удивлен собственным умением выстраивать комбинации, с другой — испуган тем, что совершенно не помню этого разговора с Димой.

— Ты бухать завязывай, — устало говорит Дима,— вредно для памяти.

— Да-да, — тихо соглашаюсь я.

— Итого на сегодняшний день девятьсот тысяч за контракт и сто за программу. Миллион получается, да. — Лев победоносно оглядывает присутствующих.

— Миллион, — растерянно отвечаю я, глядя в угол комнаты. Туда, где потолочная лепнина слегка потрескалась и пожелтела. Странно, думаю. Вроде никто здесь не курит, а лепнина желтая. А еще я пытаюсь вспомнить, когда же с Димой успел этот эфир обсудить. Причем не просто обсудить, а цену за него назначить и с Колей обговорить, кого героем взять.

Дело, конечно, не в бухле, но точно в курении. Надо бы подзавязать с травой, думаю. Хотя раньше вроде не мешала. Может быть, перейден критический рубеж накопленных каннабиноидов? Может быть, возраст? Или Дима правда телепат и читает мои мысли? Перевожу взгляд. Смотрю, как он выводит геометрические фигуры карандашом на бумаге. «Дима, ты жадный урод», — говорю про себя, отмечая его реакцию.

— Может, обедать пойдем? — предлагает он.

— Может, еще сотку накинете?

«Значит, все-таки, не телепат».

— Нет, — дружно качают головами издатели.

— А электронные права? — делаю обреченную попытку.

— Шутишь? — Дима берет из вазы очередной апельсин, начинает чистить. — Твои интернет-фанаты все бесплатно качают. Какие уж тут электронные продажи!

— Да, они такие, — выдыхаю.

— Обедать пойдешь, любимый писатель? — улыбается Лев.

— Спасибо. Я уж весь аппетит с вами потерял.

— Ну как хочешь. — Лев встает, давая понять, что встреча окончена.

На прощание обнимаемся так, будто одного из нас только что выпустили из мест заключения.

— Как твоя новая рукопись? Переделываешь? — Дима роняет кожуру апельсина на бортик хрустальной пепельницы, опасно стоящей на краю стола. Кожура неуверенно повисает, будто размышляя, остаться в пепельнице или сорваться вниз. — Я правда считаю, что не нужно уходить в эту мистику со сновидениями.

— Мистику? — пытаюсь понять, о чем он говорит.

— Ты посмотри. Может, я, конечно, не до конца понял замысел. Подумай, в общем.

— Я... я посмотрю. — Не сводя глаз с кожуры, зачем-то нащупываю телефон во внутреннем кармане пиджака.

Кожура срывается и падает на пол.

## ДЕНЬ РОЖДЕНИЯ

— Мама просила передать тебе, чтобы ты не исполнял, — заговорщицки подмигивая, сообщает мне дочь.

— У мамы хорошая память, — хмыкаю я.

*Исполнил* я полгода назад, в кругу бывших родственников. Я заехал к дочери в неправильный день. Неправильный во всех отношениях. Во-первых, вся семья выпивала дома у моей бывшей, во-вторых, в качестве экстрабонуса выпивала по случаю дня рождения тещи. И мне бы убежать, скрыться, пока при памяти, но я зачем-то дал себя уговорить сесть за стол и выпить. «Не чужие же люди в конце концов», — было сказано моей бывшей.

И все проходило довольно ровно, пока тетка жены, хряснув очередной стакан, не вышла со мной на живое человеческое общение. Она начала с того, что относится ко мне «в целом неплохо». «Неплохо» заключалось в классическом дуализме русских семейных ценностей: «Парень ты, в общем, неплохой, но козел редкий». К полемике подключилась бывшая теща, дополнившая картину деталями, тетке неизвестными.

А именно: «Как только книгу издал, сразу нырнул в сладкую жизнь, с поклонницами, шлюхами и шоу-бизнесом» (примечательно, что в тот момент она еще разделяла шлюх и поклонниц, но категорически путалась в хронологии — все-таки книгу я издал после развода), «непонятно, зачем семью заводил, таким, как ты, это противопоказано» и «странно как ты с дочерью-то общаешься, наверное, чтобы журналистам рассказывать, какой ты хороший отец».

Может быть, потому, что во мне к этому моменту уверенно торчала бутылка красного, может, невовремя вспомнился груз невысказанных в канун развода взаимных обид, возможно, катализатором явилась чья-то искрометная шутка в мой адрес, высказанная вслух. А может быть, из-за того, что меня, лицемерного до мозга костей человека, обвинили в лицемерии в отношениях с дочерью — единственной сферы, где я его не допускаю. В общем, я позволил себе критически не согласиться со сказанным. Настолько критически, что через полчаса теща картинно капала валокордин, а тетка сожалела, что она не мужик, а то бы морду набила. «Исполнил», одним словом.

Воспоминания настроения не улучшают. Меня и так колбасит от неожиданного приступа социопатии. Сейчас я вынужден буду перешагнуть порог заведения, наполненного незнакомыми мне людьми, родителями, чьи дети учатся в одном классе и которые наверняка уже дружат между собой. Имеют кучу совместных интересов, выпивают вместе по выходным, обсуждают достижения детей, учительницу по химии, ЕГЭ или что там обсуждают родители школьников. А тут я, который даже не знает, как классную руководительницу дочери зовут.

Человек, который появляется исключительно на сентябрьской линейке и отваливает, как только прозвенит первый звонок. Никаких тебе «Здрасте, Маша, а где вы с вашими летом отдыхали?», никаких анекдотиков. Человек-говно, в общем и целом. «А он еще в телевизоре выступает... Ах, ну тогда понятно. И книжки какие-то пишет. Ох, читали бы вы эти книжки!»

Все это и наверняка что-то похуже (не забываем про шутки по линии разведенных отцов) думают обо мне эти замечательные люди. А мне сейчас с ними сидеть да еще изображать бурную радость по поводу детского праздника.

— Дочь, я волнуюсь, — говорю я тоном ребенка, обреченно понимающего, что от дантиста не соскочить.

— Все нормально! — Дочь берет меня за руку, как когда-то я вел ее на новогоднюю елку в мэрию, перед которой она дико переживала, и буквально тащит меня в ресторан.

«Главное — молчи и улыбайся, — уговариваю себя, — в конце концов это пара-тройка часов. И не вступай в дискуссии, вне зависимости от темы. Все-таки есть риск исполнить».

За столом не так много гостей, человек двадцать. То есть совсем не клубная вечеринка, в ВИПе не спрячешься. Дочь вручает цветы и подарок имениннице, возвращается ко мне и легонько подталкивает к столу.

— Это мой папа! — звонко сообщает она присутствующим.

Я растягиваю морду в улыбке. (Господи, какой, должно быть, у меня идиотский вид!)

— Здравствуйте! Владимир, — обращаюсь я к присутствующим.

Мужчины сухо пожимают мою руку, представляясь непременно по отчеству — Игорями Геннадьевичами, Александрами Павловичами. Дамы, наоборот, сплошь Светы, Марины и Наташи. Некоторые слегка рдеют.

— Володя, очень приятно, Владимир, — блею я в ответ.

— А вот и телевиденье приехало, — громко сообщает пузатый мужик моих лет. — Действительно, какой же праздник без телевиденья?

Собравшиеся согласно ржут.

— Никита Павлович, — представляется он.

— Владимир. — Жму руку, а этот черт ее не отпускает. Смотрит в глаза, чего-то еще ждет. — Сергеевич, — выдавливаю я, и только тогда он разжимает клешню.

Типаж Никиты очевиден. Такие придурки есть в каждой компании. «Общественник», тамада, «зажигалка». В общем, первый парень на деревне. Такие всегда в центре внимания. Они умеют выбить пьяный смех анекдотом десятилетней давности, знают, в каком турецком отеле лучший шведский стол, осведомлены, когда ближайший кризис и что там, в Кремле, думают, — им знающие люди сообщают. Очевидно, что мой приход Никите как гвоздь в жопу. Хочешь не хочешь, а я селебрити, следовательно, все общественное внимание неминуемо переключится на меня.

Первый час проходит на удивление нейтрально. В обсуждении недостатков школьной программы, кризиса образования, роста цен, уличной преступности — того, с чем можно благожелательно соглашаться и сдержанно негодовать вместе со всеми. Мне удается обойти опасный риф групп продленного дня, отделавшись соображением о том, что «в наше время это, конечно, было лучше организовано» (стоит ли говорить, что «в наше время» никакие группы продленного дня я не посещал). Затем я ловко вставляю свои пять копеек в обсуждение темы опасности интернета и ужаса социальных сетей, что выходит весьма органично. Еще бы мне не знать эти опасности! Мне, постоянному посетителю порносайтов и одному из сотен невоздержанных на язык «ужасов социальных сетей». Никита всего один раз делает попытку сойтись, начав издалека про «что-то вы не пьете, может, компания не та», но я соскакиваю, сославшись на прием антибиотиков.

В какой-то момент мне даже удается расслабиться. Я заказываю себе кофе и оценивающе разглядываю собравшихся женщин. Все они из той категории, о которой думаешь, что она для своих пятидесяти, в принципе, неплохо сохранилась, а потом выясняется, что ей, например, тридцать три. Единственная прилично выглядящая блондинка пришла в одиночестве. Все остальные — парами, и я уже подумываю о том, не выйти ли с ней покурить, но вовремя подходит дочь, чтобы узнать, как идут дела.

Мы выходим в соседний зал, и я рассказываю о своих успехах, на что дочь не без гордости сообщает, что я продержался более часа.

Вернувшись, я попадаю в водоворот разговора «о времени и о себе». Никита Павлович, естественно, солирует, рассказывая, чем обусловлен рост тарифов ЖКХ, когда и как сильно упадет рубль и что делать, если квартира еще не приватизирована.

Он сравнивает наше время с девяностыми, а кто-то, конечно же, добавляет эпитет «лихие», другой с жаром говорит об СССР, вспоминает «те» пельмени «крестьянские», «ту» музыку, а я сижу и чувствую себя полным придурком.

— А вот, кстати, — поворачивается ко мне Никита, — расскажите нам, простым смертным, — указывает он на собравшихся, — какие там новости, какие прогнозы и, — растекается он в пьяной улыбке, — и ваще...

— Где «там»? — уточняю я.

— Ну как где? Среди, так сказать, сильных мира сего. Где у нас решения принимают теперь? В Кремле или в Белом доме? — Он подмигивает собравшимся, намекая на собственную осведомленность. — Расскажите, что вы думаете обо всем этом?

— Я не знаю, — пожимаю плечами.

— Как это не знаете?

— Сильных мира сего не знаю, новостями их не интересуюсь. Отработал эфир — и домой, к книгам, — корчу я извиняющуюся гримасу.

— Да лад-на, — наседает Никита, — специально молчите. Сидите, не пьете, молчите. Чего-то все в телефоне ковыряетесь. Че там ковыряться-то? Я вот, — достает он новый айфон и демонстрирует гостям, — жена подарила, а знаю только, как звонить.

Гости одобрительно ржут.

«То, что ты редкое мудило, с порога было ясно».

— Знаете, Никита Павлович, я ж не политик. Я интервьюер, — пожимаю плечами я.

— Так не бывает. — Никита наливает себе вина. — Не хотите с простыми людьми поделиться. Брезгуете или вам «там», — поднимает он палец вверх, — запрещают. Так и скажите.

— Они «там», наверное, специальный контракт подписывают, чтобы не разглашать правду людям, — говорит кто-то сбоку.

— Как в КГБ, специальную форму, — соглашается кто-то другой.

— Ну что вы насели? — слышится грудной женский голос. — Может быть, Владимира в такие вопросы не посвящают. Не все же на телевидении приближены, так сказать. Только некоторые, да, Володь? Так же устроено?

— Д-да-а, — зачем-то соглашаюсь я, сопровождая мычание улыбкой душевнобольного.

— А! — восклицает Никита. — Ну, если форма допуска не та, другое дело. А мы думали хоть раз в жизни, хоть одним глазком взглянуть на мир серьезных людей через вас.

Зал разражается дружным хохотом. Действительно, сложно представить себе более смешную шутку.

— Никит, действительно, хорош уже к человеку приставать! — толкает его под локоть супруга.

— Да чё ты хорош-то? Уж и поговорить нельзя! — делано негодует Никита и склоняется к собеседнику напротив, говоря нарочито громким шепотом: — Короче, по вопросу кризиса...

Пользуясь тем, что собравшиеся увлекаются разговором про курс рубля и грядущий экономический коллапс, я сваливаю курить в соседний зал.

Это очень странные ощущения. Когда всё вместе — обида, раздражение и стыд за самого себя. Как тогда, давно еще, в начальной школе, когда кто-то из одноклассников на физкультурной линейке подскочил сзади и стащил с меня спортивные трусы. И весь класс заржал. Все девчонки и мальчишки, знавшие друг друга с детского сада, дружно высмеивали «белую ворону», которая пришла к ним во втором классе. Человека из другого района, из другой, параллельной вселенной. Так ему и надо, неуклюжему придурку, который не обсуждает вместе со всеми, как тырить у родителей деньги, пока они бухают, и не знает, как из туалетной бумаги и трех «бычков» скрутить сигарету.

И вот опять я не знаю. Не знаю, как там с тарифами ЖКХ и что сказать о курсе рубля. У меня нет неприватизированной квартиры, а была бы, вряд ли бы меня заботил вопрос о ее приватизации. Я не могу сказать ничего определенного, так как совершенно не понимаю обсуждаемых тем. Единственное, с чем я мог бы выступить, так это с оценкой «девяностых», которые, может быть, для них были «лихими», а для меня состояли из рейвов, первого клубного движения и экспериментов с расширением сознания. Но такие темы, как сказала бы моя бывшая, чреваты тем, что можно исполнить.

Вот ведь как странно. Мои книги и передачи находят интересными сотни тысяч людей, я не самый тухлый собеседник и, как говорят, наделен некоторым чувством юмора. Я довольно легко ориентируюсь в паре десятков злободневных тем и быстро нахожу язык в любой компании. А здесь я чувствую себя сидящим за просмотром вечерних новостей в доме престарелых. И самое грустное, что большинство присутствующих престарелых — мои гребаные ровесники.

Ровесники, сука, с которыми я не могу поддержать разговор, потому что единственная тема, которая меня в данный момент волнует, звучит так:

«Люди, прошло уже двадцать лет с того дня, как мы окончили школу. Менялись режимы, президенты, мода, музыкальные стили, форматы. Выходили сумасшедшие фильмы и книги. Наконец, произошла, мать ее, интернет-революция. Где же вы были, пока все это происходило? ВЫШЛИ ИЗ КОМНАТЫ?»

Как же так вышло, зайки мои, что кто-то ловко перевел рельсы и отправил наши поезда по разным путям? Как раз лет двадцать назад. Одинаковые советские дети, которые одинаково не любили совок, слушали одно и то же «Кино», ходили в один и тот же первый «Макдоналдс», потом радостно приветствовали 1991-й, потому что к тому моменту нам всем это уже одинаково осточертело. И все мы одинаково мечтали о том, что то, куда мы все сейчас идем, будет совершенно другим. Но оказалось, что как раз это «одинаковое другое» мы представляли слишком по-разному.

И вроде бы тот отъезжающий в новый мир состав целиком состоял из нас, таких обалденных и целеустремленных, а сегодня мы случайно встретились на полустанке, и в моем вагоне редкие запоздалые пассажиры, а вас там битком, целый состав. Идет мимо, монотонно грохочет, и в нем опять поет Алла Пугачева, там опять жрут пельмени «крестьянские», пахнет елочкой и играет блатнячок...

Внутренний монолог прерывает щелчок зажигалки. Где-то слева над ухом. Оборачиваюсь.

— И часто у вас так? — За мой стол подсаживается та самая блондинка.

— Часто что? Разговоры о политике?

— Я имела в виду, часто вы так родителями собираетесь? Мы в классе «новенькие», в этом году только пришли.

Я, можно подумать, «старенький».

— Бывает, что собираемся, — вру я, — родительский класс у нас дружный.

— Я уже успела заметить, — улыбается она, протягивает руку. — Катя.

— Владимир, — осторожно пожимаю в ответ руку, разглядывая собеседницу.

Правильные черты лица, яркие голубые глаза, сдержанный макияж. Характерный абрис груди. Чуть полноватые, но все еще привлекательные бедра. Одежда не ультрамодная, но в целом все довольно стильно. Катя из тех, кто следит за собой тщательно, но без фанатизма.

— А я вас знаю. Я вашу книгу читала.

— Спасибо, — говорю без должного энтузиазма.

— Вы даже не хотите узнать, какую? — прищуривается она.

— Самую первую. Она во всех туалетах России лежала. Знаете, приличные книги в каждой библиотеке, а мои — в каждом туалете.

— Как-то вы плохо о себе, любимом, отзываетесь.

— Кто сказал, что я себя люблю?

— Ну...

— Это во-первых. Во-вторых, Катенька, наличие книги в туалете российской квартиры — это не плохо, а неимоверно хорошо.

— С чего вдруг?

— В библиотеках теперь книги в основном пылятся, а в туалетах их хотя бы читают. Вот такая диалектика. Я не слишком сложно объясняюсь?

— Куда уж проще.

Повисает пауза, во время которой мы, не особенно стесняясь, сканируем друг друга глазами.

— Вы сейчас что-то пишете?

— «Рождественские рассказы».

— Странная для вас тематика. У вас обычно наркотики, клубы, легкодоступные женщины, циничные издевки над современниками. Какое уж тут Рождество.

— Все артисты в момент творческого кризиса выпускают альбом «Рождественских песен». А у меня вот рассказы.

— И давно у вас кризис?

— Года три, — огрызаюсь я, — как с героина слез. Сначала сложная реабилитация, потом опять сорвался. Клубы, девушки, и... понеслась душа в рай.

— Вы сейчас серьезно?

— Конечно. Вы же серьезно содержание моих книг описали? Вот я стараюсь соответствовать.

— Вы совсем разговаривать не настроены? — Катя оценивающе смотрит на меня. Так, как смотрит женщина на стадии принятия решения. Между «полный козел» и «в общем, ничего».

— Почему же, — прикуриваю новую сигарету, сдаю назад, — я минут десять как попытался. С родителями одноклассников. Но не смог попасть ни в одну тему.

— Странно. — Она отбрасывает прядь волос, так что это не оставляет мне выбора. — У вас же столько общего должно быть. Вы же сказали, что часто с родителями собираетесь.

— Врал, — делаю шаг вперед, сокращаю дистанцию, — как и про героин. Кать, я на самом деле здесь появляюсь дважды: на Первое сентября и на какой-нибудь подобный сходняк. Хотя, конечно, опять вру. Только на Первое сентября. Сегодня должна была моя жена пойти, но она заболела.

Катя отводит глаза, выпускает дым. Отворачивается.

— Приходится замещать жену. — Я выдерживаю паузу. — Знаете, разведенные родители легче идут на компромиссы.

— Знаю. — В ее взгляд возвращается интерес.

— Но в целом я плохой отец. Фиговенький такой родитель, если честно. Родитель-прогульщик. Я даже не знаю, как у нас классную руководительницу зовут.

— Прекратите! — Она убирает зажигалку и сигареты в сумочку. — Дело не в руководительнице. Плохой отец — это... в общем, не важно.

И в этот момент, согласно ритуалу, мы должны расстаться, чтобы встретиться как-нибудь еще. В выходные, через неделю или через год.

— Кать, а вам группа «Кино» нравилась? — говорю я тоном, который ясно дает понять, что встретиться хотелось бы дважды: сегодня вечером и завтра утром.

— Странный вопрос. При чем тут «Кино»?

— Просто скажите: «да» или «нет»?

— Ну, — запрокидывает она голову, смеется, — в общем, да.

— Я так и думал. — Я бросаю сигарету в пепельницу и направляюсь к выходу.

— Если бы я сказала, что не нравится, вы бы так же ответили?

— В общем, да, — кривляюсь я. — Как вы угадали? Я боюсь женщин, которые читают меня как открытую книгу. Даже как забытую газету, я бы сказал. Пойду к гостям.

— Удачи! — салютует она двумя пальцами, сложенными в виде «V».

По моим прикидкам, ждать конца праздника осталось недолго. Уже и за детей пили, и за здоровье, и чей-то сын дважды приходил с вопросом «Когда домой поедем?», но был отогнан пьяными родителями.

Еще час я убил, обыграв на приставке в паре с дочерью двоих пацанов в большой теннис. Несколько раз сталкивался в зале с Катей, даже пытался привлечь к игре ее дочь, но та к теннису интереса не проявила.

За столом продолжается обсуждение школьных проблем. Ну, думаю, это не страшно. Это мы уже проходили.

— Вот, кстати, по поводу ремонта. Вы же на последнем родительском собрании не были? — откуда-то вне поля моего зрения укоризненно начинает Никита. — Не были! А зря, между прочим.

— Дело важное, — замечаю я вполголоса.

— А вы зря ерничаете!

— Да кто же ерничает? — Наконец я понимаю, что обращаются ко мне, но моя неуместная ирония уже привела в действие пусковой механизм Никиты. Оказывается, он стоит прямо за спиной. Оборачиваюсь.

— Вот, — торжествующе смотрит не меня Никита Павлович, — вот поэтому у нас все так и происходит. Потому что всем по фигу. По две тысячи с семьи собирают на ремонт класса, а вам по фигу. Это ж какие бабки! Могли бы прийти на собрание, поддержать, так сказать, своим авторитетом. Вам все равно, в каком классе будет сидеть ваша дочь? Или для вас две тысячи — не деньги, правильно?

— Деньги, — говорю, — хорошие деньги.

— Да ла-а-адно, — слышу я знакомые нотки, — конечно, так мы и поверили. Вы в день на кофе больше тратите. Вам просто по фигу. Вас это не волнует. Вот поэтому, дорогие мои, — обращается он к залу, — у нас все в такой жопе.

— Конечно поэтому, — стараюсь не раздражаться я, — в полной жопе. Причем всего-то за две тысячи рублей. Моих.

— Чего вы дурачка-то из себя строите? Дело ж не в деньгах, — не унимается он, — дело в отношении. Вот вы и книги такие пишете. В них всем друг на друга насрать. Главное — чтобы бабки были и телки давали!

— А, вот оно в чем дело! У вас с чем конкретно проблемы? С первым или со вторым?

— У меня со всем порядок, не переживай! — Никита внезапно переходит на «ты», обозначая надвигающуюся бычку. — А вот у тебя проблемы начнутся конкретные, когда твоя дочь вырастет и станет твои книги читать. Чему они ее научат?

— Послушайте, ну при чем тут его герои? — внезапно вступает Катя, не дав мне ответить. — Есть литература, есть жизнь. Вы правда думаете, что писатели и актеры в жизни такие же, как герои, которых они придумывают? Ну зачем, не зная человека, сразу ярлыки на него навешивать?

И мне, с одной стороны, хочется, чтобы этот спонтанно возникший клуб детских наставников и моралистов как можно скорее прекратил свою работу, а с другой... Катя так неожиданно сексуальна в своей правозащитной речи, что хочется откинуться на спинку стула, закурить и досмотреть этот увлекательный поединок до конца.

— И потом, знаете, если уж честно, — Катя делает глоток воды, видимо, это признание дается ей с трудом, — я столько книг прочла... но вряд ли буду свою дочь учить по ним жизни. Слишком времена изменились.

— Книги разные есть. Вам, видимо, попадались только те, в которых разведенные женщины с детьми ходят по школьным вечеринкам и клеют физруков, — заливисто ржет Никита, весьма довольный своей шуткой.

За столом раздаются ехидные женские смешки и сдержанные мужские покашливания: видимо, речь идет о хорошо знакомой собравшимся ситуации с участием Кати. Катя собирается ответить, но внезапно отворачивается.

— Тебе бы извиниться перед девушкой сейчас! — Смотрю ему в глаза, а там — пьяная пелена, мятая занавеска, на которой написано: «Больше всех надо?», «Баба — не человек», «Да ты кто такой, епта» и прочие доминантные символы русского мужчины.

— За что извиняться-то? — прищуривается Никитос.

В зависшей паузе Паоло Конте довольно громко начинает петь «It's wonderful how looks my baby», — а я, неожиданно для себя, встаю и бью Никите точно в нос. Моментально получаю обратного, в скулу. «Крепкий, сука», — успеваю подумать, прежде чем мои руки перехватывают, а на Никиту наваливаются его соседи. Он орет что-то про мать и про то, как он меня, куда и сколько раз. Нас разводят по углам, точнее по туалетам.

Я смываю кровь из разбитой губы, еще минут десять курю перед зеркалом, рассматриваю стремительно опухающую скулу. Странно, но присущее всем нам состояние «после драки», в котором ты рассуждаешь о том, как бы сейчас выйти и накернуть ему по голове урной или пепельницей, так и не появляется.

Вернувшись, застаю гостей за сборами домой. Женщины разрываются между проверкой верхней одежды детей и мужей. Мужчины допивают в углу. Даша подходит ко мне, вручает немыслимых размеров сосисочную собаку, сделанную из перетянутого воздушного шарика.

— Больно? — легонько тычет она пальцем мне в скулу.

— Бывало больнее. У зубного например.

— Ну и зачем ты дрался? Ты всегда говоришь, что лучше все решать словами. — Смотрит на меня хитро, ожидая, как я буду выкручиваться.

— Правда, я так говорил? — почесываю затылок. — Ну, скажем... это была инструкция для младших классов. В старшем возрасте российский мужчина решает свои проблемы насилием.

— И что, они решаются?

— Не-а, — передаю ей куртку, — только множат новое насилие.

— И зачем тогда все это?

— Помнишь «Алису в Зазеркалье»? Там Лев и Единорог постоянно дрались на потеху толпе, и каждый раз их потом прогоняли «под барабанный бой до городских ворот».

— Что-то такое там было, да.

— Вот так и здесь. На вечной битве Льва и Единорога во имя ничего здесь все и держится.

— Пап, я, если честно, не очень понимаю.

— Я, если честно, тоже. Живу уже тридцать восемь лет и не понимаю. Одевайся.

У гардероба мужчины не протягивают мне руки. Лишь некоторые сдержанно кивают на прощанье. Одна женщина, уже в дверях, говорит, какой я интересный человек и как было приятно со мной познакомиться. Оказывается, в наше время можно прослыть приятным собеседником, сказав за три с половиной часа одну фразу и съездив кому-нибудь по роже.


На улице к нам подходит Катя с дочерью.

— Спасибо, — говорит она, изучая мое отекшее, как я полагаю, лицо.

— Не за что, — хмыкаю, — обращайтесь, если что. Испортить присутствием детский праздник, день рождения, свадьбу. Это всегда ко мне. Подвезти?

Пока я рассаживаю женщин по сиденьям, мимо проходит Никита с семьей. Останавливается, смотрит на меня, потом набирает воздуха в легкие и открывает рот, видимо, для финальной речи.

— Ты во всем прав. Во всем, — говорю я, садясь в машину.

Обнимаемся с дочерью у подъезда.

— Пап, ты все-таки исполнил, — говорит она.

— Ну прости, — пожимаю я плечами. — Маме первой расскажи, а то ей потом доложат, и нам обоим достанется. Мне за исполнение, тебе за молчание.

— Ты за нее заступался? — Она кивает в сторону машины.

— Ага.

— А у нас мальчишки в школе никогда за девчонок не заступаются. Наоборот. Обзываются и еще вещи прячут.

— Они еще не осознают вас женщинами, а себя мужчинами. Потерпи. Потом начнут до дома провожать и целоваться.

— Ну па-а-ап, — недовольно кривится она.

— Хорошо. Просто будут провожать до дома.

— Я сама, можно подумать, не дойду.

— Давай, беги!

— Щеку йодом намажь. Сеткой. Помогает, — говорит она и входит в подъезд.

Я стою на крыльце, курю и жду, пока дочь поднимется в квартиру и помашет мне рукой. Грустный ритуал. Одно из немногих утешений разведенных отцов, свидетельство, что дети после развода их простили. Или делают вид, что простили. Чтобы не обижать.

— За меня последний раз заступались в школе, — вполголоса говорит Катя, когда мы останавливаемся у ее дома.

— А я в школе ни за кого так и не заступился. Теперь наверстываю.

— И, в общем, все как тогда, в школе. Дети вокруг подсмеиваются, но никто слова обидчику не скажет.

— Злые дети выросли злыми родителями.

— Может, хотя бы на чай зайдете? Должна же я вас как-то ритуально поблагодарить.

— Может... — Смотрю на заднее сиденье, туда, где ее дочь увлеченно режется во что-то на телефоне, перехожу на шепот: — Может, выпьем вместе? Дочь есть кому уложить?

— Маме.

— Ну вот и хорошо.

— Вы думаете, стоит? — растерянно шепчет она.

— А что вы теряете?

Пару минут сидим молча. Катя рассматривает себя в боковое зеркало, я — свою скулу, в зеркале заднего. Отчаянно хочется зевнуть.

— Ма-ам, — раздается недовольный голос дочери, — может, пойдем?

— Счастливо, — говорю, — приятно было познакомиться.

Дочь фыркает.

— У меня есть минут двадцать? — спрашивает Катя, вылезая из машины.

— Конечно, — говорю, продолжая рассматривать свою все более опухающую морду.

Она выходит из машины, а я достаю из кармана остаток «плана», заворачиваю в целлофановую обертку, сорванную с пачки сигарет, и прячу под коврик между сиденьями. «Курение — причина импотенции» — бросается в глаза надпись на пачке. Действенней было бы написать, что импотенция — причина курения. Ни один из нас в таком случае никогда бы не закурил на людях.

## ПИДЖАК

В клубе душно, душно, душно. А все жмутся друг к дружке, будто в попытке согреться — так это выглядит со стороны. Мы просачиваемся между телами, и Катя надсадно жужжит в ухо про изменившихся мужчин, джентльменство и прочую херню. Временами я что-то брякаю в ответ, а сам думаю: какого черта? Вот зачем было тащить ее с собой? Чем я в тот момент думал? А она еще и бубнит: «Мы ведь здесь недолго? Завтра же на работу». И хочется сказать: «Ты здесь недолго, могу такси прямо сейчас заказать», — но что-то мешает. Наверное, то самое джентльменство, о котором она всю дорогу бубнит.

Параллельно отстукивая эсэмэс Оксане о том, «как у меня дела», я зависаю после ее вопроса «А вы где тусите?», потому что в самом деле не знаю, как называется это место.

— Простите, а как это место называется? — обращаюсь к первому встреченному у барной стойки парню.

— Ад, — отвечает он и заливисто гогочет.

— Очень смешно, — шиплю в ответ.

— А можно с вами сфотографироваться? Я вашу программу по «ящику» смотрю иногда, — добродушно подмигивает он.

— Фигушки. В аду снимать запрещено. — Я утягиваю Катю за собой.

Мы минуем несколько помещений, пока не оказываемся в самом темном углу клуба, где стоят три дивана, вокруг которых валяются пустые пластиковые бутылки, пахнет дурью, а по стене сочится не то жидкость из кондиционера, не то прорвавшаяся канализация. В общем, странно было бы найти свою компанию не в самом худшем месте этого заведения.

— Добрый вечер, дамы и господа, — театрально обращаюсь я к собравшимся.

Кто-то здоровается в ответ, кто-то салютует стаканом, кто-то просто кивает. Многих я не знаю, но они очевидно знают меня. На секунду мне кажется: что-то идет не так. Что-то я упустил из виду. Ах, ну как же!

— Знакомьтесь, — повышаю я голос и поворачиваюсь в сторону своей спутницы, — это моя подруга...

— Катя, — чуть дрогнувшим голосом включается она. И очень вовремя. Мне почему-то хочется назвать ее Леной. В самом деле, имя Лена подходит ей гораздо больше.

— Катя, — повторяю я следом. Девушки изучающе посматривают то на меня, то на мою спутницу. Мы садимся за стол.

— Что ты будешь пить? — интересуюсь я.

Катя исподлобья смотрит на стол, пытаясь понять, что пьют девушки, и наконец выдавливает из себя:

— Шампанское, — и после паузы: — полусладкое!

«Ты ж зайка моя, — думаю, — девяностые уж сколько лет назад кончились, а ты все не выучишь, что шампанское не бывает полусладким. Еще бы амаретто попросила».

Хватаю под локоть официанта, прошу шампанского, он учтиво кивает и минут через десять приносит «Асти Мартини». Я собираюсь прочитать ему лекцию об отличии «Асти» от шампанского, но краем глаза замечаю, как приободряется Катя при виде бутылки, и учтиво киваю.

Катя курит сигареты, одну за другой, и запивает их «Асти». Видно, что она дико неуютно себя здесь чувствует.

В ее глазах ясно читаются растерянность и озлобленное разочарование. Это неловкий момент истины, когда взрослая женщина осознает, что сорокалетние пузатые ровесники, предметом неподдельного интереса которых была всего час назад, и несколько лишних бокалов белого вина подарили ей ложное ощущение застывшего времени. И вот сейчас это время вдруг с бешеной скоростью понеслось вперед. Оно везде. В тающем сигаретном дыму, который выпускают более молодые самки, в луче софита, который не обнаруживает под аккуратным макияжем морщин на скулах, в запястьях без проступающих вен. Наконец, в присутствующих мужчинах, которые задержали на ней несколько коротких взглядов, чуть дольше, чем того требовалось, лишь из боязни показаться неприлично незаинтересованными.

Катя засаживает очередной бокал «Асти» и хватает меня за руку, как хватают спасательный плот, или круг, или за что там держатся утопающие.

— Как тебе здесь? — улыбаясь, спрашиваю я.

— Интересно, — щелкает Катя пальцами. — Необычно так.

«Чего уж тут необычного», — думаю я, но вслух говорю:

— Это правда.

— Ты часто здесь бываешь?

— Первый раз, честно говоря.

— Я тебе не верю, — говорит она жеманно. Настолько наигранно, что мне вдруг становится скучно.

— Вру, — вздыхаю я, — я здесь бываю часто. Очень часто. Два раза в неделю, может, три.

— А здесь танцуют?

— В смысле? — Я испуганно оборачиваюсь в сторону первого зала, чтобы убедиться, не почудились ли мне все эти дергающиеся хипстеры. — Вот же, в том зале.

— Нет, — отбрасывает она прядь волос, — медленные танцы здесь есть?

— Нас... насколько медленные? — но договорить у меня, к счастью, не получается.

Сзади подходит Мишка, бьет меня по плечу и вежливо осведомляется у Кати:

— Я вашего спутника украду ненадолго?

Не дожидаясь ее благосклонного согласия, я встаю и иду вслед за ним.

Мы оказываемся на широком балконе, забитом людьми.

— Осторожнее, — говорит Миша, указывая на пол.

Мы аккуратно переступаем через лежащего у входа человека. Из динамиков молотит жесточайшая техно-версия «Медведицы» Лагутенко. Половина собравшихся подпевает, другая половина периодически подпрыгивает на припеве. Незнакомый мне парень пытается страстно целовать в шею прижатую к стене девицу, но та настолько упорота, что, кажется, уже спит. Три девицы, немного хипстеры, но красивые, вдумчиво вдыхают из шариков веселящий газ. В общем, атмосфера царит неестественно веселая. Обычная московская атмосфера, в которой люди отчаянно напиваются в середине недели, без всякого повода. Просто потому, что хотят праздника. Будто они его заслужили.

Облокотившись на балконные перила, стоит костяк нашей компании. Жора, Саша, Дима и Ованес, судя по отсутствующим взглядам, все основательно пьяные.

— Говенно выглядишь, — говорит Саша.

— Спасибо, — говорю, — я по вам тоже соскучился.

— Чё со скулой? — прищуривается Жора.

— Да так, — отмахиваюсь я.

— Кстати, что за телка? — интересуется Миша.

— Телка, в общем, связана со скулой. А про скулу рассказывать неохота.

— Забей. — Жора поднимает с пола бутылку и начинает разливать виски в протянутые компанией стаканы. — За встречу.

— За встречу. — Беру протянутый мне стакан. — Я правда по вам дико соскучился.

— Дунешь? — Одну руку он кладет мне на плечо, другой протягивает косяк.

— Вы не оставляете мне выбора. — Я глубоко затягиваюсь и прикрываю глаза.

— По какому поводу карнавалим? — спрашиваю. — Хотя глупый, конечно, вопрос. Когда нам нужен был повод?

— Повод есть. — Саша залпом опрокидывает свой бокал. — Кризис на носу.

— ...Гов.. в... орят, — икает Жора.

— И? — отпиваю глоток, морщусь.

— Кризис,ептыть! Вот в конце осени и бахнет. Посмотри вокруг, бро, — Саша обводит рукой. — Все только об этом и говорят.

— Я вижу, — ухмыляюсь, — не просто говорят, но реально с ним борются. Всем кажется, что пока они бухают, кризис успеет не только начаться, но и закончиться, да?

— Типа того, — соглашается Миша, — поднимаем потребление, чтобы стимулировать производство, например.

— Чего на «Крыше» не понравилось? — старается перекричать колонку Жора. — Скучно там сегодня?

— Не знаю, — пожимаю плечами.

— Взял чего? — Жора закашливается.

— Чего взял-то? — не врубаюсь я. — Я с дня рождения подруги дочери еду, чего я там мог взять? Тортик?

— Ты издеваешься, что ли? — Жора переглядывается с Ованесом. — Ов, Леха при тебе говорил?

— Ну да, — кивает Ованес. — Вов, вы же с Лехой с «Крыши» приехали. Он мне сказал, вы договорились, ты везешь пару грамм.

— С каким Лехой? С какой «Крыши»? Может, вы уже в параллельном мире живете? Я к вам еду с детского, мать его, праздника.

— Вы час назад вместе стояли у бара. Ты с какой-то девушкой и Леха. — Ова оглядывается по сторонам, ища поддержки друзей. — Ты вроде нам еще рукой помахал. А потом Леха сказал, что вы на «Крышу» поедете.

— А потом вернетесь. — Судя по выражению лица, Саша до конца не уверен.

— Ты же с девушкой? — подмигивает мне Миша.

— Ну да.

— Вот я и говорю, — вступает Ова, — с девушкой и с Лехой.

— «Вроде стоял», «вроде махал», — передразниваю я, — вы, может, у Лехи спросите, с кем он на «Крышу» ездил? Тогда все и прояснится.

— Так Лехи нет, — грустно замечает Дима.

— А где он? — устало интересуюсь я.

Поддерживать разговор с людьми, находящимися в таком состоянии, бессмысленно.

— Он опять уехал. Его переклинило слегка.

— Наверное, всех вас тут переклинило слегка, — достаю я сигарету.

Отворачиваюсь. Закуриваю. Заполняю себя алкоголем, чтобы достичь одинаковой с друзьями кондиции. Дальнейший разговор трезвого с пьяными грозит недопониманием и, возможно, увечьями.

— Мерещится! То ли большая, то ли малая! — Дружно орет балкон, а мне становится зябко. Поднимаю ворот пиджака и залипаю, глядя на город. Москва обволакивает и засасывает в водоворот, в котором огни, и чужие разговоры, и Лагутенко в обработке. Приятная истома уже взяла меня двумя руками за виски и тащит вверх, прочь от всего. Все вокруг смазывается, притупляется, и лишь мысль о том, что я на самом деле не был на «Крыше», кажется важной. Но и она постепенно уходит на второй план, пока не исчезает совсем. Кажется, с неба начинает что-то валиться.

— Ты обиделся, что ли? — Жора кладет мне руку на плечо.
— Не-а.
— Кстати, сегодня какой день недели? — вклинивается Саша.
— Неважно, — говорю. — Какое сегодня число — вот что важно!
— Четырнадцатое? — ни к кому конкретно не обращаясь, предполагает Димон.
— Пятнадцатое, — отвечаю, — у меня съемка послезавтра. Надо бы нам всем как-то подзавязывать с вечеринками. Вы уже в числах путаетесь. И в людях.
— Все так быстро сейчас происходит. — Жора качает в воздухе стаканом с виски, говорит с надеждой в голосе: — Может, вы с Лехой позавчера с «Крыши» приехали? А показалось, что сегодня?
— Парни. Я уже месяц не был на «Крыше», — блаженно улыбаюсь я.
— Да черт с ней, с «Крышей». Гори она в аду! — заканчивает Дима.
— И с Лех... — начинает кто-то еще, но осекается.
Я затягиваюсь в очередной раз. Жора говорит, покачивая бокалом в воздухе. Кажется, я отчетливо вижу каждую каплю на запотевшем стекле. Понимаю,

что сейчас Жора его не удержит, он скользнет и... в этот момент бокал действительно выскальзывает из его руки и разбивается вдребезги, обдавая мелким крошевом всех вокруг.

Девушки взвизгивают, кто-то кричит «ура!» и «на счастье!». Но никакого счастья вокруг не наблюдается. Вечеринка разлетается на куски, как Жорин бокал. Мои друзья переглядываются и один за другим покидают балкон, а я остаюсь один.

Смотрю прямо перед собой между полузавалившихся труб бывшей здесь некогда фабрики. За ними мерцающие огни новостроек, офисных башен и дорожных фонарей. Внизу, прямо под ногами, не то таджики, не то бомжи копошатся в груде мусора, изредка поднимая головы вверх. Туда, где мы со своим виски, дурью, грохочущим техно и ожиданием праздника, который вот-вот наступит. Или уже наступил и даже прошел, а мы и не поняли.

Рядом говорят о кризисе и еще о том, зачем выпустили Ходорковского, и об Олимпиаде, и о хамящих в торговых центрах дагестанцах. Звучат слова: «креативный класс», «Путин», «Болотная», «народ», «администрация» и «зомбоящик». Потом, буквально за секунду, атмосфера насыщается словами «праздники», «митболы», «море», «оборзели с такими ценами на лабутены», «вильямс», «Патриаршие», «лыжи». И кто-то искренне негодует по поводу погоды, а другой вторит про «идиотское решение с парковками», и оба говорящих немедленно соглашаются на словах «Бали» и «велодорожки». Внезапно кажется, что откуда-то сверху доносится увесистое «заебало». И, пожалуй, это то единственное, с чем я сегодня безусловно согласен.

— Можно зажигалку? — Из-за вибраций огромных колонок кажется, что говорят из дальнего угла балкона. Молча достаю зажигалку, протягиваю в сторону говорящего.

— Спасибо, я Таня, — прямо передо мной возникает бледное лицо с нарочито смазанной вокруг глаз тушью, в обрамлении иссиня-черных волос. Лицо изрядно пьяное.

— Володя, — пожимаю я протянутую руку.

— Это ведь ты там был? — Дама переходит на «ты» без лишних церемоний.

— Не уверен, я практически только вошел.

— Приятно познакомиться.

— Время покажет, — отвечаю.

— В смысле?

— Покажет, насколько приятно.

— А чё ты хамишь-то? — Таня выпускает струю дыма мне в лицо. — Чё, думаешь, пару раз по телевизору показали, и можно людям хамить?

— Я не хамлю, я отмечаю. — Твою ж мать, кто меня вечно за язык тянет шутить?

— Чё ты там замечаешь? Ты девушке хамишь, понимаешь? Замечает он. — Таня осыпается грудью на перила.

— Отмечаю, что, насколько приятным будет знакомство, покажет время.

— Ты за туалет извиниться не хочешь? — Сигарета ломается в ее пальцах, она оборачивается и хрипло кричит: — Толь! Толь, поди сюда! Ну поди, я тебя прошу, я нашла этого козла!

Из сумрака выдвигается тело Толи, похожее на спагетти. Он утянут в скинни джинсы и облеплен курткой с множеством молний.

— Проблемы? — неуверенно интересуется Толя.

— Я те говорю, вот этот козел ко мне у туалетов приставал! Я все думаю, куда он, сука, слился-то? А теперь еще и хамит! — Таня пихает Толю под локоть. — Толь, я не понимаю, чё происходит! Нормально это вообще?

— Вашей девушке плохо. Она что-то путает. Я только приехал, — говорю я как можно более миролюбиво, параллельно отмечая, куда он отлетит в случае удара и успею ли я перехватить стакан или бутылку, если вдруг его дружки подвалят. Приехал на вечеринку. Давно не видел друзей, вот это все.

— Толь, ну чё ты стоишь? — продолжает она поднячивать. — Твоей девушке будут хамить, ее будут у туалетов лапать, а ты будешь стоять? Скажи ему, ну? Чё, боишься, что ли, что он «селеб»?

«Ну что он скажет-то? I will fuck and Hollywood will watch?»

Толя, надо заметить, и сам пребывает в нерешительной пьяности и к агрессии не склонен.

Нашу томную паузу прерывает вовремя вернувшийся на балкон Миша.

— Так, парни, все окей, произошло недопонимание, мир, всем виски! — с ходу оценивает он ситуацию. — Так, что девушка пьет?

— Девушка с такими козлами ничего не пьет. А ты, Толя, лошара! — Она разворачивается и, демонстративно виляя бедрами, чуть не заваливаясь на повороте, направляется в сторону выхода.

— Я прошу прощения, я вашу девушку обижать не хотел, — говорю я этому Толе. — Она меня с кем-то перепутала.

— Да ну... ваще понятно, — пожимает он плечами и резко бросается вдогонку.

— Лучше бы он ее не догнал, — замечаю я вполголоса.

— Приехал Богданов и все испортил. — Миша обнимает меня за плечи. — Тебе обязательно нужна театральность?

— Это не тот случай, поверь.

— Верю. Пойдем, там девушка твоя заждалась.

Обнаруживаю в диванной зоне все ту же компанию, кажется, в тех же позах. Смотрю по сторонам, вижу Катю, выкидывающую на танцполе лихие коленца в обществе молодых тусовщиц. Все с бокалами в руках. Чокаются, обнимаются. Сразу понятно, почему Катя так отчаянно интересовалась, надолго ли мы здесь.

— Ты на Жору не злись, он в самом деле перепутал... наверное. — Миша тянется к моему бокалу своим.

— Не буду. — Разливаю очередную порцию виски. — Просто все сейчас по домам разъедутся, а потом кто-то из вас скажет опять, что я «был какой-то смурной», «зазвездил» и «редко видимся».

— Не будут, — отрицательно качает он головой. — Ты в последнее время исправился. Мы стали чаще встречаться. Прям как раньше.

— Правда? — пытаюсь уяснить частоту наших общений, но вспомнить не получается. Последний что называется record месячной давности, и тот мутный. Но раз Мишка хочет верить в лучшее, переубеждать не буду. Мне и так неуютно от этой вечной дружеской подколки про «звезду» и... И еще, кажется, я начинаю стремительно пьянеть.

— Слушай, там девица эта, которая на меня бросилась. Мне кажется, ей плохо. Она на диване валялась, когда я выходил, а парень ее пытался в чувство привести.

— Ты доктор, что ли? — Он закуривает, смотрит куда-то мимо меня. — Сейчас проспится, и все будет ок. Все будут живы. Все будут. — Он оглядывает меня снизу доверху, будто в первый раз видит, потом пристально смотрит куда-то мне за спину.

Я поворачиваюсь, перегибаюсь через стойку, силясь понять, куда он вперился взглядом. Вижу на другом конце зала парня, который в начале вечеринки несмешно пошутил про ад. Парень обнимается с человеком, одетым в пиджак, на спине которого трафаретная надпись «WIERD?», такая же, как на моем. Их фотографируют двое друзей. Потом «адский» парень отходит и меняется местами с тем, кто его только что фотографировал. «Пиджак» слегка изгибается, поворачивает голову вполоборота, позирует. Что-то неуловимо знакомое видится мне в его чертах, я делаю шаг вперед, чтобы разобрать получше, но сзади кто-то долбит мне по плечу, я дергаюсь. И вот уже знакомый фотограф орет мне в ухо:

— Здорово! Как дела?

— Нормально! — кричу в ответ. — Спасибо!

— Так, проверим! — Он смотрит отснятые фотографии. — А ты у меня сегодня уже есть. Вот, смотри, хорошее фото. Девушки рядом красивые.

— Спасибо! — Я не всматриваюсь, чего там на экране, отлипаю от него и двигаю туда, где была фотосессия, чтобы понять, что это за парень в «пиджаке» и где я его видел. Но парня уже нет, и только толпа людей из нашей диванной отчаянно подпрыгивает на стойке, подпевая нестройным хором: «I, I follow, I follow you! Deep sea baby, I follow you!!!»

Я протискиваюсь сквозь танцпол, делаю пару кругов по залу, но парня не видно. Дохожу до туалетов, выкуриваю сигарету, ожидая, что он выйдет из кабинки. Ничего подобного. Вместо него из кабинки практически выпадает мне на руки Катя.

— Нормально тут... так... нормально, — икает она. — Куда дальше?

— Дальше уж некуда. — Я сам чувствую себя изрядно «поплывшим» и слово «дальше» воспринимаю только в значении «спать».

У выхода я фотографируюсь с разными людьми, оставляю автограф на салфетке, жму руки, дышу потом обнимающих меня перед объективом подростков, фальшиво лобызаюсь со смутно знакомыми мне девушками и наконец оказываюсь на улице.

Всматриваюсь в толпу, стоящую на фейс-контроле, в охранников, в вылезающих из дорогих джипов мужчин, мажу взглядом по девицам в ультракоротких платьях, которые, как цапли на болоте, аккуратно переставляют длинные ноги на непомерных каблуках и поочередно взмахивают руками, сигнализируя проезжающим авто. Меня знобит и высаживает на непонятно чем вызванную тревогу.

Мимо, как раненого бойца, Толя с барменом под руки проносят ту упившуюся девчонку. Голова ее безжизненно висит на груди. Они доходят до сонных бомбил, до меня доносится «быстрее», «сколько», «ну хорош», «человеку плохо». Но все это тонет в «I follow you», снова звучащей из клуба, из окон подъезжающих машин — отовсюду.

С висящей на плече Катей я прохожу мимо толпы, сажусь в первую стоящую машину с криво прикрученным плафоном с шашечками, называю адрес и отрубаюсь.

## УТРО

Меня будит отвратительный, нарастающий зуммер. Спросонья нащупываю телефон, нахожу его отключенным, пытаюсь разлепить глаза, но получается открыть только левый. Смотрю по сторонам, все расплывается, а зуммер все нарастает и нарастает, будто звенит в моей голове. Я поднимаюсь на локтях, к горлу подступает ненависть, а он все звенит, сука.

В комнату входит женщина. Блондинка примерно моих лет, обернутая полотенцем. Нагибается, достает из-под кровати мобильный и отключает чертов будильник. Я пытаюсь сообразить, что происходит.

— Ты... ты чего так... так рано? — выдавливаю, хотя следовало бы для начала спросить: «Ты кто?».

— Рано? Шесть утра, дорогой. Через час дочку в школу везти.

— Дочь? В школу? В какую школу? — Голова трескается от целого ряда «своевременных» вопросов.

О какой дочери речь? Имею ли я к ней отношение? Каким образом и давно ли у меня в доме появилась женщина с чужим ребенком? С какой стати я должен везти ребенка в школу? И самое главное — неужели ребенок тоже проживает теперь с нами?!

— Кстати, ты меня подбросишь? — Она нарочито низко наклоняется, так, чтобы сильно обнажить грудь, смотрит на меня пристально в ожидании ответной реакции. Но реакция у меня одна — злость вырванного из утреннего сна, не вполне протрезвевшего человека.

— Нет, — говорю, — не подброшу. Я пьяный.

— А как же я поеду? — надувает она губки, чем вызывает у меня новую волну раздражения.

— На такси, — пытаюсь я улыбнуться, хотя следовало бы попытаться для начала уяснить, что вообще происходит.

— А как его вызвать? — Она откидывает одеяло и начинает щекотать мне грудь. — Я даже номера не знаю.

— Сейчас. Пять секунд, ок? — Мне хочется немедленно одеться. Вскакиваю с кровати, хватаю покрывало, заворачиваюсь в него, цапаю мобильный и отваливаю в туалет. По пути боязливо заглядываю в комнаты, но ребенка не обнаруживаю.

В ванной долго плещу себе в лицо холодной водой, сажусь на корзину для грязного белья. Дергаю себя за уши, стучу по лбу, чтобы окончательно открыть глаза и вытащить себя из этого идиотского сна с незнакомой мне женщиной и ее дочерью. Но сон заканчиваться не хочет, видимо, потому, что он — самая что ни на есть реальность.

— Господи, — шепчу своему отражению в зеркале, — что же вчера такое случилось? Что отключило сознание? Может, клофелин? Тогда бы проснулся в обворованной квартире, а тут живой человек ходит. Наркотики? Вроде не было вчера наркотиков. Хотя... кто вообще теперь вспомнит, что было вчера? Вспомнить хотя бы, как ее зовут. И, в общем, неудобно. Может быть, и даже наверняка, она хорошая женщина, раз у меня оказалась.

Рассматриваю свои узкие, в лопнувших сосудах глаза. Глаза, по которым видно, что у меня вчерашнего в принципе могла оказаться любая женщина. В глубине похмельного мозга нарастает чувство стыда. Лучше бы это поскорей закончилось. Без уточнений, предысторий и послесловий.

Диспетчер, на мое счастье, обещает прислать машину через пятнадцать минут. Время ожидания мы проводим на кухне. Я наливаю кофе, она одевается, стараясь не выпадать у меня из поля зрения. Потом театральным голосом просит застегнуть ей платье. Я подхожу ближе и, пока она оправляет его, отмечаю, что ее тело выглядит достаточно хорошо даже при утреннем свете. Мысленно ставлю себе «четверку», аккуратно, двумя пальцами, цепляю замок молнии и отворачиваюсь, чтобы не обнаружить какие-нибудь скрытые ночью особенности ее конституции. Замечаю кота, который сидит под столом, и, встретившись со мной взглядом, насупливается и утыкает морду в пол. Жаль, у кота не спросишь, кто это.

Потом мы пьем кофе, а она рассказывает, что «у детей» сегодня контрольная по информатике, причем говорит это таким голосом, будто теперь это наши совместные дети. И я думаю, не много ли: сразу двое за одну-то ночь? Она говорит о классной руководительнице и о Лере, родители которой «черт знает откуда» и которая себя дико неприлично ведет, «тебе же дочь рассказывала наверняка».

Слово «дочь» возникает подозрительно часто. Я моментально зябну, хватаю плед и стараюсь завернуться в него полностью, чтобы даже глаз не видно было. Вроде бы до сегодняшнего утра у меня не было женщин с детьми. Или, скажем так, ни одна из женщин не знакомила меня со своим ребенком.

Я посматриваю на часы, а рассказ продолжается о летнем лагере и о том, как бедные дети столько учебников носят, и собираюсь ли я на следующее родительское собрание, и был ли я там хоть раз вместе с бывшей женой или мы ходим по отдельности. И «а как она выглядит, я ее наверняка видела», и про французский язык, по которому почему-то не достать правильного учебника.

Тут происходит то, что доктора называют «вспышкой».

Мозаика склеивается в обратном порядке: разбившийся бокал, она сидит на диване, потом клуб, потом моя машина и, наконец, детский день рождения.

«Идентификация, идентификация», — мигает у меня в голове.

Я с облегчением киваю в такт ее монологу. Еще бы — теперь я хотя бы знаю, что мы с ней и ее дочерью вместе не живем.

Я закуриваю вот уже третью сигарету и выслушиваю комплименты собственной квартире, рассказываю, как долго продолжался ремонт и сам ли я делал дизайн и всякую прочую херню, которая с каждой секундой наращивает, как снежный ком, только один вопрос: КАК ЖЕ ТЕБЯ ВСЕ-ТАКИ ЗОВУТ?

Диспетчер наконец сообщает, что машина приехала, и я, стараясь выглядеть как можно более гостеприимным, предлагаю еще кофе, но она отказывается, она уже и так почти опоздала. Стоя в дверях, она спохватывается, говорит с легким нажимом:

— У тебя ведь есть мой номер?

— Конечно. — Я достаю телефон, листаю адресную книгу, чтобы продемонстрировать наличие ее номера, но сложно найти номер человека, имени которого не знаешь.

— Как же! Ты же записывал! — хмурит она брови.

— Я такой пьяный был, что совершенно ничего не помню. (Правда.)

— Совсем ничего? — еще больше обижается она.

— Ну, — скольжу я взглядом сверху вниз, до линии ее бедер, — главные моменты мне, безусловно, не забыть. (Ложь.)

— Я у тебя записана как Катя. — Она нагибается к экрану телефона, но я успеваю отвернуть дисплей таким образом, чтобы ей ничего было не разобрать. «Кать» в телефоне штуки три.

— Точно! Нашел!

Наконец-то мы познакомились.

Мы нарочито жарко целуемся на пороге, она пристально смотрит на меня, видимо, ожидая какого-то важного предложения, и я, не найдя ничего лучше, спрашиваю:

— Мы... мы скоро увидимся?

— Нет, думаю, не скоро.

— Почему?

— Потому что ты сейчас ляжешь спать. — Она осторожно проводит мне пальцами по щеке. — А потом проснешься и забудешь, как меня зовут. Точнее не так. Как меня зовут ты еще с утра забыл, хотя отчаянно, — она смешно гримасничает, — отчаянно делал вид, что помнишь, кто я такая и как сюда попала.

— Я не буду комментировать эти инсинуации, — изображаю я голос, каким говорят официальные лица.

— Ты хороший мальчик, Вова. Советский мальчик, у которого в детстве было мало солдатиков, а потом он вырос и начал играть... в людей. Ты всюду ведешь себя, будто это сценарий. А ты — всего лишь герой в предложенных обстоятельствах.

— Ты психиатр? — говорю я и потираю правый висок, будто таким способом можно прогнать внезапно возникшую головную боль.

— Не злись. Я ведь не злюсь. Думаешь, приятно чувствовать себя «одной из телок, имен которых он не помнит»?

— Злишься.

— На таких, как ты, злиться невозможно. Вы же отдельная категория. Вечные дети, которые боятся взрослеть.

— Тех, которые взрослеть не побоялись, мы с тобой вчера днем видели, ага, — бурчу я в ответ.

— Я же понимаю, зачем ты эту амнезию выращивал. Чтобы не привязываться, не привыкать, не цепляться мозгами. Ты же хочешь, чтобы все было как бы понарошку, да? Как в кино. Отыграл свой эпизод, потом актеры переоделись и разъехались по домам. Это в фильме у них любовная история, а за кадром они друг с другом не общаются. А завтра новый сценарий и новая роль. И партнеры новые.

— Почему же у тебя такое безрадостное описание-то выходит?

— Потому что ты мальчик хороший, а играть стремишься мальчиков плохих. Ты ведь людей боишься.

— Я очень плохой мальчик, шлепнешь меня? — гримасничаю я.

— Ты хороший, Вовка. Я же все видела... там... у подъезда. Когда ты с дочерью прощался. Видела, как ты... Это то, что в тебе остается, как бы ты это ни замазывал.

— Ты очень умная девушка... Катя. Мне кажется, я позвоню тебе скорее, чем ты думаешь. Вот только переварю. Понимаешь, — кладу я руку ей на талию, — мне теперь будет непросто жить с услышанным.

Слишком много предстоит обдумать. Возможно, переосмыслить.

— Не ерничай. С похмелья у тебя гораздо хуже получается играть плохого мальчика. Может, тебе один раз хорошего сыграть? Не хочешь попробовать?

— Не знаю.

— А чего ты хочешь?

— Наверно, того же, чего и все, — пожимаю я плечами.

— Все разное хотят. Одни — домик на море, другие — в истории остаться. Ты думаешь, как с собой договориться или как в очередном кино состояться?

— Знаешь, — обреченно вздыхаю я, — теперь в основном приходится думать о том, как состояться сегодняшним вечером.

— Ладно, — она целует меня в щеку, — мне правда пора.

— А у меня твоего телефона нет, — говорю ей в тот момент, когда она заходит в лифт. — Я тебе наврал.

— Я тебе тоже. Я никогда не читала ни одной твоей книжки.

— А ты... — делаю я шаг вперед, но в этот момент двери лифта закрываются.

— Номер в прихожей, на пачке сигарет, — звучит из отъезжающей кабины.

Падаю на кровать, пытаюсь уснуть, но в похмельной башке созревают всякие неприятные мысли. Они быстро надуваются, как пузыри из жевательной резинки, быстро лопаются, но не исчезают. И эта вязкая масса заполняет голову.

«Чего ты хочешь? Домика на море или истории?» Для одного я еще не в том возрасте, для другого уже не в том. Наверное, надо было после первой книги, как Кобейн, уходить. А это как-то стремно.

Хочется чего-то помельче. Счастья личного, например.

Вообще мужчины, на разных этапах своей жизни, движимы мелкими желаниями. Чтобы стоял хотя бы до пятидесяти, чтобы ничего не делать, а бабки были. Чтобы вымутить что-то нужное, а заплатить меньше других или вообще ничего не платить. Чтобы любили, чтобы жрать, а живот не рос, чтобы были друзья, с которыми потрещать. Чтобы смотреться в зеркало и говорить: «А я еще ничего». Чтобы выигрывать в мелких интригах, чтобы получать от жизни значительные дисконты, когда приносят счет на оплату выкраденных у нее часов наркотического, алкогольного или сексуального кайфа. Чтобы карьера какая-то, машину там поменять или квартиру.

При этом каждый из нас на вопрос: «Хотите ли вы остаться в истории?» — улыбнется, потому что твердо знает, что на самом деле хочет на майские свалить на море.

Но каким-то удивительным образом бесконечность этой мышиной возни одних оставляет в истории, а других повергает на дно постыдного мещанского болота.

Одни получаются героями нашего времени, а другим ипотеку под хороший процент дают. И совмещать это никогда не получается. При этом первые известны, а вторые счастливы.

А ты сидишь тут, такой неопределившийся, — с умными ты или со счастливыми, — и постишь в фейсбучек пространные тексты о сломе времен и видео «поколения Сиэтла», в которых вокалисты *Nirvana* и *Alice in Chains* еще живы. Видео, которые вроде как должны намекать посвященным, что я там, с искренними героями девяностых. И что почти все мои герои мертвы.

А я жив, потому что у меня растет дочь, а вокруг много людей, которые от меня зависят. После тридцати пяти возникает желание жить, мы становимся взрослее, появляется ответственность и всякое такое.

Всё, что камуфлирует боязнь признаться самому себе в том, что все бездарности очень хотят жить. Это только у гениев на мысли о смерти просто нет времени...

А вопрос, возможна ли творческая отдача «криков израненной души» в промежутках между получением бытовых мещанских радостей, из области безответных. Вроде того, играл бы Виктор Цой корпоративы, останься он в живых. Или вопроса «Чего ты хочешь?».

## ЗВОНОК

Компьютер на кухне разражается трелями скайпа. Издатель, наверное. Нехотя встаю, проходя через прихожую, отрываю от пачки сигарет номер Кати и кладу в карман джинсов.

Со мной пытается соединиться абонент Mersault. У меня нет в контактах никакого «Mersault», наверное, кто-то номер скайпа сменил.

— Алле, — отвечаю, предварительно выключив камеру.

— Привет, — говорит низкий мужской голос на другом конце. Камера тоже выключена.

— Это кто? — спрашиваю, хотя понятно, что очередной «дед пихто», что отвечать непонятно кому в скайпе все равно что открывать дверь квартиры незнакомцам.

— Приятель.

— Чей?

— Ну просто приятель. Ты бы хотел такого иметь. Хороший приятель... — Пауза. — Ну с кем бы из известных людей, ныне живущих, ты бы хотел дружить?

— С Анатолием Вассерманом. — Достаю сигарету, закуриваю. В голове мутится с недосыпу.

— О, как интересно! — подхихикивают на том конце. Понимаю, что звонят пранкеры, и хочется послать матом, но им только того и нужно: разговор записывается. С другой стороны, сколько раз я угорал над прослушиванием записей, в которых они глумились, звоня отечественным «звездам». Придется корректно подыграть и отшить.

— Слушай, я всю ночь писал, а сейчас спать хочу. Я ваше творчество обожаю, но, может, в другой раз поприкалываемся?

— Всю ночь ты не писал, а бухал.

— Ты слишком быстро борзеешь для нормального пранкера. Новенький, что ли? И потом, с чего ты взял, что я всю ночь бухал?

— А с чего ты взял, что я пранкер?

— Ну если не пранкер, тогда тем более до свиданья.

— А почему ты заснуть-то не можешь? Странно, да? Ты же обычно, после таких ночей, как раз под утро вырубаешься. У тебя ведь так, да? Лежишь в сумерках, хлопаешь глазами. Потом начинает светать, дворники метлами шкряб-шкряб, и вырубаешься. Будто тревога уходит. Будто бы утро лучше, чем ночь.

— Что значит «так»? Какие еще, к черту, дворники? — Я нервно сглатываю. — Ты кто, чувак?

— Я же говорю: приятель. Ты бы с таким точно захотел дружить, но дружбы у нас с тобой, к сожалению, не получится. Давай ты меня сейчас переспросишь, хочу ли я быть твоим приятелем. Я скажу, что мне безразлично, а ты, по-видимому, останешься доволен. Переспроси, а?

— Чувак, я чего-то устал. Давай мы сейчас попрощаемся, а ты себя сам переспросишь про друга и про все, что хочешь. Давай, пока!

— Про приятеля. Подожди. Ну что тебе стоит? Я знаю, ты думаешь, что это очередной фанат или просто псих, который телезвездам названивает, или...

— Нет, я так не думаю. — Говорить психу, что он псих, довольно опасно: может вызвать необратимые последствия. С психами лучше говорить ровно и спокойно, как с детьми. Так я слышал.

— Конечно, ровно так ты и думаешь. Но изворачиваешься, врешь, идешь на компромисс. Вот зачем тебе это? Зачем эти постоянные компромиссы? Ради чего? Что ты этим выигрываешь?

— Что за ахинею ты несешь? Какие компромиссы? Ты правда псих. Самый настоящий, ебанутый.

— Вот так лучше. Всегда лучше, когда по-честному. Когда ты настоящий. — «Пациент» закашливается. — Прости, какая-то фигня в горло попала.

И я уже навожу мышь на кнопку отключения вызова, но в этот момент псих выдавливает из себя несколько обиженным тоном:

— Хотя я не больше псих, чем тот, кто гоняется по клубу за человеком, одетым в точно такой же пиджак, как у него, правда?

— Не понял! — Кажется, будто сзади кто-то прихватил меня за шею. Холодными липкими пальцами.

— Да все ты понял, просто опять врешь. Это уже четвертый раз. Про то, что не бухал вчера, про то, что не думаешь, что я псих, и вот теперь про пиджак. И еще про Камю.

— При чем здесь Камю?

— Камю теперь здесь точно ни при чем. Ты такой предсказуемый! Я даже могу описать, какое у тебя сейчас выражение лица.

— Может, камеру включишь?

— Не включу! — смеется чувак.

— Ну это же не совсем справедливо, правда? Ты знаешь выражение моего лица, а я твоего не вижу. Включи камеру, чувак.

— Не включу. Не хочу тебя шокировать.

— Ты такой страшный?

— М-м-м, думаю, нет. Думаю, ничего, как бы сказать... ничего нового... ты не увидишь.

— Мы встречались?

— Определенно.

— И часто?

— Реже, чем ты думаешь, но чаще, чем нам бы с тобой хотелось.

— Ты следишь за мной?

— Не совсем... Нет, не так, впрочем, это не важно. Слушай, помоги мне.

— Чем? — Я закуриваю новую сигарету, а самого уже слегка потрясывает. Беру с дивана плед, накидываю на плечи.

— У меня не складывается до конца, понимаешь? Чего-то не хватает. Что-то от меня ускользает, и я не могу понять, как оно так вышло. Не от чего оттолкнуться. Вот ты в недавнем интервью сказал, что «рождение героев поп-культуры стало индустрией, механизмы которой работают примерно по тем же схемам, как производство гамбургеров». А в прошлом своем эфире вдруг заявляешь, что... Сейчас, погоди, вот: «Популярность многих представителей нашего шоу-бизнеса абсолютно нелогична, иррациональна и может быть объяснена только тотальным дурновкусием среднего потребителя». Ужас как пошло и штампованно звучит, кстати.

— Ты книгу обо мне, что ли, пишешь?

— Почти. Не меняй тему, это важно. Умоляю тебя. Значит ли это, что ты себя героем поп-культуры так и не ощутил? Или ощутил, но не понимаешь, почему именно ты?

— Слушай, я не запоминаю свои цитаты. Я не помню, когда и кому я это говорил, а главное — в каком контексте. — Я не понимаю, зачем это продолжается.

С одной стороны, очевидно, что он болен, и разговор следует заканчивать. С другой — мне интересно, как далеко он зашел в своей слежке, а главное — чего он в итоге хочет.

— Хватит вилять! — Он неожиданно повышает голос, но потом резко осекается. — Извини, я не хотел грубить. Просто это действительно очень важно. Это всегда так было с тобой или просто однажды ты ощутил, что вся эта популярность свалилась на тебя совершенно незаслуженно? Что это был некий аванс, который ты бездарно промотал? Кстати, ты всегда был тщеславным? Только честно.

— Сколько себя помню.

— Так я и думал. Тщеславие, да. Но при этом в тебе ведь не было столько безразличия, правда? Оно появилось как-то вдруг. Почему? Люди стали узнавать на улицах, и ты успокоился? Можно больше не добиваться? Не доказывать?

— Жизнь богатых и знаменитых, как говорил Фредди Меркьюри.

— Да, я в курсе, ты его любишь. — Он замолкает, щелкает зажигалка. — Скажи, когда ты понял, что исписался?

— С чего ты взял, что я исписался? Странно слышать это от человека, который не написал ни одной книги.

— Что ты об этом знаешь? — В его голосе появляются металлические нотки. — Есть разница между книгой, которая ждет своего часа, и книгами, которых уже никто не ждет. Понимаешь, о чем я?

— О да! — Смеюсь. — Пришлешь почитать ту, которая ждет своего часа?

— Купишь, если захочешь. — Он выпускает дым. — Знаешь... ты стал... тусклым. Вот что у меня не складывается. Скажи, может быть, ты наконец понял, что это была ошибка? Ты не оправдал ни одной надежды, потому что не мог оправдать? И все твое бесконечное вранье прессе, читателям, друзьям — все это из-за отчаянного желания остаться в обойме? Остаться хоть в каком-то статусе. Быть одной из «полузвезд».

— Слушай, ебанашка, — раздражаюсь я, — кто ты такой, чтобы задавать мне вопросы о моих ошибках, компромиссах и надеждах? Что ты сделал в своей жизни? Чужую цитату себе в статус повесил? Написал три абзаца о плачевном состоянии русской литературы? Очередной не признанный никем графоман? Вас, таких психов, пол-интернета ко мне в фейсбук каждый день ходит, напомнить, какая я бездарность и какие вы все гении. У вас у каждого «через месяц» издается книга, «прочитав которую ты поймешь, о чем я». Чего-то годы проходят, а книг все нет, и я все не понимаю. А ты понял, что книгу писать долго и не получается, и решил донести мне всю свою внутреннюю помойку по скайпу?

— Нет. Наоборот, это я решил дать тебе шанс донести твою внутреннюю, как ты говоришь, помойку. Ну, Вовка, решайся. Камера не горит, нас никто не слышит. Только ты и я. Нас тут только двое, — начинает он громко смеяться. — Нас правда двое! Двое! Я умру сейчас от смеха! Прости. Так что, исповедуешься?

— С какого перепугу? Ты что, поп, что ли?

— Нет, к попу бы ты с этим не пошел. К девушке бы не пошел. Исповедоваться ты можешь только самому близкому человеку. Родному.

— Тебе например?

— Например. Ты даже не представляешь, но ближе меня у тебя никого нет. Я как брат, даже роднее. Я тот, кто всегда рядом. Тот, кого ты не замечаешь. Я тебе предложил помощь, но ты ее не принял. Ты же никому не хочешь помогать. Тебе все безразличны. Даже ты сам. Это нужно исправлять.

— Чувак, я тебе одно обещаю, — наклоняюсь я к микрофону, кричу: — Я не врач, клятв Гиппократа не давал! Поэтому, если мы встретимся, а я думаю, мы встретимся однажды, я тебе лицо исправлю, несмотря на то что умалишенных бить нельзя. Сумасшедший урод! Псих!

— Псих здесь один, Вова. И это ты, — переходит он на шепот, — сошедший с ума от тщеславия и гордыни человек. Безразличное, пустое, никому не приносящее ничего хорошего существо. Ты что, поверил, что все заслуженно, да? Ты так и не понял, что все это не может оставаться твоим, потому что предназначалось вовсе не тебе. Не понял, что это было твое нелепое везение. Билет, который ты купил по случаю. Он вот тоже купил билет. На поезд. Но, к сожалению, сел в машину. Твоя машина уже подъезжает, Вова.

— Я тебя найду, урод! — Дыхание сбивается, в висках колотит. — Обещаю!

— Меня искать не нужно. — Он приблизился к микрофону, и я слышу, как он касается губами мембраны. — Я здесь. Ближе, чем ты думаешь. Я у тебя под кожей. Однажды я порву ее и вылезу наружу.

Идет короткий зуммер.


В тот момент, когда он отключается, у меня резко учащается пульс, точнее какой там учащается — сердце начинает колотить с частотой, о возможности которой я не подозревал. Мне не хватает воздуха, бросает в жар. Потом виски сдавливает, тело дрожит — сначала мелкой дрожью, потом сильнее, сильнее. Главное — никого рядом. Ни одной живой души, способной помочь. Мысли путаются, сбиваются от невиданного доселе приступа страха. Что происходит? Инфаркт? В груди резко колет, в глазах мутнеет. Одной рукой хватаю телефон, другой резко рву на себя балконную дверь, запуская в квартиру поток свежего воздуха.

Тычу в последние вызовы, хочу найти Оксану, но первым попадается Макс. Набираю его. Один гудок, второй. Видимо, еще спит. А дышать все сложнее, и сердце колошматит уже не в груди, а в висках, и я сейчас оглохну.

— Алло, — заспанным голосом отвечает Макс.

— Макс, — пытаюсь крикнуть в трубку, но губы не слушаются, во рту все высохло, так что язык от нёба не оторвать. — Макс, у меня... все... инфаркт... не могу дышать... и сердце, Макс...

— Вова! — В его голосе появляется энергетика. — Ты где?

— Дома. — По телу пробегают потные волны — то холодные, то горячие, в ушах дико звенит. — Макс, я... кажется... того... всё...

— Не отключайся! — орет он. — Слышишь меня?! Не отключайся!

А я слышу, как он кричит жене что-то про «скорую» и диктует мой адрес.

— Говори со мной! Говори! Когда это началось?

— Только что... или... минут пять... как только с ним поговорил... Макс, я не могу... Я ничего не соображаю, и сердце....

Он продолжает давать команды жене, спрашивать меня про алкоголь и кокаин и зачем-то — о цветных кругах перед глазами. А я никаких кругов не вижу, все закрыто мутной пленкой, и я весь состою из зашкаливающего пульса, перманентно возникающих болей в груди и бесконечных потоков пота.

— Как «Спартак» сыграет с «конями»? — Мне кажется, его голос звучит из колонки под телевизором.

— Не знаю. — Выговаривать слова становится все труднее, зубы стучат. — Ты в «скорую» позвонил?

— Едут уже, — говорит он. — Так что насчет «коней»?

— Я давно... давно... не был на футболе...

Выхожу с балкона, нервно нарезаю круги по комнате, держусь за телефон как за единственную нить, связывающую меня с реальностью. Макс что-то бубнит, задает уточняющие вопросы, а я ничего не понимаю, только отираю пот со лба и с каждым прикосновением ладони к голове чувствую, что лоб горит все сильнее и сильнее, как в детстве при ангине.

— Когда же они приедут? — хриплю в трубку.

— Скоро, они уже на соседней улице. Говори со мной!

— Только бы не опоздали, — шепчу я, а сам, конечно, уже не верю. Понимаю, что опоздают. Уже опоздали. Каждый удар пульса вызывает болезненные ощущения в висках. Грудь сдавливает, глаза различают лишь контуры предметов, а передвигаться становится все тяжелей.

Я дохожу до прихожей и пытаюсь лечь на холодную плитку у двери. В тот момент, когда у меня почти получается опуститься на пол, в дверь начинают лихорадочно трезвонить, Макс переходит на крик, а дальше все в тумане. Я вожусь с дверью, в квартиру вваливаются санитары. Один из них берет у меня из рук телефон и что-то отвечает Максу, второй усаживает на диван, достает аппарат для измерения давления, поднимает пальцами веко на правом глазу, вглядывается в зрачок, пульс нехотя замедляется, накатывает резкая слабость, я прикрываю глаза.

## БОЛЬНИЦА

...Щ-щик — стрелка на круглых настенных часах сдвигается еще на минуту. В палате довольно холодно, или это меня знобит от нервяка или от перепада давления. Не знаю, от чего точно. Я теперь ничего не знаю. Знают только врачи.

— Щ-щик, — говорит стрелка. Интересно, какого черта они здесь часы повесили, да еще такие, которые напоминают о своем существовании каждую минуту? Хотя, может быть, часы не такие уж громкие, просто в больнице тихо, а все органы восприятия обострены настолько, что, кажется, можно услышать, как трахаются тараканы. В любом случае, вешать часы в палате — идиотская идея. Издевательская, я бы сказал. Очевидно, что никто из пациентов не отмеряет по ним, сколько осталось до полного выздоровления. А вот мысли о...

— Вы как? — В дверь палаты просовывается голова медсестры.

— Готово уже? — подскакиваю на кровати, судорожно пытаюсь засунуть ноги в кроссовки.

— Ну что вы, — улыбается она, — анализы так быстро не делаются. Придется подождать. Может, вам чаю принести или воды?

— Не надо, — отмахиваюсь я. — Спасибо. Ничего не надо.

Заваливаюсь обратно, некоторое время смотрю в потолок, потом поправляю подушки. На одну ложусь, вторую кладу на голову, чтобы не слышать этих чертовых часов.

Лежу и думаю о том, как это, в сущности, все нелепо. Живешь, ведешь философские разговоры о творческих метаниях, собственном месте в жизни, пафосные монологи о «новых этапах» и «безысходности творчества» — то есть ни о чем. А потом привет: удушье, сдавленные виски, колотящееся сердце, «скорая», укол, провал, а дальше все как в бреду: кардиограммы, анализы. Колба МРТ, в которой, кажется, еще хуже, чем сегодня с утра, и... безысходность. Не литературная, образная, со сладким привкусом байроновской позы, а абсолютно реальная. Вот она, висит в воздухе палаты, забивается в трещины на стенах, проявляется в желтоватых потеках на потолке. Ее можно ощутить физически. Нельзя только взять в руки и выбросить.

В голове каскадом воспоминания всех моментов дешевой бравады. От сказанной лет в семнадцать фразы: «Я готов обменять все отпущенное мне время на двадцать четыре года Кобейна», — до высокопарной ереси в интервью вроде: «Все мои герои мертвы — о чем-то это да говорит». Или недавнее: «Все бездарности отчаянно хотят жить долго и счастливо, а у гениев на мысли о смерти просто нет времени». Кажется, будто с каждым таким пассажем судьба сначала ухмылялась, списывая все на юношеский максимализм, потом прищуривалась, читая эти интервью или следя за ночными загулами, алкоголем, наркотой и прочим дерьмом, а однажды просто махнула рукой. Лежи, чувачок, жди результаты анализов.

Пытаешься вспомнить о том, что мало кого и чего боялся. Пытаешься настроиться на философский лад. Думаешь, сколько было таких случаев. Гауди сбил трамвай, Бадди Холли погиб в авиакатастрофе, Эми Уайнхаус передознулась, и это еще события, далекие от тебя. А вот тот парень, суперуспешный финансист, который планировал на следующий день банк то ли покупать, то ли продавать, а вечером на снегоходе разбился. Как же его звали-то?.. Не вспоминается. Ничего не вспоминается, и ничто не успокаивает. Потому что все мысли только об одном.

Сука, ну почему я? Я не Гауди и уж точно не Эми Уайнхаус. Я что, больше других грешил или меньше всех замаливал? Вроде бы не подлец, не подонок. Не убивал, не крал, не кидал. Ну за что? Да, мудозвон. Но сколько нас таких? Может, просто потому, что дурак? Потому что курить собирался меньше, с травой завязать совсем, алкоголь и вредную еду ограничить, пойти наконец в бассейн, — все это с приставкой «не», разумеется.

Часы эти уродские опять делают «щ-щик», так громко, что даже подушка не спасает. А я думаю, как бы было хорошо, если бы в тот момент, когда «это» вот-вот должно было начаться (что «это», еще предстоит узнать), подошел бы кто-то и сказал: все, мужик, с этим, этим и этим завязывай. Ты уже на пороге. Как бы было здорово-то, а?

Внезапное выпадение в истерику сменяется столь же внезапной жалостью к себе. Это не успел сделать, то не успел сказать. Сколько времени было потрачено на нелепую, не имеющую теперь никакого значения ерунду. Думаю о дочери и о том, что скажут врачи, в смысле сколько осталось... и как потом это «сколько» правильно распределить. И вот уже в уголках глаз режет. Когда я в последний раз плакал? На похоронах матери? Я не помню, не помню.

Я не хочу. Да, у гениев нет времени на мысли о смерти. Да, я бездарность. Ничтожество, пустое место. Я боюсь смерти. Мне еще рано. Я отчаянно хочу жить. По-другому. Черт бы с ней, с этой литературой, с этим «ящиком», со всеми статусами и «местами в жизни». Я изменюсь. В конце концов, я хочу увидеть новые модели айфонов...

Я не такой уж безвольный. Может, это просто урок? Шанс понять, что до этого момента ничто не имело значения? Чтобы я опомнился. Женился на Оксане, развернулся на сто восемьдесят градусов. Сценарии стал писать о правильных людях и важных вещах. Детей еще родил в конце концов. Ведь в этом и есть настоящая жизнь, да? Такая, как у всех людей. Может, меня сейчас не убивают, просто мне место указывают?

В коридоре слышатся голоса, и минутная стрелка делает очередной шаг, а щека становится влажной, и все внутри обмякает, наполняется слабостью до такой степени, что у меня не хватает сил повернуться, когда со стороны двери раздается голос:

— А к вам посетитель.

Поворачиваюсь, вижу Макса. Он застывает на пороге, пристально смотрит на меня. Потом входит в палату, встает у окна, спиной ко мне, и достает сигарету. Глядя на его опущенные плечи, на сигарету, которую он катает между пальцами, я отчетливо понимаю, что он, единственный из всех, обладает информацией. Он, как обычно, успел со всеми перетереть, и вот стоит, думает, сообщить самому или оставить это врачам.

— Что они тебе сказали? — спрашивает он не оборачиваясь. — Ты можешь рассказать, как все было? — И прочее в таком духе, что оптимизма, конечно, не прибавляет.

На меня резко накатывает дикая усталость. Веки начинают дрожать, но нервы напряжены до предела, и в мозг постоянно поступает сигнал: главное — не уснуть. Главное — не потерять контроль. Уснешь — и случится все что угодно.

Макс делает круг по комнате, берет стул и садится напротив меня. Рассказывая детали сегодняшнего происшествия, ощущаю новый прилив паники. Быстренько сворачиваю разговор, задаю Максу какие-то нелепые и неуместные вопросы, кажется, о его детях, выслушиваю ответы. Он включается в нужных местах. И все это продолжается довольно долго. Лишенный смысла диалог, какой может быть только у постели больного. Живой человек рядом и монотонность беседы успокаивают меня. Настолько, что я даже успеваю восхититься выдержке Макса. Представил себя на месте друга умирающего. Я бы с ума сошел, сидя здесь, в месте, атмосфера которого угнетает даже суперздорового человека. Обливает липким страхом и заставляет украдкой смотреть на часы в надежде, что скоро можно будет встать и уйти. В мир живых.

Тревога делает еще одну попытку вернуться, но присутствие Макса, его монотонная речь обволакивают меня, наполняют голову туманом, а веки — тяжестью. Кажется, я пытаюсь что-то мямлить в ответ и даже вслушиваться в сказанное, но скоро проваливаюсь в серую рябь.

Просыпаюсь от громкого разговора. Первые секунды не успеваю сообразить, что происходит. Макс, уставившись в одну точку, не просто курит, а сжирает сигарету в четыре глубоких затяжки. Медсестра увлеченно болтает по мобильному, смеется. Заметив мое пробуждение, сворачивает разговор, подлетает ко мне:

— Вы как?

— Не знаю, может, вы расскажете, как я? Врачи были?

— Были. Анализы у вас не просто хорошие, а великолепные. Сердце, кровь — марафон можно бегать. — Говоря это, она непрерывно оборачивается на Макса.

— Как это? — Действительность на глазах обретает краски.

— Вот так. Они пришли во-от с таким ворохом бумаг. — Макс разводит руки в стороны, показывая объем. — Минут тридцать про тебя рассказывали.

— И чего это было-то?

— Не понятно. Скорее всего, паническая атака. У тебя ведь раньше такого не было, насколько я знаю.

— Не было, — уверенно отвечаю я.

— Врачи грешат на переутомление. Недостаток сна, алкоголь, отсутствие режима, а в целом вы в хорошей форме, — вступает медсестра.

Я с сомнением хмыкаю. Дожидаюсь, пока она выйдет за дверь, и этак нарочито молодцевато говорю:

— Ну раз все так счастливо закончилось, предлагаю это отметить. Макс, дай мою рубашку!

— Мудило, — цедит Максим.

— Почему это? — вопросительно поднимаю я брови.

— По кочану.

— Действительно, давай куда-нибудь поедем! Мне жутко есть хочется.

— Давай никуда не поедем. — Макс настроен необычайно решительно. — Ты сейчас со мной к врачу.

— К какому еще врачу? — не врубаюсь я.

— К психиатру.

— Ой, Макс, давай из меня только психа делать не будем!

— Ты и так псих, чего его делать-то? Одевайся, я уже договорился, нас ждут.

— Макс, хорош! — Встаю, срываю рубашку со спинки стула, на котором он сидит. — Никуда я не поеду. У меня, может, стресс.

— Не может. — Макс категорично рубит рукой воздух. — Вов, давай так: либо ты со мной сейчас к врачу, либо мы с этой минуты перестаем общаться. Я больше не за тебя. Теперь ты сам за себя.

— А чего ты так бычишь-то сразу? — пытаюсь перевести разговор в шуточный формат, но это не получается.

— Жду тебя внизу ровно десять минут, потом уезжаю, — и Макс выходит из палаты.

Я вижу сверху, как он курит в открытое окно авто. Мы оба знаем, что я не спущусь и не поеду ни к какому врачу. У меня просто не хватит смелости. Докурив, Макс поднимает стекло и картинно, «с буксом» срывается с места. У меня невероятно постыдное ощущение собственной трусости, и при этом дико жалко себя. Хочется расплакаться. Вот так, на ровном месте.

Приходит эсэмэс:

«Владимир, добрый день. Вы помните, что у нас сегодня встреча с заказчиком в его офисе, в 16? Адрес я вам прислал фотографией. Ваня. «Сказка менеджмент».

И дальше вложение с фотографией и электронным факсимиле: «Сказка менеджмент». Дальше будет интереснее».

«Не хотелось бы интереснее», — думаю я.

## КАФКА МЕНЕДЖМЕНТ

В переговорной семь человек. Три представителя страховой корпорации, двое из нанятого заказчиком «креативного агентства» и две ассистентки, трудно сказать, чьи. Передо мной презентация агентства «Сказка менеджмент», которое меня рекрутировало на эту встречу. Название написано так хитроумно, сплетенными вместе русскими и латинскими буквами, что я читаю его как «Кафка менеджмент», хотя, может быть, так и задумано.

Все присутствующие выглядят как в американских сериалах, которые они смотрят ночами. Девушки-корпораты в белых блузках и черных юбках-карандашах, как в сериале «Madman», мальчики-«креативщики» всклокоченные, с нарочито наркоманской поволокой в глазах и в бесформенной одежде, как в «Breaking Bad». Всё вместе это выглядит как массовка к сериалу «Универ». То ли потому, что героини «Madman» никогда не носили в офисе туфли на высокой, как у стриптизерш, платформе, то ли потому, что от «креативщиков» слишком сильно пахнет потом. Только секретарши выглядят уместно, как настоящие секретарши. Непонимание происходящего столь явно написано на их лицах, что, кажется, их просто здесь забыли после предыдущего совещания.

Еще все безумно асексуальны. Это можно объяснить тем, что герои сериалов изредка трахаются в кадре, тогда как наши герои только смотрят на трахающихся, отчего у них вырабатывается дикий комплекс неполноценности, типа: я никогда не буду так же круто выглядеть в этой позе, как Дон Дрейпер.

У каждого из присутствующих по два-три девайса: айфон, айпад и макинтошевский ноутбук. Девайсы непрерывно пикают, бикают, тренькают и вибрируют, отчего пространство становится похожим на конвейер, в котором один аппарат сообщает другому о передаче эстафеты. Это и вправду конвейер. По производству громадного ничего.

Кажется, мы ждем кого-то главного. Того, без чьего присутствия здесь ничто никогда не начинается. Собравшиеся непрерывно копаются в своих девайсах, подталкивают друг друга локтями, демонстрируя изображения на экранах, прыскают со смеху, шепотом обмениваются комментариями, поворачивают головы на звук шагов за дверью, потом снова ныряют в изделия концерна *Apple*.

Это напоминает возню мартышек, выкусывающих друг у друга блох.

Наконец входит *он*. Полноватый мужик лет сорока — сорока пяти. В вальяжном костюме итальянского кроя, коричневой обуви и без галстука. С ходу начинает сыпать репликами: «Проектор готов?», «Зачем так много бумаг, у вас почты нет?», «Да, кстати, я от вас все еще жду фидбека на свое письмо». В общем, сразу дает понять, кто здесь «официальный дистрибьютор». Наконец замечает меня.

— Здрасте, — чеканит, протягивая руку так, будто ее следует не пожать, а поцеловать.

— Вадим, — подскакивает с места начальник «креативщиков», который затащил меня в этот контракт, — это Владимир Богданов, писатель и телеведущий. Мы предварительно обсудили с ним идею...

— А! Да-да. Ну конечно! — Вадим меняет выражение лица со снисходительно-покровительственного на заинтересованное, заговорщицки подмигивает. — Мы ведь с вами сейчас поштормим?

— Что сделаем?

— Устроим мозговой шторм! Мозговой штурм! Вместе обсудим родившуюся у нас идею, исполнителем которой мы выбрали вас, — вступает одна из юбок-карандашей. — Вы меня, конечно же, помните?! — говорит она с нажимом на «же» жизнерадостным таким тоном, абсолютно не соответствующим ситуации. Идиотским тоном, который обычно бывает у ведущих утреннего эфира на радио, вопящих:

«Какой чудный сегодня день!» — в любой ливень и град.

— Конечно же нет, — говорю я.

— Мы с вами встречались там-то и там-то, — тараторит она в ответ.

Я молча пожимаю плечами. На секунду она тушуется, ловит на себе оценивающий взгляд Вадима и с удвоенным энтузиазмом бросается на амбразуру:

— Как вы знаете, Владимир, мы собрались здесь, чтобы обсудить продвижение нашего нового продукта: страхового полиса на случай увечья, временной недееспособности или смерти. Данный продукт нацелен на молодых энергичных горожан, представителей так называемого креативного класса.

— Это на хипстеров, что ли? — интересуюсь я.

— Можно их назвать и так. Но мы предпочитаем говорить «креативный класс», — поправляется девушка.

— Это странный выбор, — хмыкаю я. — Хипстеров не беспокоит временная недееспособность, так как они нигде не работают. И ваш полис они вряд ли купят. Во-первых, потому что у них денег нет, они все в кеды *Converse* вложили, а во-вторых — они не думают о смерти. Ведь *Converse* — это навсегда...

Повисает пауза. Собравшиеся осторожно переглядываются. Девушка идет красными пятнами. Атмосферу разряжает Вадим. Дружески кладет мне руку на плечо, широко улыбается:

— Владимир. Мне понятен ваш скепсис. Но наш продукт ориентирован на людей, которые думают о будущем. А я вас уверяю, таких большинство. Будущее равно стабильность. Стабильность равно защита от непредвиденных обстоятельств. Мы не хотим ассоциироваться с непредвиденными обстоятельствами, мы — это и есть защита. Мы про жизнь, понимаете? — Он разводит руки в стороны, как бы обращаясь к собравшимся за поддержкой. — А кто, как не вы, умеет писать про жизнь? С небольшими вкраплениями нашего бренда.

Милое собрание начинает дружно галдеть:

— Мы форекастили рост интереса к данному продукту со стороны молодой активной генерации городских представителей креативного класса.

— Это очень инлайн с нашими фокус-группами.

— Мы иксплорили эту тему в соцсетях.

— Нам ваш бэк-офис апрувил тему «жизни» в первом квартале.

— Мы вам респондили вчера по этому поводу.

— А я есть в «сиси»?

Я не понимаю ни единого слова из этого корпоративного сленга. Мне дико неуютно, холодно от дующего кондиционера. Галдящие твари постоянно называют свой гребаный страховой полис не иначе, как «продукт». «Наш продукт уникальный», «высококачественный». Так, будто речь идет о йогурте или колбасе. Секретарши сноровисто конспектируют высказывания, хотя мне не очень понятно, что здесь можно записывать.

Хочется умереть на месте, да боюсь, перед последним вздохом они заставят меня подписать контракт на их «продукт», расплачиваться по которому после моей смерти будут не только близкие родственники, но и друзья.

— Нам нужен текст, литературный текст, в котором бы подчеркивались достоинства нашего продукта, — говорит первая девочка-карандаш.

— Герой в жизненных обстоятельствах! — подпевает второй карандаш.

— Но с присущим вам взглядом на происходящее, — щелкает пальцами «креативщик».

— И, конечно, с неожиданной сюжетной аркой, — вторит его помощник и принимается отчаянно грызть карандаш.

Следующие сорок минут тратятся на обсуждение возможного героя. Владелец городского кафе, художник-авангардист, серфер (господи, откуда в Москве серферы!), стартапер, гражданский активист, мальчик-аутист и прочие фольклорные персонажи из интернета.

Вадим, улыбаясь, парит над ситуацией, изредка отпускает реплики, поправляя сотрудников, задает уточняющие вопросы. В общем, дирижирует процессом, тогда как я чувствую себя пациентом психиатрической клиники. Это натурально «Кафка менеджмент». Меня окружают дебилы, которым самим впору покупать полисы, страхующие недееспособность. Парадокс состоит в том, что дебилы не в смирительных рубашках, не привязаны к койкам. Они сидят в шикарном офисе класса «А» и их совокупный заработок, по моему мнению, составляет порядка пятидесяти тысяч долларов в месяц. В уме умножаю пятьдесят на текущий курс, потом делю на среднюю зарплату по стране, это около тридцати тысяч рублей. Выходит, что на эти деньги можно было бы нанять шестьдесят шесть человек. Как раз персонал одной больницы.

Вспоминается «скорая помощь», врачи, утренний приступ, опять высаживает на панику. Потеют ладони, и, кажется, снова учащается сердцебиение. В общем, следить за ходом обсуждения становится все труднее.

— А что думает автор? — вырывает меня в реальность Вадим.

— Автор? — Я в некотором замешательстве.

Собравшиеся развивают мысль:

— Автор!

— Вам же писать!

— Нужен мастерпис!

— Файн-тюнинг!

— Предлагаю написать про смерть, — робко начинаю я. — Например, умер отец или мать. Мы видим сына в тот момент, когда он получает по почте извещение о страховой выплате. Читает документ, откладывает в сторону, смотрит в окно. И дальше такой внутренний монолог в стиле Бродского: «Не выходи из комнаты, не совершай ошибку». Сын размышляет о бренности бытия. О том, что каждый из нас не знает, сколько ему отпущено. И почти всегда уходит внезапно. И никакой страховой полис никого не может вернуть.

— Да? Как-то очень мрачно выходит, — замечает главный «креативщик» после паузы.

— Хотя сцена со смертью близкого родственника — это хорошо. — Вадим обводит присутствующих взглядом.

— Вы находите? — спрашиваю я.

— Ну... это... скажем, соответствует задачам одного из наших пакетов, — кивает один из карандашей.

Секретарши на секунду замирают, смотрят на окружающих, потом снова принимаются долбить по клавиатуре своих компьютеров.

— А может быть, докрутим? Например, сын очень грустный, но получает страховые документы и видит, что выплата достойная. — Заместитель «креативщика» вынимает изо рта остатки карандаша. — Это меняет его настроение, он начинает улыбаться.

— Так, парни! «Штормим», «штормим» у нас отлично выходит! — хлопает в ладоши Вадим. — Отличная команда! Как вам, Владимир?

— Великолепно, — киваю я. — Давайте еще, как вы говорите, «докрутим». Сын начинает улыбаться, еще раз перечитывает сумму выплаты, а потом, этак по-тарантиновски, мочит тетку и отца. Я в текст вкраплю лихие музоны, сцены в барах с неоновыми вывесками. Так пойдет?

Все снова замирают. Смотрят на Вадима. Тот утыкает голову в сцепленные ладони, потом отрывается от них и молвит одну фразу:

— Это трендовенько.

— А где здесь ризон ту билив? — осторожно переспрашивает главный карандаш.

— Здесь нет ризона ту билив. Есть только ризон ту дай, — говорю я. Невроз нарастает. Становится тяжелей дышать. Еще отчаянно хочется курить. — Я выйду на секунду?

Вадим повелительно кивает.


Выхожу из переговорной, вызываю лифт, спускаюсь на первый этаж, миную турникеты и вываливаюсь на улицу. Снимаю пиджак, делаю несколько глубоких вдохов. Дышать становится легче.

Звонит Оксана:

— Ты как?

— Ничего. — Собираюсь было рассказать о своих утренних злоключениях, но тут же осекаюсь. — Готовлюсь к встрече с читателями.

— Когда?

— Через пару часов.

— А во сколько закончишь?

— Поздно. Потом в гостинице останусь ночевать. У меня завтра дико рано эта чертова пресс-конференция.

— Понятно. — На том конце повисает пауза.

— Созвонимся вечером! — помогаю я закончить разговор.
— Давай! — Она разъединяется.

Иду по бульвару, сосредоточенно пинаю пластиковую бутылку, пока она на улетает на проезжую часть. Еще год назад Оксана предложила бы приехать, думаю я. «Еще год назад он бы пригласил», — наверняка думает она.

Воздух напитан тревогой. Такое состояние, будто перед вечеринкой, на которой ты ни с того ни с сего получишь в нос. Стремом пропитано все: вывески, афишные тумбы, лица людей, фигуры перебегающих дорогу пенсионеров. Хочется спрятаться, от всего сразу. Заваливаю в ближайшее кафе, сажусь за стол, заказываю бокал вина.

За столом напротив мальчик с девочкой, видимо, студенты, обучающиеся архитектуре или изобразительному искусству. Те самые «молодые и энергичные», которым с моей помощью должны были втюхивать страховые продукты. Сидят и рисуют друг друга на бумажной скатерти. Официант приносит им меню.

*Мальчик.* Вино в кувшине! Тысяча триста рублей! Почему бы и нет?

*Девочка (восторженно).* Почему бы и нет?!

*Мальчик.* Белое или красное?

*Девочка (порывисто).* Сегодня мне все равно!

*Мальчик.* Сегодня особенный день?

Девочка. Да, разве ты не видишь?

Ее последняя фраза лишь усиливает мой стрем. Почему особенный? В чем особенный? Как-то чересчур кинематографично звучит их диалог. Или это я стал все слишком остро воспринимать? Снова потеют ладони и закладывает в висках. Списываю это на отголоски утреннего происшествия. До начала встречи с читателями сорок минут. Звонит менеджер компании, офис которой я покинул час назад:

— Владимир, вы собираетесь возвращаться?

— Трудно сказать, — отвечаю я после долгой паузы и отключаюсь.

## ЧТЕНИЯ

М. Хороший выбор.
Д. Дня или вина?

— А вы можете написать: «Для Ленки! Вова тебя очень любит»?
— Конечно могу. Может, добавить «он на тебе женится»?
— Не, — парень смущенно зарделся, — не надо. Пока рано.


Встреча с читателями окончена, и я нахожу себя сидящим за столом, в отгороженном углу зала продаж, где проходит специальная сессия. Читатели, победившие в конкурсе «знатоков творчества Богданова» (господи, несчастные люди!), получают право на «эксклюзивный автограф, специальную фотосессию и...» (что там еще указано в буклете?). Мне кажется, что люди идут нескончаемым потоком, хотя на самом деле их всего человек пятьдесят. Я машинально пишу на титуле предлагаемые тексты, а сам вот уже минут десять не свожу глаз с девушки восточного типа.

Она стоит почти в самом конце очереди и, кажется, настолько увлечена чтением моей книги, что ее совершенно не волнуют женщина средних лет со спортивной сумкой, мужик в куртке «Боско» и рыжий мальчик во всем джинсовом, последовательно пролезшие вперед нее в очередь за автографом.

— Эй! — кричу я охране. — Офицер!

Что я несу? Почему офицер? Даже сильно милитаризованная синяя форма и фуражка с высокой тульей не придают ему и пяди военной выправки. Этому любителю фастфуда, проживающему на задворках города, который и в охрану-то пошел даже не из любви к ношению резинового фаллоимитатора на боку, а потому, что кроссворды «уважает».

— Э..? — Он поворачивается ко мне словно в замедленной съемке и вопросительно мычит.

— Вы видите, что у вас происходит? Люди без очереди лезут, девушка вон... пройти не может, ее оттесняют и оттесняют...

— Не мое дело, — голосом покойного генерала Лебедя отвечает охранник.

— Не ваше? — Я откладываю ручку. — А ваше какое, интересно?

— Контролировать безопасность, — отвечает он как учили на инструктаже, тщательно пережевывая каждое слово и придавая лицу как можно более значимое выражение.

— Что?! — Меня слегка потрясывает от нахлынувшей злости. — То есть если тут сейчас кипиш со стрельбой начнется, вы станете пули ртом ловить, как в «Матрице»?

— Чё? — Охранник чувствует скрытую угрозу. — В смысле?

— А нет ли случайно у кого-то с собой оружия? — обращаюсь я к залу.

— Шутка, шутка, шутка! — истерично вскрикивает материализовавшаяся рядом Жанна и принимается картинно хохотать. Потом резко меняется в лице и ледяным тоном обращается к охраннику: — Девушку привел, быстро!

— Какую девушку? — искренне не понимает он.

— Какую именно девушку? — Это уже мне от Жанны.

— Да вот же! — Я встаю с места и вытягиваю руку, чтобы указать на девушку.

Автограф-сессия замирает. По очереди пробегает легкая волна ропота. Многие оборачиваются, чтобы посмотреть на ту, из-за которой весь этот сыр-бор. «Восточная» тычет себя пальцем в грудь и беззвучно интересуется: «Я?» Кажется, она даже краснеет от смущения. Какая прелесть!

— Вы, вы, — подтверждаю я. — Подходите ко мне, не стесняйтесь. А то вас так никогда не пропустят.

Охранник протискивается к ней, разрезая толпу, и жестом приглашает пройти к моему столу. Автограф-сессия возобновляется.

— Нет, это поразительно! — обращаюсь я к следующему читателю, Жанне и одновременно ни к кому. — Вы знаете, сколько у нас в стране человек в охране работает?.. Кому?

— Андрею Борисовичу, в дни юбилея, — подсказывает кто-то.

— Как это «в дни»? Он юбилей декаду отмечает, что ли? Как император? Ага. Так знаете? Как, простите?

— Алевтине. Через «а». Можно еще фотографию?

— Конечно. — Встаю, механически сгребаю девушку в объятия.

— Не знаем, — отвечает за всех Жанна.

— Семь миллионов! Спасибо, — сажусь обратно. — Кем оставаться?

— Настоящим человеком! — доверительно наклоняется над моим ухом кто-то в очках.

— Да, конечно, это самое важное, — заученно отвечаю я. — Так вот, это же с ума можно сойти! Вы понимаете? Пять! Пять процентов населения задействовано в охране.

— Кошмар, — полувопросительно соглашается Жанна.

— И ведь это самые продуктивные пять процентов. Самые молодые, самые энергичные. Те, которые, по идее, должны страну развивать, и все такое. Правильно?

— Правильно, — говорит парень из очереди. — А они херней заняты.

— А они развивают печатную промышленность. Кроссворды эти...

На автомате я пишу всем одно и то же и чуть было не ошибаюсь в имени читателя.

— Сканворды... — подсказывает мне тот же парень и заходится смехом.

— Точно. — Наконец приводят «восточную» и сажают рядом. — И главное — что они охраняют, эти семь миллионов? У нас столько материальных ценностей в стране нет, но кто-то ведь оплачивает труд этих семи миллионов бездельников. Вот вы где работаете? — обращаюсь я к подсказавшему «сканворды».

— Я? — Он слегка теряется, потом опускает глаза и тихо отвечает: — Ну... в офисе... Просто роспись поставьте... там... без имени...

— Без имени... в офисе, — ставлю я размашистую закорючку и резко разворачиваюсь к «восточной». — Давайте знакомиться. Вас как зовут?

— Айгуль. — Она смотрит на меня, слегка улыбаясь. На лице — легкая тень смущения, скорее всего напускная. Макияж минимальный, только чтобы подчеркнуть высокие скулы и подсветить беса азиатчины в татарского разреза глазах. Затянута в черный трикотаж. Очень плотные колготки. Юбка длиннее, чем должна быть. В общем, выглядит так нарочито прилично, что во рту пересыхает.

— Татарка? — спрашиваю я.

— Националист? — уточняет она.

— Нет, похотливый козел. — Склоняюсь к ней скорее для того, чтобы втянуть ее обеими ноздрями, нежели для того, чтобы мой шепот был ею различим: — Я сейчас всю эту ерунду бросаю, мы заказываем ужин в номер, шампанского, а утром едем кататься по Москва-реке.

— А мы что, уже в номере? — шепчет она, подыгрывая.

— Нет, просто... — Смотрю сквозь ее волосы на людей, которые стоят с книгами в руках, на охранника, который что-то вещает администратору зала, указывая на меня пальцем, на Жанну, которая все поняла, слегка закусила губу и пересчитывает глазами оставшихся читателей. И краски теплеют как после обработки инстаграмовским фильтром, звуки приглушаются, будто морскую раковину к уху приложил, и все становится фрагментом фильма, который ты поставил на паузу, чтобы пойти на кухню за новой бутылкой. — Просто я не знаю, как теперь принято с девушками флиртовать... Про цветы или рестораны... вместо того чтобы просто сказать: я хочу тебя, поехали ко мне.

— Все ты знаешь, — шепчет она, — просто ты охамевшее, раздувшееся от собственной значимости животное.

— Я бы не стал ставить нас в рамки такого дискурса, — неуверенно предлагаю я.

— Книжечки готовьте раскрытыми на титульной странице. — Жанна снимает кино с паузы.

— Охамевшее — да, но не от значимости, — пасую я.

Она встает и отходит к колонне, впрочем, «раскрыв книжечку на титульной странице».

— Я забыл, что такое значимость, в тот момент, когда пьяным описался ночью на кровати приятеля. — Она смеется и вертит пальцем у виска. — Но это же не значит «нет»? — Я смотрю на нее и, не глядя, подписываю и подписываю книги, даже не спрашивая имен.

— Фотосессия, — одними губами произносит Жанна.

— Фотографируемся, друзья! — громко объявляю я, подскакиваю к Айгуль и хватаю ее за руку. — Ровно пять фотографий.

— А девушка в кадре будет? — интересуется первый «счастливчик».

— Это уж как снимут, дружище.

— Ты мне руку сломаешь, — говорит она.

— Главное, чтобы жизнь не сломал, — отвечаю.

— Это... — но я ее уже не слышу.

Я руковожу процессом, я подгоняю людей, я улыбаюсь, я прищуриваюсь, я втягиваю живот, я приветственно машу рукой, я выдыхаю наконец...

— Все, закончили! — торжественно объявляю я. — Спасибо за теплый прием и до новых встреч.

— Можно еще фото для фейсбука? — спрашивает кто-то у моей спины, но я уже ни черта не хочу, я делаю шаг к выходу и увлекаю за собой Айгуль.

— Отпусти! — Она впивается ногтями в мою ладонь.

— Я тебя прошу.

— О чем?

— Ну не надо так со мной.

— Как? — Она прищуривается. — Как не надо?

Как-как, откуда я знаю? Я хочу тебя раздеть через восемнадцать минут, а вместо этого должен придумывать многозначительные речевые обороты, чтобы соблюсти неписаные формальности. Ну что ты как маленькая-то? Тебя никогда не клеили, что ли?

— Успел, успел! — раздается звонкий голос. — Я так последний раз эстафету в восьмом классе бегал. — Круглые слова отлетают от стены как камни. — Поезд на два часа опоздал, я уж отчаялся, думал, вы закончили.

— Я и закончил. — Не оборачиваюсь, стараясь сосредоточиться на том, как бы не отпустить ее руку, кричу: — Жанна! Жанна Александровна! Поговорите с мужчиной!

— Постойте, как же? Постойте, я вас умоляю! — Плащ «макинтош», кеды, джинсы, борода, беретка какая-то замызганная, роговые очки. Не то дед, не то хипстер, их теперь не различишь.

— Господи, откуда ты взялся? — говорю.

Жанна уже крутится рядом, пытаясь всучить ему брошюру, или книгу, или... Айгуль вырывается и двигает к выходу.

— Я тебя умоляю! — порываюсь я броситься следом.

— Мне одну фотографию и три автографа. Мне, маме и еще одному человеку, я из Курска приехал... А на сайте сначала повесили, что будет Курск. Мы тогда с мамой решили, что пойдем, даже если билеты будут дорогие, — говорит он со скоростью пулемета.

— Старик, прости, времени нет, — устремляюсь я за ней.

— Я не старик, это меня борода старит. Вот, сначала на сайте повесили, а потом Курск отменили! — семенит он следом. — А конкурс-то я выиграл! Мне и подтверждение на почту пришло! Мама говорит: «Возьми мне и Олегу Станиславовичу».

— Будет Курск, обязательно будет, — Жанна пытается схватить его за локоть, но он ловко увертывается.

— Стой! Я прошу тебя! Мне два слова тебе нужно сказать! — кричу я в спину Айгуль.

— А Олег Станиславович говорит, что вы как Буковски, только наш. Он еще все ваши передачи смотрит, и мама моя смотрит, а я... честно говоря...

Я перехожу на бег, он тоже ускоряется, Жанна подпрыгивает за нами на своих десятисантиметровых шпильках. То есть трое взрослых людей бегут за одной восточной сучкой. Правда, очень красивой.

— Я, честно говоря, уже не успеваю смотреть, — тараторит чувак, — поздно прихожу. Перевелся во вторую смену, сначала вроде бы все устраивало, но вот...

— ТЫ МОЖЕШЬ ЗАТКНУТЬСЯ?! — резко останавливаюсь я. — Я не знаю Олега Брониславовича, не знаю тебя, не знаю твою маму. У МЕНЯ НЕТ ВРЕМЕНИ, ПОНИМАЕШЬ?! — почти срываюсь я на крик. — У меня очень важные дела, понимаешь? Приходи на следующую встречу в «Москве». Через месяц или через три... на сайте объявят.

— Станиславович же... — мямлит он, застывая в нелепой позе: в каждой руке по две книги. (Почему четыре? Он же говорил про три. Кругом одни вруны!) Челка какая-то белесая, плащ этот дурацкий. Стараюсь не залипать на деталях, но получается плохо. — Он заболел теперь, Олег Станиславович...

— Да хоть Венцеславович! — Краем глаза я замечаю, что Айгуль покидает магазин.

Бегу за ней, выскакиваю из магазина, успеваю схватить ее под локоть в тот момент, когда она готовится сигануть в подземный переход. Она вздрагивает от неожиданности.

— Всего два слова, — говорю я, — послушаешь?

— Послушаю, — выдыхает она.

Задним ходом подъезжает моя машина с водителем, на пороге магазина застыли Жанна, мужик в плаще. Какие-то люди оборачиваются на меня, проходя мимо, и, кажется, кино кто-то опять поставил на паузу.

— Что значит «Айгуль»?

— Это три.

— Что три?

— Три слова, — спокойно говорит она. — А обещал два.

— Когда любишь, не считаешь. — Достаю сигарету, закуриваю. Ее глаза крупно. Прикидывает. Взвешивает за и против. Или делает вид, что взвешивает. — Садись! — Открываю дверцу подъехавшей машины.

— Ты уверен? — Она делает шаг вперед.

— Я никогда ни в чем не уверен. Я всего боюсь. — Последнее, кстати, сущая правда.

Придерживаю дверцу, оборачиваюсь к Жанне, очерчиваю в воздухе воображаемую телефонную трубку.

Помогаю Айгуль сесть в машину, говорю водителю, куда ехать.

Жанна подбегает к машине, за ней семенит бородатый.

— Мне вам два слова нужно сказать... — начинает Жанна.

— Жан, давай не сейчас, — киваю в сторону сидящей в машине девушки.

— Три книжки всего, — канючит бородатый. — Просто подпись поставьте...

— Господи, давайте уже! — принимаю книжки, ручку. Быстро калякаю автографы.

— Это правда важно, — вкрадчиво говорит Жанна. — Тут одна вещь произошла. Странная...

— Что, опять я по скайпу звонил?

— Вы на меня за ту историю сильно сердитесь?

— Нет, вообще про нее забыл. Можем завтра потрещать, с утра, перед пресс-конференцией. Мы же в одном отеле ночуем?

— Да. Мы точно поговорим?

— Я тебе обещаю. — Возвращаю бородатому подписанные книжки, берусь за ручку дверцы.

— Скажите, а у вас есть родной брат?

— Ты об этом хотела поговорить?

— Да. Точнее не только об этом, — говорит она с плохо скрываемым волнением. — Все-таки ответьте, у вас есть брат?

— У меня нет брата! — пытаюсь шире раскрыть дверцу, но она ее удерживает.

— Тогда давайте прямо сейчас, это очень серьезно!

— Я прошу тебя, давай завтра! — дергаю дверцу на себя, сажусь в машину.

— Вы не играйте в злого, вам это не идет! — выглядывает из-за плеча Жанны бородатый.

— Что, простите?

— На вас когда это накатывает, просто говорите про себя: «Это не я, это не я!».

Собираюсь ответить, но сказать, собственно, нечего. Молча киваю, закрываю дверцу. Машина трогается.

Мы медленно движемся мимо прохожих, мимо Жанны с бородатым, стоящих с растерянными лицами. Бородатый в этот момент похож на перевернутого на спину жука. Меня снова, как утром, бьет легкий стрем, потом краски смазываются. Люди смазываются, Москва смазывается.

Я ныряю в ее волосы и думаю о жуке. Жуке-пожарнике или жуке-носороге. В общем, таком большом, с кривыми клешнями. Еще думаю о том, что ее волосы пахнут чужим уютным домом, комфортом, взбитыми подушками и защищенностью...


— Я знаю, что обещал... Я не обманывал, просто так вышло. Постарайся понять: это же моя работа. Встреча затянулась, потом еще два интервью, в итоге опоздал на поезд. На самолет билетов уже не достать, завтра полечу первым рейсом. Ну почему ты молчишь? Что? Я не слышу. Нет, завтра никаких дел не найдется. Ничего не придумаю. Точно вечером. Прости. Я люблю тебя, слышишь? Алло!.. — кладу трубку.

— Это жена? — спрашивает она после долгой паузы.
— Дочь.

Движением фокусника она достает из ниоткуда сигарету. Прикуривает, делает несколько глубоких мужских затяжек. Картинно откинув голову на подушку, выпускает толстую сизую струю в потолок, потом спрашивает, не глядя на меня:

— Чувствуешь себя сейчас полным говном?

— Я себя им постоянно чувствую.
— И как это?
— Сначала противно, потом привыкаешь, потом привыкают другие, а потом делаешь из этого фирменный стиль. Что значит «Айгуль» по-русски?
— Ты уже спрашивал.
— Правда?
— Лунный цветок. Возвращаясь к говну... Это тебя родители так научили или сам, с годами?
— Нет, что ты. Родители меня учили Родину любить, не быть подлецом и ни в коем случае не спать с лимитчицами.
— С кем?
— Ну... как тебе объяснить... не суть. В общем, в какой-то момент Родина моя приказала долго и счастливо жить (в основном тем, кто успел ее покинуть), а всем остальным предписала немедленно переквалифицироваться в подлецы и ебать лимитчиц для повышения генофонда (прочие особи женского пола либо спились/сторчались вприкуску с томиком Ахматовой, либо успешно уехали из страны на Рублевку). Уезжать я не хотел... Дай затянуться...
— Ну? — Она подносит сигарету к моим губам, держит ее, пока я втягиваю в себя дым, после затягивается сама.
— Что ну?
— А дальше?
— Дальше как в анекдоте про хохла, который внуку рассказывает, что фашисты поставили его перед вы-

бором: либо расстрел, либо сосать. «И что ты, дедушка, выбрал?» — «Расстреляли меня внучек, рас-стре-ля-ли...»

— Такую ты ересь несешь, — откидывает она одеяло, вскакивает и тянется за шампанским, — просто бред!

— Я не ересь несу, я сочиняю. Я ж писатель.

— Да, пишешь ты классно, — аккуратно кидает она окурок в пустую бутылку, достает из ведерка вторую, — а врешь хреново. Тебе нужно больше писать и меньше говорить.

— Я стараюсь и того и другого меньше.

— Это ты зря! — Она довольно профессионально откупоривает бутылку *Laurent-Perrier*. — Я бы вот мечтала уметь писать, как ты.

— Я бы тоже хотел, чтобы кто-то писал, как я. А я бы только за гонораром ходил.

— Я официанткой работала два года, — предваряет она мой интерес к ее сноровистым движениям и разливает шампанское в бокалы.

Я протягиваю руку за своим.

— Мы будем еще? — праздно интересуется она, глядя мне куда-то в область солнечного сплетения.

— Ты сколько моих книг прочитала? — тщеславно интересуюсь я.

— Я? — Она выдерживает долгую паузу. — Ни одной! Четверть вот этой пролистала, пока в очереди стояла.

— А чего ты тогда делала на встрече? — смеюсь я.

— Меня подруга попросила подойти и взять автограф. Она по тебе с ума сходит. Если узнает, что мы, — прыскает в ладошку, — что я... глаза мне выцарапает. Слушай, — проникновенно цокает она языком, — а давай ты ей напишешь что-нибудь специальное. Может, фотку твою пошлем?

— Давай. Только с твоего номера... сама понимаешь.

— Хорошо.

— Лист бумаги и ручку. Сигарету. Как подругу зовут?

— Олеся!

«Олеся! Ты моя любимая читательница!» — аккуратно вывожу на листе формата А4.

— Ну и про меня что-нибудь, — застенчиво улыбается она.

— «У тебя самая лучшая подруга на свете». Так пойдет?

— Ага.

— Теперь кладем на грудь. Вот. Попал я в кадр? Фотай. Черт! — В тот момент, когда срабатывает вспышка айфона, я теряю сигаретный уголь, который сначала прожигает лист бумаги, потом, кажется, кожу на груди.

— Ой-ой-ой! — Айгуль дует мне на грудь. — Может, водой?

— Не надо, — в порыве дешевого геройства я прикуриваю остаток сигареты.

— А может, не водой? — блядским движением она облизывает губы и целует меня в грудь. Спустя некоторое время отрывается и, положив подбородок мне на грудь, смотрит прямо в глаза и шепчет:

— А ты никогда не думал, что будет, если рассказать все как есть?

— В каком смысле? — искренне не понимаю я. Слова «как есть» вызывают легкий велопробег мурашек по спине, будто мне есть что скрывать. Будто бы существует это мифическое «как есть».

— Ты же врешь всем, вот как с дочерью. Попробовать не врать, а однажды сказать правду.

— Пробовал. Еще хуже будет. Представляешь, что будет, если с завтрашнего дня все друг другу начнут правду говорить?

— Что?

— Все рухнет как карточный домик. Сначала миллионы разводов по всему миру, потом гражданская война, потом Третья мировая, потом — все... конец...

— Откуда ты знаешь?

— Я предполагаю. — Делаю глоток шампанского. — Вот ты мне сказала про «правду», и я начал конструировать мир, в котором никто не врет. Теперь буду о нем думать всю ночь. Не усну.

— Да ну тебя! — Она приподнимается на локте и игриво щелкает меня по животу. — Не можешь нормально ответить, все время придуриваешься.

— Я не придуриваюсь, я честно тебе отвечаю. — Я в самом деле почти начал думать о мире условной правды. — Я пытаюсь придумать такой мир, но у него нет точки опоры...

— А у нашего мира есть?
— Конечно.
— Что?
— Страх.
— Я серьезно, — капризно надувает она губы.
— И я серьезно. Всеми движет страх.
— Какой страх?
— Страх быть раскрытым. Страх, что кто-то разоблачит нас и поймет наши истинные намерения. Мы же все совсем не те, кем хотим казаться, врубаешься?

— Кажется да. Слушай, — прихлебывает она шампанское, слегка обливается, поспешно меняет тему разговора, — а ты, когда пишешь, перевоплощаешься в своих героев?

— Не то слово. Дашь мне свой телефон, я выберу фотки, которые твоей подруге послать, а стремные сотру, ок?

— Ну, постоянно думаешь как они, — тянется она за телефоном, а я смотрю на изгиб ее спины, на раскиданные по плечам волосы и думаю о том, какого черта ее пробило на этот нелепый, неуместный диалог. — Живешь как они. Говоришь как они.

— Да я даже в туалет хожу как они и с девушками знакомлюсь так, как они бы знакомились... Какой код?

— Я сама наберу, — скользит она пальцами по экрану. — Вот, например, ты сегодня со мной знакомился как герой своей новой книги или... как кто?

— Как Кокто.

— Кто-кто?

— Жан Морис Эжен Клеман Кокто. Французский писатель, поэт. Глянь в «Вики» на досуге. — Я стираю свои фотки с выпученными глазами, сделанные в момент ожога, оставляю одну, показываю ей. — Пошлешь?

— Пошлю. Скажи, а ты с ума не сходишь от вечного театра в твоей голове? — Она садится на колени, берет телефон двумя руками, как дети берут игрушку, и начинает перебирать пальцами по стеклу.

— Как известно, ни один сумасшедший никогда не признает, что он сумасшедший.

— Я просто пытаюсь это представить. Жизнь как кино. Вот пишешь ты книгу и ведешь себя по жизни как ее герой. Говоришь его фразами. Думаешь его мыслями. Получается, что тебя вроде как и нет. Есть только набор придуманных тобой образов.

— И... что?

— Как ты не путаешь себя и своих героев? Где в этот момент ты настоящий, а где тот, в кого ты играл весь день, и... — Она не договаривает, пытается сделать глоток шампанского, но бокал пуст. Смотрит на меня вопросительно.

— Что-то ты меня запутала. Я перестал понимать где я, а где-е-е-е, — театрально, с рыком набрасываюсь на нее, — тот парень-маньяк, о котором я сейчас пишу. Он отгрызал девушкам соски, а потом...

— Подожди! — Она колотит меня ладонями по спине, пытаясь освободиться. — Вот только серьезно мне ответь, хорошо? Обещаешь?

— Обещаю.
— А в баб ты тоже перевоплощаешься?
— Я практически не пишу от лица женщин, — притягиваю ее к себе, укладываю на грудь.
— Почему?
— Для того чтобы писать от лица женщины, нужно думать как женщина. Нужно чувствовать как женщина. А я даже не знаю, где болит, когда месячные начинаются.
— О! Это я тебе расскажу, — оживляется она.
— Давай ты мне чуть позже расскажешь! А я сяду и запишу.
— Слушай, ну я тебе все прямо в красках расскажу! — заливисто хохочет она. — В деталях!
— Конечно, — улыбаюсь я, поглаживаю ее по плечу, потом слегка надавливаю на него, — конечно...

Конечно, что и где болит во время месячных, я знаю, наверное, так же, как ты, бейби. Знаю, как болит у блондинок, у брюнеток, у рыжих. И ты ведь даже не двадцатая, кто рассказывает мне об этом (вам всем почему-то искренне нравится посвящать меня в эти детали — видимо, в надежде однажды найти себя в одной из моих героинь).

Но ничего между нами, возможно бы, не было, скажи я тебе эту самую правду. «Such a little thing makes such a big difference», — как пел товарищ Моррисси. По другому поводу, но тем не менее.

А сейчас твоя голова скользит ниже моего пупка и ты уже настолько пьяная, что Саша Грей, увидев эту страсть, завтра выйдет на пенсию. А я лежу и думаю про это твое «попробовать не врать, а однажды сказать правду». Интересно, с чего мне стоило бы начать свою исповедь? Наверняка со страха.

Страх, душа моя... Вероятно, ты подумала, что когда я говорил про «страх быть раскрытым», я имел в виду боязнь того, что завтра поутру, в холле гостиницы меня жена встретит?

Нет, бейби, я имел в виду совсем другое. Мне страшно оттого, что в последнее время меня, как ты метко выразилась, «вроде как и нет». Вместо меня какой-то бесконечный набор штампованных образов. Фальшивых, пустых, бессмысленных ролей писателя, ведущего, отца, друга, любовника. Все происходит как в плохом ситкоме с дешевыми декорациями, где герой ходит по поезду, переодеваясь в каждом вагоне то в кондуктора, то в проводника, то в пассажира. Из тех, что всегда безупречны в своей пустоте.

При переходе в следующий вагон в предыдущем он каждый раз оставляет позади эту чертову недосказанность, грозящую перейти в конфликт. Как с Оксаной, к примеру. И не понятно, куда этот поезд едет и когда остановится, а главное — можно ли с него сойти.

В отсутствие стоп-крана, в реальной жизни, приходится энергичней перепрыгивать из одного вагона имени себя в другой вагон имени другого себя. Бывает, не успеешь, и дверьми прищемит кончик отброшенной минуту назад сущности. А это, сука, больно так, что приходится неделями бухать, чтобы заглушить.

Тем не менее ты продолжаешь. Продолжаешь играть в «душу компании», котика и рубаху-парня, когда никакой ты, сука, не котик и даже не зайчик — ты конченый эгоист и социопат.

И самое острое желание теперь — исчезнуть, спрятаться под стол, как в финале «8 ½». Взять паузу, чтобы за время твоего отсутствия все внезапно само собой устроилось.

Чтобы полная анонимность, никаких навязчивых журналистов и коротких фотосессий с неизвестными людьми в ресторанах. Чтобы никаких тебе встреч с читателями и еженедельного изрезанного морщинами лба в попытке сыграть сопереживание на голубом экране.

Чтобы раз в пять лет издавать книжку, а все остальное время — европейские столицы, азиатские острова и путевые заметки в блог, уютные кафешки и фоточки в инстаграме, а еще лучше — дурь и круглосуточный просмотр любимых музыкантов на ютьюбе.

С другой стороны, как подумаешь о таком развитии событий, сразу задаешь себе вопрос: стоило ли пять лет так пахать, чтобы закончить упоротым дрочиловом в ютьюбе? В общем, как любил говорить один мой герой, как-то сложно все...

Тебе, Айгуль, кажется, что я произвожу впечатление человека, чья жизнь как кино, с легкой пеной над бокалом в компании лучших людей этого города. Ночи, принадлежащие самым красивым женщинам, и полный позитив по поводу будущего. Ты бы сама снялась в таком фильме, с удовольствием. Я уверен. Потому что я и сам так хотел.

Мне обещали, что главными героями будут шампанское, беспричинная радость и океанские горизонты, а оказалось, что их зовут виски, подслеповатые московские рассветы и депрессия.

Изредка случаются незначительные сюжетные повороты, как у нас с тобой сегодня. В кадре ровные белые зубы, аккуратный макияж, приклеенные улыбки, наивные диалоги, бокалы со следами помады по краям. И тебе кажется, что началось новое кино, хотя на самом деле это всего лишь рекламная пауза.

Как-то так выглядела бы моя исповедь, решись я на нее, Айгуль. Но я не решусь. Во-первых, как уже было замечено, страшно. Во-вторых, публичные исповеди — как героин. Дешево и быстро подсесть, а еще быстрей — сторчаться...

## ОТЕЛЬ

Иду по коридору. В наушниках Земфира хочет, чтобы «во рту оставался честный дым сигарет». А во рту на самом деле сигаретный дым, перебродившее шампанское и кислота прошедшей ночи. Но во всем этом никакой честности. Сплошная пошлость.

Прохожу мимо номера Жанны, замечаю, что дверь приоткрыта. А до прессухи еще минут сорок. Вспоминаю, что вчера мы вроде как с ней не договорили. Неизвестно почему, но я чувствую себя несколько виноватым перед ней.

Тактично стучу костяшками в «глазок». Жанна не откликается. Стучу еще раз — снова тишина. Кажется, женщины в такое время не особенно склонны к разговорам. Чужая постель, недосып. Мешки под глазами. «Интересно, — думаю, — как она выглядит с утра? Еще ведь не укушена возрастом настолько, чтобы с момента пробуждения до момента выхода тратить на туалет часа два». Стучу в третий раз. Без толку. Первое желание — немедленно уйти, но все же заставляю себя толкнуть дверь номера.

Жанна лежит, откинувшись навзничь. Ее широко раскрытые глаза вместо обычного зеленого теперь цвета серого стекла.

Битого бутылочного стекла.

Смотрят в потолок с таким выражением, будто нечто прыгнуло на нее откуда-то сверху.

Лицо тоже зеленовато-серое, со сморщенной кожей, из-под которой, кажется, резко выпустили воздух. Местами кожа обвисла, местами неестественно натянулась, как на лежалом яблоке. Нижняя губа, прежде выдававшаяся вперед, отчего вид у нее был слегка насмешливый, теперь запала внутрь, создавая впечатление вынутой на ночь челюсти. И фиолетово-черный кровоподтек на шее, больше похожий на глубокий шрам, только без следов крови.

Я никогда не понимал, почему люди боятся покойников. Я хоронил прабабушку и деда, и мать тоже хоронил. Это было горько, но не страшно. В этом была какая-то логика окончания жизненного цикла. В лежащем передо мной теле никакой логики не было.

Вчера у выхода из магазина я попрощался с двадцатисемилетней в меру симпатичной розовощекой девушкой. И вот сейчас передо мной лежит мертвая женщина, возраст которой трудно определить с первого взгляда. Она изменилась до неузнаваемости. Постарела за одну ночь лет на двадцать.

Все, что осталось от вчерашней Жанны, — это цвет волос и фиолетовый маникюр, который сейчас практически не выделялся на фоне посеревшей кожи.

Мне впервые в жизни стало как-то по-особенному страшно. Этот страх не гнал прочь, не заставлял отворачиваться, наоборот. Так бывает, когда видишь что-то из ряда вон выходящее. Что-то непотребное.

Внезапно натыкаешься на телепрограмму, показывающую расчлененку, или видишь уродливого, покрытого струпьями бомжа на улице. Тебе бы переключить, отвернуться, но что-то не дает тебе отвести взгляд, и ты сначала украдкой, потом во все глаза таращишься. Будто с каждым кадром или с каждой новой черточкой на этом лице тебе откроется какая-то еще более ужасная, отталкивающая деталь.

Вот и сейчас это чувство держало меня своей ледяной клешней и не давало отвести глаз от ее тела. Звуки вокруг затихли, воздух моментально пропах формалином, как накануне в больнице. А я стоял, обездвиженный, прислонившись спиной к платяному шкафу, и отрешенно рассматривал проступившие венки на ее запястьях.

Сердце изредка бухало где-то в ногах, потом пропадало, чтобы резко объявиться уже в области шеи. А пространство наполнилось тишиной, будто комнату ватой укутали. И только противный нарастающий звон, который издает лампочка перед тем как взорваться.

Я не знаю, сколько я так простоял, пять, десять минут? Из ледяной анемии меня вырвал звонок стоявшего на тумбочке телефона. Я вздрогнул, протер рукой глаза и выбежал прочь.

Спускаюсь по лестнице, пробегаю гостиничный холл и на выходе, у вращающихся дверей, буквально врезаюсь в человека.

— Ой, простите! — Человек отстраняется от меня. — Чуть не разбил.

У него в руках пустая чашка, из которой при столкновении выплеснулся кофе, — половина на пол, половина на его черную кожаную куртку.

— Черт! — Он вертит чашку в руке, будто пытается понять, не прилипло ли что-то ко дну. Откидывает со лба занавесь из спутанных волос, смотрит на меня. Подведенные, лихорадочно блестящие глаза, синие впалые щеки. — А мы тут... кофе... пьем, — указывает он рукой в сторону дивана, на котором умостились двое с фотоаппаратами, которые синхронно машут мне руками.

— Кофе? Кофе... это... хорошо... кофе... с утра. — Пока я жую слова, сознание опознает в объекте гримера из «Останкино» и фотографов, которые готовятся снимать мою пресс-конференцию.

— Нормально вышло? — Гример склоняет голову набок, отчего волосы опять закрывают его лицо.

— Нормально? Мне? — «Я не знаю, что ты имеешь в виду, правда. Пожалуйста, отпусти меня». Я судорожно сглатываю. — Наверное, да.

— Мне тоже так кажется, — снова отбрасывает он рукой волосы. — Когда начнем-то?

— Скоро. — Я отодвигаю его и практически прыгаю во вращающиеся двери, которые выносят меня на улицу.

Я бежал довольно долго. Бежал в беспамятстве. Теперь страх гнал меня прочь от гостиницы. От места преступления, как теперь это предлагал называть рассудок.

Очнулся я в двух кварталах от «Мариотта», за столиком неизвестного кафе, одной рукой вцепившись в сумку, в другой судорожно сжимая телефон. Нужно было немедленно с кем-то поговорить. Спросить совета. Спрятаться. Не попадая в клавиши, с третьей попытки, я набрал Оксану.

— Где ты? — Губы ссохлись, еле разлепил, чтобы сказать: — Ты можешь приехать? Сейчас. Это важно. Как куда? Ах... да... Молодой человек, — подзываю официанта, а сам руку не могу согнуть, чтобы помахать ему. — Какой у вас адрес?

Оксана едет долго, час или два. Во всяком случае, мне так кажется. Часам кажется, что сорок минут. В квартале отсюда, на первом этаже отеля, уже должна была начаться пресс-конференция. А на этаже уже менты, понятые и... кто там еще в таких случаях появляется? Еще через полчаса новость про убийство распространится, журналисты побегут с первого этажа на пятый. И дальше сто звонков в час и тысячи сообщений в сети с одним рефреном: «Подозреваемый, подозреваемый, подозреваемый»...

— Возьми себя в руки, — выслушав мой сбивчивый рассказ, Оксана делает глубокую затяжку. — Прекрати панику!

А как ее прекратить? Бросает то в жар, то в холод, пот катится по вискам, по волосам, стекает за воротник рубашки, вызывая отвратительные ощущения. Кажется, я весь состою из паники. Проще прекратить меня, чем ее.

— Тебе нужно быстро уехать, — железным тоном заключает Оксана.

— К-куда? — Стучу зубами по кофейной чашке.

— Не важно. За город, за границу. В общем, из Москвы. Пока все не рассосется. Убийцу ведь найдут, рано или поздно.

— Как уехать? У меня с-с-сегодня эфир... это пресс-конференцию можно отменить, а федеральный эфир... лучше сразу застрелиться!

— Какой тебе сегодня эфир?! Господи! — Оксана закрывает ладонью лицо. Опускает голову. Замолкает. Слышно, как где-то тикают часы. Джамироквай поет «Seven days in sunny june», а вокруг снуют улыбчивые официанты, и улицу освещает яркое солнце. Меня колотит такой озноб, будто сейчас зима, а я в мороз вышел покурить в одной футболке.

— Не молчи! — трясу Оксану за плечо. — Слышишь? Скажи мне что-нибудь! Я прошу тебя.

Оксана убирает руку от лица, поднимает на меня моментально воспалившиеся, больные глаза и тихо говорит:

— Я позвоню адвокату. Мы что-нибудь придумаем. Обязательно. — Берет меня за запястье, но ее рука холоднее моей, я опять вспоминаю о трупе и вскрикиваю:

— А мне-то что со всем этим делать?!

— Сейчас нужно уехать. Пока все не образуется. Ключи от квартиры! — Она ныряет в свою сумочку. — Здесь. Я поеду за твоим загранпаспортом. Где он лежит?

— В спальне... в шкафу... или в кабинете... А может, в машине, в бардачке... Машина у отеля припаркована, вот ключи. — Обхватываю руками голову. — Я ничего не помню!

— Значит так, поедешь на вокзал, возьмешь билет на электричку до Волоколамска. Я сейчас за твоим загранпаспортом, потом на вокзал. Встретимся на платформе, — она смотрит на часы, — в три. Телефон тоже давай.

— Зачем?

— Тебе начнут звонить журналисты, знакомые, коллеги. Потом менты. Ты сможешь с ними говорить в таком состоянии?

— Нет. Нет-нет, — мотаю я головой. — А почему Волоколамск?

— У меня там подруга живет, она в туристической компании работает. Поговорим с ней, куда тебя лучше отправить.

— А может, мы вместе, сразу на вокзал, вдвоем? — обреченно клянчу я.

— А вылетать ты будешь по фотографии на задней обложке своей книги? У нас мало времени, пошли!

Оксана встает, и я понуро плетусь за ней. А вокруг теперь все в рапиде: официанты, люди, собаки, медленно бредущие по улице одинокие таджикские дворники. Доходим до ее машины, она открывает дверцу, и я выдавливаю:

— Подвези меня до... метро...

Она смотрит на меня вопросительно, будто раздумывая, потом кивает.


Я вылезаю у метро «Маяковская», растерянно оглядываюсь по сторонам и не могу заставить себя закрыть дверцу машины.

— Все будет хорошо, — говорит Оксана, перегнувшись через пассажирское сиденье.

— Ты думаешь?

— Я просто хочу как лучше. — Она виновато улыбается и тянет дверцу на себя. — Тебе нужна электричка с Рижского вокзала. Станция метро «Рижская».

Я заставляю себя разжать пальцы, отпускаю дверцу. Оксана трогается, выезжает на Тверскую. Я смотрю ей вслед, но она быстро перестраивается в левый ряд, и поток машин уносит ее прочь.

На эскалаторе, при переходе на «Белорусскую»-кольцевую у меня снова начинается паническая атака. Теперь мне кажется, что каждый прохожий таращится на меня не потому, что узнал рожу из телевизора. Он узнал убийцу. Я пытаюсь отворачиваться, но от всех сразу не отвернешься.

«Этого не может быть, этого не может быть. Прошло слишком мало времени. Ее не успели найти», — успокаиваю себя уже в вагоне, а дышать снова невозможно, и только пульс, чертов пульс колошматит в висках. Пытаюсь сосредоточиться на схеме метрополитена, но перед глазами все плывет, изображение мутное, расплывчатое.

Сажусь на сиденье, сгибаюсь пополам, закрываю уши руками, но он пробивается через ладони, зажатые руками перепонки лишь делают звук более четким: бам-бам-бам-бам-бам-бам. В таком состоянии мне удается доехать до «Проспекта Мира», совершить еще один переход, двигаясь как лунатик, и наконец выйти на «Рижской».

На воздухе слегка отпускает. Стою на платформе. Квадратные часы на столбе показывают десять минут четвертого. Оксана опаздывает. «С замком долго возилась, потом паспорт искала». Минутная стрелка щелкает, остановившись на отсечке «пятнадцать». «Потом паспорт искала, потом пробки, пробки». Щелчок на отсечку «двадцать», слышно, кажется, на всей платформе.

Электрички подходят и отходят, и ни на одной не написано, что она идет в гребаный Волоколамск. Где вообще, мать его, это пишется? А все это время из распахнутых дверей вокзала играет вязкая музыка, какая в кино бывает в тот момент, когда герой совершает подвиг, или его убивают, или, наоборот, выясняется, что он остался жив. Патетическая такая музыка. Того и гляди из здания вокзала вынесут Леонардо ди Каприо, который девушку на «Титанике» спас, или Гендальфа, который выжил после схватки с огненным чертом. Или обоих сразу. Или наконец выбежит Оксана.

Вместо киногероев из ворот выходят банальные менты. Я тут же отворачиваюсь. Башку вверх задрал, изучаю часы. А там циферки, рисочки, уже поплыли, поплыли, а пульс снова разгоняется: дых-дых-дых. Краем глаза вижу ментов, ускоривших шаг. Парни явно по мою душу.

Что делает преступник при встрече с полицией? Точнее что делает человек, пару часов назад узнавший, что он преступник? Правильно — бежит. По сценарию — до конца платформы, а там успевает спрыгнуть, перебежать на другую сторону ровно перед тем, как по рельсам пройдет поезд, отрезая преследователей. В моем сценарии все было почти так же элегантно, до того момента, пока я не зацепил ногой мятый металлический цилиндр урны, споткнулся и растянулся плашмя, больно ударившись ладонями о шершавый заплеванный асфальт.

— Бегать он вздумал еще! — Меня за шкирку, рывком поднимают, ставят на ноги. — Двигай давай ногами, не инвалид же!

«Быстро, — думаю, — быстро они работать стали. Или это потому, что дело такое, резонансное? С участием публичного человека. В общем, теперь не важно. Теперь все не важно».

На негнущихся ногах ковыляю до двери в стене. Дверь открывается, выплевывая на перрон человека с синюшным лицом. Мне чем-то тычут в спину, прохожу. Дальше коридор, еще один, и вот кабинет, в нем стол, за столом человек в форме. Он переговаривается с моим конвоиром, но слов не разобрать: уши заложило.

— ...мя... лия...

— Что?— переспрашиваю.

— Имя, фамилия! — говорит мент.

Представляюсь.

— За что задержаны, знаете?

— Да... То есть нет...

— Вот протокол. Прочитайте! — Двигает в мою сторону по поверхности стола документ. — Распишитесь.

— Мне... мне, — беру бумагу в руки, — мне нужен адвокат.

— Епта, — тяжело вздыхает мент. — Ты в цирке, что ли, клоун? У тебя времени вагон, да? А у меня вот нет. У меня таких, как ты, клоунов, тут полвокзала!

— Я не буду это подписывать, — мямлю.

— Чё? Не будешь? Ладно. Артамонов! — рявкает он. — Артамонов!!!

В дверях появляется ушастая голова.

— Тут вот этот гражданин, — сверяется с бумагой, — гражданин Богданов. Штраф отказывается платить за курение в неположенном месте. Закон новый читали? С первого июня вступил. Вокзал — общественное место!

— Н-не читал...

— Ты, Артамонов, его прям сейчас бери — и в «клетку», к бомжам, к цыганам, к торчкам ссаным. Забирай его. Надоело тут разъяснительную работу вести клоунам. Забирай давай!

— Пройдемте, — берет меня под руку ушастый.

— Погодите! — Я ничего не понимаю. Это какой-то дикий спектакль, или я сошел с ума, или ЧТО ПРОИСХОДИТ? Я, было, падаю на ушастого, но вовремя хватаюсь за стену и начинаю причитать, используя выражения из несвойственного мне вокабуляра. — Погодите, мужики, какой штраф? Сколько штраф, мужики?

— Мужики все в тайге, лес валят, — отрезает сидящий за столом. — Пятьсот рублей или двое суток в «обезьяннике».

— Да я... да я конечно! — судорожно шарю по карманам, но в них пусто. В сумке только компьютер.

Сдавленно выдыхаю: — У меня нет... нет денег. С собой. Я с дачи... еду... я...

— Теперь у него денег нет. Все, Артамонов, веди! — командует старший.

— Со мной! — Ушастый берет меня под локоть, тащит в коридор, я упираюсь и плету эту ересь про дачу, про «кошелек забыл», про «я сейчас позвоню, мне жена привезет».

Мы внезапно останавливаемся.

— Звони, — говорит ушастый.

— Я сейчас! — радостно восклицаю, лезу в карман пиджака, в джинсы, в сумку, вспоминаю про Оксану, ключи от квартиры, телефон...

— Я, кажется, телефон... потерял.

— Все, мужик, ты мне надоел! — Ушастый цапает меня, доводит до решетчатой двери, клацает замком и толкает внутрь.


— А я ему говорю, ты, сука, ответишь, понял? А он граблями чё-то там машет: фи-фи-фи! — В углу, прислонившись спиной к стене, на корточках сидит мужик с абсолютно опухшим, то ли от ударов, то ли от бухла лицом. — Я грю, мне этих фи-фи-фи не надо, бабе своей покажи эти фи-фи, козлина ты!

Он мелет одно и то же по кругу, как заводная белка. А я сижу и пытаюсь вспомнить, кому можно позвонить, чтобы деньги привезли. Максу, Оксане, Жоре, Мише, издателю? Но ведь я не то что не помню — я просто не знаю ни одного телефона. Они все в записной книжке айфона, чертовой пластмассовой коробочки, которая отбила человечеству память. Мы ничего теперь не запоминаем, мы все записываем. Имена, телефоны, даты, названия. А что не записываем, то гуглим, а что не гуглим, то узнаем в фейсбуке.

Откуда-то из помещения доносится голос Лепса. С улицы слышны характерные трели мобильника. Там Россия айфона, а здесь Россия шансона. И между ними я, открывший глаза в пятизвездочном отеле, а окончательно проснувшийся в «обезьяннике». Кажется, они через меня пытаются друг с другом связаться, эти две страны. А мне и связаться не с кем.

Смотрю на часы. Двадцать минут назад началось мое шоу. Точнее не началось. Еще точнее — шоу началось гораздо раньше. С утра. Как, в сущности, это нелепо: быть арестованным по подозрению в убийстве и не найти пятиста рублей, чтобы выйти на свободу! Смешно.

— Чё ты лыбисся? Чё ты жвалами двигаешь? — Это «синяк», видимо, мне.

— Отвали, мужик, — говорю.

— Выпить есть чего?

— Да. И закусить. Сейчас только официанта позову.

— Курить дай, — мотает он головой, будто только что наткнулся лбом на препятствие.

— Ща, — тянусь я в карман, нащупываю там пачку сигарет и еще какую-то картонку. Достаю. Передаю синяку сигарету, которую он тут же прячет во внутренний карман рваной куртки и промахивается. Сигарета падает, синяк наклоняется, и из-за пазухи сыплется пригоршня мятых сигарет разной степени свежести. Запасливый.

Переворачиваю картонку. Цифры. Номер. Подлетаю к решетке, колочу по ней и ору:

— Командир! Командир! Умоляю, дай позвонить! Прошу тебя!

## НЕ Я

Катя приезжает быстро. Из «обезьянника» видно, как, осторожно озираясь, она входит в отделение. Сразу видно: человек пересек этот порог впервые, и ему хочется как можно скорее отсюда убраться.

После недолгих препирательств меня выпускают, возвращают сумку, заставляют где-то расписаться. Мы выходим из отделения и некоторое время молчим. Я боюсь заговорить первым, она, вероятно, стесняется. Доходим до ее машины, садимся. Она заводит двигатель, включает радио, и только тогда мне удается произнести:

— Спасибо.

— Не за что. С каждым может случиться, — пожимает она плечами, — наверное. И куда тебя теперь?

Куда меня теперь? В «Останкино» ехать страшно. Домой — тоже. Везде наверняка ищут. К друзьям —

нечестно. За что им такая подстава? Попросить ее отвезти меня к Оксанке как-то неправильно. Как-то подло, что ли.

— Не знаю, — мотаю головой.

— Что с тобой? — Она касается моего плеча.

Счастливая. Видимо, ты одна в этом городе не знаешь, что со мной.

— Проблемы, — говорю, — очень большие проблемы. Ка-та-сука-стро-фи-чес-кие проблемы. Я не знаю, куда мне... ехать.

— Могу тебе только свое общество предложить.

— У тебя ж ребенок... и... мама... кажется.

— Они на даче, — пытается улыбнуться краешками губ, но видно, что на самом деле она напряжена, — сегодня же пятница.

— Пятница, — пытаюсь изобразить улыбку, — точно, пятница. Раз пятница, значит, мне к тебе...

Мы неспешно плывем в потоке машин. Я курю одну за другой. Катя изредка бросает в мою сторону короткие взгляды. Потом делает радио громче, будто она слышит мои мысли, и они ей мешают. А мысли в самом деле ужасные. Что происходит — не понятно. Подозревают ли меня в смерти Жанны (а кого еще подозревать: я сбежал с собственной пресс-конференции и не вышел в эфир)? Прошла ли новость об убийстве в прессе? Что с моей программой? Где взять адвоката? Когда меня начнут искать? И ни на один вопрос нет хоть сколько-нибудь вразумительного ответа. Прямо клуб невеселых и ненаходчивых.

Встаем на светофоре, и я упираюсь взглядом в рекламный щит сети по продаже электроники. К щиту приклеена вырезанная по контуру, успевшая треснуть пополам картонная поп-звезда, рекламирующая пылесос. Вспоминаю, что мы встречались со звездой пару недель, в канун прошлого Нового года.

Еще вспоминаю, как тогда же, после корпоратива, коллеги с телевиденья принесли мне в кабинет вырезанную по контуру фигуру меня. Рост в рост.

Машина трогается.

Я забрал свое картонное изваяние домой, и некоторое время фигура стояла прислоненной к балконной двери. Сначала она вызывала смех и плоские шутки гостей, потом стала дико меня раздражать. Особенно по утрам, когда садишься курить и первое, что видишь, — себя самого со скрещенными на груди руками и нацепленными на нос несуразными темными очками.

Через какое-то время, то ли от сырости, то ли черт знает от чего, фигура начала загибаться вперед, а по лицу пошли трещины. Это был портрет Дориана Грея наоборот. Чем лучше после вечеринок выглядел я, тем сильнее загибалась и отслаивалась фигура. Во всей этой ерунде просматривалась мистика. Фигура пугала меня. Однажды я испугался до такой степени, что мне пришел в голову вопрос: что станет со мной, когда фигура расслоится и сломается пополам?

Я быстренько подхватил ее, разгладил неровности бумаги, отнес в спальню и поставил за шкаф, лицом к стене. С той стороны я к шкафу практически не подходил, и увидеть фигуру, пусть и с тыла, у меня не было возможности.

Две недели назад, перед гастролями, я случайно заглянул за шкаф. Фигура сломалась. Думать о том, что это плохой знак, мне в тот момент не захотелось.

Эти картонные двойники сейчас гармонично смотрелись бы рядом. Лучше, чем мы тогда, живьем.

— Приехали, — говорит Катя.

— Да? Ты быстро водишь. Быстрее, чем я.

— Врешь. — Кажется, в первый раз за все время она искренне улыбается и пропускает меня вперед: — Заходи!

Я давно не был в подобных квартирах. Двушка улучшенной планировки. Чистый коврик «добро пожаловать» у двери. В прихожей, вперемежку, детские куртки и вытащенные после летнего хранения, с еще висящими мешочками от моли, зимние вещи. На тумбочке ключи, рекламные буклеты из почтового ящика, мелкие деньги, зарядные устройства, которыми давно не пользуются, брелоки в виде кошечек. Повсюду смесь запахов женских духов и приготовления пищи.

На полу куча тапочек разного размера, туфли, кеды. Типично женская квартира. Мои ботинки смотрятся здесь абсолютно инородно, как джип на велосипедной парковке.

Центр управления квартирой, как принято у наших людей, находится на кухне.

— Есть хочешь? — осведомляется Катя.

— Не особо, — мотаю головой. — Мне бы лучше компьютер с интернетом.

— Сейчас принесу ноутбук.

Пока Катя идет за ним, украдкой изучаю гостиную: мягкая мебель, стенка, ковер на полу. На стене большеватая для подобного пространства плазма. Под ней домашний кинотеатр и аудиосистема — в общем, добротный стиль «кооператор впервые выехал в Польшу» в его позднем прочтении. Впрочем, видно, что квартиру любят. В ней живут, в отличие от моей, например.

— Ну что, непривычно тебе в такой тесноте, после огромной квартиры? — замечает Катя мои передвижения.

— У меня не квартира, у меня гостиница, не запоминающая постояльцев, — открываю я ноутбук. — А у тебя... дом... уютно.

— Не люблю это слово, — цедит она.

— Прости, — захожу в интернет. Бегу по новостям. Ни одного упоминания о происшествии.

— Я все равно чего-нибудь на стол накидаю, а ты уж там реши, хочешь есть или нет.

— Конечно. — Набиваю «Богданов», ищу по соцсетям и блогам. Ничего. Дышать становится несколько легче.

— Ну, что у тебя случилось? Все серьезно? — Она ставит передо мной тарелку с тонко нарезанным сыром.

— Пока не понимаю, — механически беру кусок сыра, проношу мимо рта.

В сети ни одного упоминания о сорванной пресс-конференции.

— Я могу тебе помочь?

— Ты и так уже помогла. У тебя курят?

— Может, хотя бы выслушаю? — придвигает мне пепельницу. — Ты часто выговариваешься?

— Иногда. Когда в душе моюсь. — Продолжаю серфить интернет, но там ни слова. Ни намека. Ни комментария в фейсбуке.

— Ну, как хочешь. Выпьешь? — Катя достает из шкафа бутылку водки и бутылку не известного мне коньяка.

— Я водку не пью с института. — Пожимаю плечами, будто мне стыдно. Будто есть за что.

— А я выпью. — Катя ставит на стол обе бутылки, стаканы, достает из холодильника початую бутылку «Асти». Включает телевизор. Щелкает пультом. Мелькает знакомая картинка.

— Можешь на секунду обратно переключить? — прошу я.

Точно. Моя программа. По случаю моего отсутствия, видимо, пустили запись, но я этот эфир не очень помню. Прошу Катю прибавить звук.

Речь идет о книгах. Гости сетуют на то, что россияне стали меньше читать. На то, что тиражи падают, а индустрия на пороге кризиса.

Вытягиваю шею, силясь разобрать происходящее и вспомнить, что дальше.

На экране я — выслушивающий гостей, я — вдумчиво склоняющий голову, я — задающий вопросы, я — кивающий в ответ. Передающий слово, обращающий внимание зрителей на видеофрагмент. Говорящий с залом. Все идет очень плавно. Так, как мы с Колей это в сценарии и прописали.

За одним лишь нюансом — я никогда этой программы не записывал.

— «Вашу маму и тут и там показывают», — шутит Катя репликой из советского мультфильма.
— ... вашу мать! — Срываю пробку с бутылки водки, наливаю стакан доверху и залпом опрокидываю в себя.
— Ты же сказал, что водку не пьешь, — хмыкает Катя.
— Это не я, — произношу я одними губами.
— Что значит не ты?

Но я уже не разбираю ее слов. Пространство комнаты сузилось, сжалось до размеров футляра, способного вместить лишь два предмета: телевизор и меня, сидящего перед ним.

Человек на экране был одет, как я. Он говорил моим голосом. Вся его мимика была моей. Все его движения были моими движениями. Глаза, нос, губы, щетина, постановка рук, взгляд в камеру. Все это было моим. Но это был не я.

Многие рассказывали мне, что испытали удивительное, ни с чем не сравнимое чувство, когда впервые увидели себя по телевизору. «Это же «ящик», в нем всякие ведущие, политики, «звезды». Они же там, внутри, понимаешь? — втирал мне как-то условный «телезритель из Перми». — А мы, простые люди, снаружи. И тут — бац! И я там, среди них».

Примерно то же чувствовал сейчас я.

Я пожирал глазами это шоу. Впитывал каждое слово ведущего, каждый его жест. Сходство было практически абсолютным, только ближе к финалу программы он начал переигрывать.

Это довольно сложно описать. Будто я смотрю очень качественное шоу пародий. Выступление двойников. «Вот здесь, — говоришь ты себе, — нереально похоже. А вот здесь я бы остановился. Слишком картинно повернулся на шестую камеру. Тут — завис на суфлере дольше положенного. Ой, неужели я в этот момент настолько смешно выгляжу?» Я был так увлечен просмотром, что вопросы: «Какого черта вообще происходит?» и «Кто этот человек в моей программе?» — оказались на периферии сознания.

— А ты всегда свои программы так внимательно смотришь? — Катин вопрос звучит как из параллельной реальности.

Идут титры, а я словно бы жду продолжения или объяснений. Автоматически наливаю себе еще. Выпиваю.

— Володя, — повышает Катя голос, — посмотри на меня!

Поднимаю голову.

— Ты нормально себя чувствуешь? Ты очень бледный.

— Все хорошо, это от недосыпа, наверное.

— Что-то не так с программой? Ты оторваться не мог, словно первый раз себя на экране увидел. Водку, которую «с института не пьешь», опрокидываешь стакан за стаканом. Что с тобой происходит?

— Да... там... смонтировали неправильно. — Пытаюсь придумать вразумительное объяснение своего поведения, но выходит плохо. — Слушай, а где у тебя ванная?

— Прямо по коридору. — Она смотрит на меня с опаской, как на сумасшедшего.

Прохожу в ванную, сажусь на край, включаю воду, смотрю на себя в зеркало. В голове мысль позвонить продюсеру, но, разумеется, телефона на память я не знаю.

Надо как-то собраться. Прекратить пугать девушку, а главное — не свалиться в истерику. Уши опять закладывает, пульс учащается. Наполняю раковину, опускаю лицо в воду. Считаю до пятидесяти, выныриваю, набираю воздуха, опять погружаюсь, опять считаю.

Катя стоит у окна и делает вид, что ее занимают складки на шторе.

— Что-то меня после ментовки колбасит, — говорю, — это ж надо было попасть по такому пустяку!

— Да, верно, — оборачивается она, — глупость какая!

В ее глазах страх. Ждет, чего я еще выкину.

— Прости, — обнимаю ее, утыкаюсь лицом в плечо, — прости, я знаю, что выгляжу как полный псих. Не бойся, прошу тебя. Если я и могу кого-то убить в таком состоянии, то только себя.

— Тоже мне, успокоил! — подушечками пальцев ощущаю, как ее тело расслабляется.

— Пойдем спать? Я дико устал.

— Пойдем, — кивает, — тебе правда нужно отдохнуть.

Ложимся. Катя кладет мне руку на живот, а я с ужасом жду продолжения. Любовник из меня сейчас никудышный. Не ощутив ответного импульса, она убирает руку, и какое-то время мы лежим рядом, не касаясь друг друга.

— Все будет хорошо. — Рука тихонько перебирается ко мне на плечо.

Эта фраза звучит дважды за сегодняшний день. Каждый раз после этого становится только хуже.

Я закрываю глаза и умоляю мозг отключиться. В памяти всплывает совет бородатого:

— Просто говорите себе: «Это не я, это не я!»

## НОВОСТИ

В утренних новостях по-прежнему никакой информации об убийстве Жанны. Ни на новостных сайтах, ни в блогах. Наскоро выпив кофе и попросив у Кати тысячу рублей, я отвалил.

В такси думал о том, что такие визиты грозят, мягко говоря... репутационными потерями. «Приехал, блин. Известный писатель и телеведущий, — расскажет она сегодня подруге. — Сначала водку жрал и от экрана с собой, любимым, не мог оторваться. Потом лег спать бревно бревном, а до кучи еще и денег с утра занял».

Придется теперь, возвращая деньги, и другие долги вернуть. Думаю о том, каким образом продюсеры успели не только найти абсолютно похожего на меня человека, но еще и научить его говорить и двигаться так же, как я. Интересно, такие дублеры у каждого ведущего заготовлены? И почему я никогда раньше об этом не слышал?

Поднимаюсь к себе на этаж, вынимаю ключи, тычусь в верхний замок — ключ не подходит. Пробую нижний — то же самое. На всякий случай проверяю номер квартиры, потом этаж. Нет, слава богу, я еще в своем уме. Сажусь на корточки, откидываюсь спиной на дверь. Чувствую, как дрожь поднимается от ступней вверх, разбегается по всему телу, опутывает игольчатым безысходным страхом. «Этого не может быть», — думаю.

— Вашу мать! — Это уже вслух.
— Мяу, — нерешительно звучит из-за угла.
— Гав! — достаю я сигарету.

На лестничную площадку выходит мой кот.

— Вот это встреча! — протягиваю к коту руки. — А ты чего здесь делаешь?

Кот практически бросается мне на шею, что для него не характерно.

— Бедный, — глажу его, — ты выскочил, когда Оксанка приезжала, и все это время бродишь здесь голодный?

— Мяу! — с металлом в голосе продолжает Миша.
— А я ключи... у меня что-то с ключами...

Демонстрирую коту связку. Кот напрягается.

— Ну не злись. Я понимаю, что ты перенес тяготы и лишения. Я, некоторым образом, тоже. Будем как-то выкарабкиваться вместе, да?

Миша урчит.

— Давай мы с тобой сейчас к Максу рванем! — Кот сужает зрачки. — В самом деле, не к Оксанке же на работу заявляться! Представь, какая нелепость: «Там, внизу, приехал ваш знакомый с котом». Глупо же звучит, правда?

Кот не сводит с меня глаз.

— Если бы сказали: «Там кот с вашим знакомым» — звучало бы лучше? Макс даст телефон Оксаны, мы ей позвоним, и она нас заберет, правда? — уговариваю я скорее себя, чем его. — Поедем к Максу. Пожрем заодно.

Последнее предложение кота обнадеживает.


— Кота есть чем покормить? — достаю Мишу из сумки, опускаю на пол.

— Ты сам себя выгнал из дома, что ли? — Макс смотрит, как кот ныряет под ближайший стол. — Эй, чувак, куда ты? Там посетители!

— Макс, мне нужны деньги и телефон Оксаны.

Мы обнимаемся.

— А оружие, наркотики? Поддельные документы?

— Хорош прикалываться, я серьезно.

— «Прикалываться»? И это говорит мне человек, который пришел в одиннадцать утра ко мне в бар с котом и помятой рожей? Что случилось-то?

— Макс, реально долго объяснять. Я и сам до конца еще не разобрался. Просто можешь дать мне ее номер и тысяч... десять рублей? Телефон купить и так, по мелочи.

— Серьезно? И что мне следует сделать?

— Ну, — чешу затылок, — дать денег и ее номер телефона. Еще, скажи, нет ли у тебя в заведении душа и свободного компьютера?

— У меня бар, а не спа-отель. Компьютер за стойкой. Ты можешь объяснить, что происходит?

— Кошмар какой-то происходит, но какой, точно сказать не могу. Еще я жрать хочу.

— Ты больной, это я всегда знал.

— Скорее всего. Умоляю тебя, дай мне пару часов, я вернусь и все объясню. Или само рассосется.

— Как скажешь, — пожимает он плечами.

Нервно поглощаю несколько бутербродов, выписываю из интернета телефоны дирекции своей программы, издателя и ремонта железных дверей — на тот случай, если у меня что-то с замком.

Первым делом звоню Оксане, но она недоступна. Чертыхаюсь, звоню подряд раза три, но результат тот же. Звоню в издательство, прошу соединить с Димой, чтобы попытаться выяснить новости про Жанну.

— Привет, писатель, — отстраненным тоном начинает он. — Ты забыл, во сколько мы сегодня встречаемся?

— М-м-м... Ну типа того.

— Я тоже, если честно. Давай часа в четыре, я как раз дела разбросаю.

— Давай, — отвечаю растерянно, виснет пауза.

— Ну все, увидимся.

— Погоди! — вскрикиваю я. — А какие отзывы... после пресс-конференции? Жанна ничего не рассказывала?

— Ничего такого. Наверное, все хорошо прошло. Только ее, видимо, не Жанна вела, а модератор. Жанны сегодня нет на работе.

— Где же она? — придуриваюсь я.

— Не знаю, отпросилась, наверное.

— Понятно, — говорю, — тогда до встречи.

А самому настолько все непонятно, что голова идет кругом. Может быть, Жанна там, в номере, просто спала? Может, она с кем-то хардкором занималась, и ее затрахали до кровоподтеков и обморока? Иначе как труп может отпроситься? Или я ничего не понимаю в трупах (на самом деле я мало что в них понимаю). Или она все еще там? Проверять наличие трупа в гостинице мне совершенно не хочется.

Прощаюсь с Димой. Набираю Оксану, но ее номер заблокирован. Несколько раз перезваниваю, но там все как в танке: «в настоящий момент, абонент — не абонент» и все такое.

«Невезения продолжаются, — думаю, — Оксана недоступна. Жанна, скажем, тоже. У тех, кто не нужен девушкам, единственный друг — это телевизор». Решаю ехать в Останкино.

## БЕГ

Прикладываю карточку к турникету, «глазок» загорается красным. Пробую еще раз. То же самое. Сигнализирую рукой дежурному милиционеру. Он не спеша, вразвалку, подходит ко мне и вещает утробным голосом:

— Слушаю.
— Карточка размагнитилась.
— Ну, — хмыкает он.
— Пропустите?
— Пропуск заказывайте! — Он машет рукой в направлении бюро пропусков.
— Вы же меня знаете, — говорю.
— Никого я не знаю, — отвечает мент, который, конечно же, хорошо меня знает. Просто у него сегодня праздник: появился хоть кто-то, оправдывающий его, мента, бессмысленное здесь стояние. Он же не-

дремлющий страж, мимо которого можно пронести в здание телецентра все: взрывчатку, оружие, противотанковую гаубицу. Все, но человек без пропуска туда не попадет. Тем более если этот человек — ведущий федерального канала, с которым страж здоровается несколько раз в неделю. — Звоните в свою организацию. И от входа отойдите, мешаете людям.

Он делает шаг вперед и выталкивает меня пузом. Выдавливает за черту, разделяющую волшебный мир телевидения и мир простых смертных, независимо от социальной, возрастной и половой принадлежности, именуемых ущербным словом «массовка».

Я звоню в офис, сообщаю о своей проблеме, получаю уверения в том, что через десять минут за мной спустятся. В отчаянии забиваюсь в угол проходной. Несколько раз ко мне подходят девушки с папками в руках, пытаются что-то спросить, но, сверившись со своими списками и фотографиями в папках, понимают, что я не их гость, и теряют всякий интерес.

Гостевые продюсеры проводят мимо толпы тетенек бальзаковского возраста. Тетеньки сегодня, как, впрочем, и всегда, будут играть народ в различных телешоу и авторских программах. У тетенек собранные, исполненные решимости выполнить миссию лица. И понятно, почему.

Минут через сорок тетеньки будут горевать над судьбой матери и больного ребенка, брошенного сволочью-отцом. А еще через два часа яростно аплодировать девушке, ушедшей от мужа и сына к молодому футболисту. Потом тетеньки рассядутся в коридоре, достанут из безразмерных своих пакетов термосы с чаем и бутерброды и, закусывая, примутся обсуждать прошедшие истории. Девушке из первой программы, над которой горевали, вынесут вердикт «дура», потому что больного ребенка в роддоме не оставила. А ту, вторую, которую поддерживали, дружно назовут «везучей сукой».

Наверняка за подобное гнилое лицемерие черти в аду прибивают людей раскаленными гвоздями к стульям, чтобы те не имели никакой возможности соскочить с просмотра бесконечного телешоу. Пока же функцию чертей отлично выполняют «гостевики»: на теток орут, когда они хлопают не в тех местах, теток вышвыривают из зала, если они позволяют себе что-то комментировать, и пинками подгоняют из студии в студию самых колченогих, если они вдруг замедляют темп перебежки. Впрочем, теткам это нравится. Тетки гордо считают себя работниками телевидения. Есть за что терпеть унижения: их показывают «по ящику», им изредка дают сказать что-то типа «это кошмарная жуткость», а вечером тех, кто хорошо себя вел, пустят похлопать на программу «Один в один».

После тетенек «гостевики» встречают «экспертов в зале» — вторую по степени ненужности категорию гостей. Как правило, это ветераны отраслей, постаревшие звезды эстрады или профессора черт знает каких наук, награжденные дипломами галактических институтов развития межпланетных связей. Каждый такой эксперт приходит на шоу со своей специально заготовленной длинной историей. Девушки, непрерывно разговаривающие по мобильным, делают вид, будто слушают ее, ведя гостя по коридорам телецентра. «У меня же будет время все это рассказать?» — с надеждой интересуется эксперт. «Ну конечно!» — отвечает девушка, не отрываясь от разговора по телефону. Ей незачем было слушать его историю, так как она никогда не прозвучит. Этот человек приглашен, чтобы, в зависимости от сценария, просто сказать «да» или «нет» в поддержку слов ведущего. Это произойдет в возникшей паузе, пока тетки не начнут сбивать в кровь ладони, захлопывая уход на рекламу.

Полузнакомые коллеги с других программ, редакторы и репортеры, проходя мимо, в первые секунды делают попытку улыбнуться глазами, но, оценив мое сиротливое стояние в углу проходной, на всякий случай не здороваются. Вдруг я здесь уже гость? А то и «эксперт в зале». Даже гримеры отворачиваются, обозначая черту между ними, работниками «Останкино», и «простыми людьми».

Основная цель работы в этом заведении большинства людей, особенно второстепенных профессий — подтверждение собственной значимости. Возможность сказать в кругу друзей: «Того-то я стригла, он урод», «Этого видел в столовой — жирный козел», еще с одним «постоянно курю на лестнице», а другой мне анекдот рассказал. Короче говоря, демонстрация собственной близости к обитателям волшебного экрана. Обладание информацией о том, «как это на самом деле», и якобы связями, недоступными прочим.

Вообще, я уверен, что когда-нибудь здание «Останкино», раздуется от непомерного пафоса собственных работников и, оборвав все физические (духовные давно уж оборваны) связи с остальной Россией, оторвется от земли и медленно-медленно воспарит в небеса. Став новым «небесным градом Китежем», о котором все будут вспоминать то ли как о полузабытой истории, то ли как о сказочной мечте, которой никогда не было. Оставшиеся же построят себе что-нибудь поужасней, уж в этом-то я уверен.

— Как вы ухитрились его сломать-то? — вопрошает меня внезапно материализовавшаяся из воздуха блондинка на высоченной, как у стриптизерш, платформе.

— Да фиг его знает! — Рассматриваю ее, пытаясь понять, сколько же сантиметров в платформе. Пятнадцать? Сорок пять?

— Вам с пропусками не везет, — излишне круто забирает она бедром и ударяется о стенку турникета.

— Почему?

— То ломается, то теряете. Вчера ж уже меняли.

— Вчера? — говорю я ей в спину (за весь путь от турникетов до лифта она ни разу не обернулась).

— Вчера.

— Наверное вчера. Ага. Кто же их считает-то, — отшучиваюсь, а самому не смешно. Ни секунды не смешно. Надвигается ощущение какого-то тотального пиздеца. Незнакомой доселе злой силы, перед которой ты абсолютно беспомощен.

— Мы считаем. У нас работа такая.

— Скучная у вас работа.

— Это правда. Вам ассистентка не нужна, кстати? Я бы справилась. — Она отбрасывает со лба прядь волос, давая мне возможность рассмотреть товар, натурально, «лицом».

— Ассистентка? У меня уже была одна, это плохо закончилось. — В этот момент лифт останавливается, двери открываются, и я вижу перед собой Колю.

— Привет, — говорит он тихим голосом.

— Привет. Как дела?

— Нормально. Чего случилось?

— Это я у тебя хочу спросить, что случилось.

— С рейтингом вчерашним все хорошо, я ж тебе написал. А что еще?

— А я вот как раз по поводу вчерашнего. Ничего не хочешь мне рассказать? Как вы ухитрились это сделать-то?

— В смысле? Что сделать?

— Программу, Коля, сделать, — говорю с нажимом. — У вас на такие случаи двойник, что ли, есть?

— На какие такие случаи?

— Меня вчера не было в эфире, Николай Васильевич, — трясу я его за плечи. — Откуда вы парня взяли, который вёл вчерашнее шоу вместо меня?

— Ах, ты об этом, — делает он шаг назад. — Сейчас... Сейчас я тебе всё объясню. Можно, я только в офис, — отходит он ещё на пару шагов, — в офис зайду... А ты пока постой здесь, хорошо?

— А мне с тобой нельзя, что ли? — не врубаюсь я.

— Там технология целая, сам увидишь.

— Технология? Ладно, постою.

— Ты не волнуйся только, — бросает он мне перед тем как рвануть к дверям ньюсрума.

Я нервно хожу по холлу в ожидании его возвращения. Рассматриваю фотографии на стенах, считаю напольную плитку от стены до стены. Наконец Коля возвращается в сопровождении рослых охранников. Он что-то им говорит, указывая на меня, охранники ускоряются, на их лицах появляются угрожающие гримасы. Я не совсем понимаю, что происходит, но инстинктивно начинаю пятиться назад, потом срываюсь на лестницу и вприпрыжку скачу вниз по ступеням.

— Это фанат его, псих больной! — слышу, как кричит Коля. — У него нож может быть или молоток.

— Восьмой, переход на первом этаже перекройте! — Это уже охранник бубнит в рацию.

Проскакиваю три лестничные площадки, вырываюсь в холл первого этажа, слышу нарастающий топот за спиной. Сердце в груди уже не стучит, их теперь два: по сердцу в каждом виске с пульсом минимум двести. Пробегаю мимо главного входа, петляю по коридорам, врываюсь в чью-то студию с разобранными декорациями, дальше — в грузовой коридор, где разгружают ящики, куски эстрады и световое оборудование. Женщина с решительным лицом держит под уздцы... верблюда.

Когда первый охранник практически настигает меня, я успеваю нырнуть под брюхо среднеазиатского зверя. За спиной мат, звуки падения грузного тела, крики из рации. А мне навстречу идут клоуны с размазанным гримом и несовершеннолетние гимнастки — мечта педофила, и карлики с шариками. А вдалеке, между всеми ними, виден свет, пробивающийся через открытые двери ангара. Я, сбивая с ног людей, продираюсь через этот гребаный цирк и выбегаю на улицу.

Из будки рядом со шлагбаумом наперерез бросается тощий мент, мне удается увернуться и выскочить на мостовую. Позади слышится: «Стой, сука!» — и отчаянный визг тормозов где-то сбоку, но я в три прыжка достигаю противоположного тротуара и скрываюсь в парке.

## ДОЧЬ

Рысью пробежав через парк, у метро «ВДНХ» ловлю такси и, еще не в силах разложить все произошедшее по полочкам, решаю, куда ехать. Страх вытесняет на периферию сознания все, кроме заботы о женщинах и детях. Телефон Оксаны по-прежнему недоступен. Командую водителю ехать к дочери.

Несколько раз звоню в дверь, пока бывшая супруга не соизволит открыть.

— О, — искренне удивляется она, — Богданов, а что это за нежданный визит?

— Привет, — говорю медленно, пытаясь победить одышку, — где Даша?

— На танцах, где же еще?

— На танцах? А сегодня...

— Суббота. Ты же не знаешь, что у ребенка по субботам танцы, ты ничего стараешься не знать. Она уже вернуться должна.

— Вернуться? Ага...

Некоторое время стою молча. Я не решаюсь переступить порог квартиры, она, кажется, не горит желанием пригласить войти.

— Так и будешь переминаться с ноги на ногу? — Она явно хочет поскорее закончить нашу незапланированную встречу.

— А скажи мне, у дочери все нормально? В школе там, на улице? Никто подозрительный к ней или к ее классу не подходил?

— В каком это смысле? — Черты ее лица моментально обостряются. — У тебя проблемы, Богданов?

— Нет-нет, никаких проблем. Просто тут информация прошла, что у вас в районе объявился маньяк, и я... я волнуюсь...

— Ты, Богданов, нажрался вчера? — пытается она ко мне принюхаться. — Ну точно, нажрался!

— Поверь мне, это очень серьезно.

— Серьезно — это то, что ты устроил драку на детском дне рождения, скотина.

— Слушай, давай это потом обсудим. Во-первых, это сейчас не важно, во-вторых, пожалуйста, восприми мою информацию! — Я начинаю заводиться, но в этот момент открываются двери лифта, из которого выходит дочь с няней.

— О, папа! — Даша кидается мне на шею. — А я не знала, что ты приедешь. Ты программу раньше записал?

— Так внезапно получилось, — обнимаю ее.

— В монополию срубимся?

— Я уже банкрот, — грустно шучу в ответ.

Пару часов пытаюсь сделать вид, что увлечен игрой. Изредка набираю Оксану, но та по-прежнему недоступна. Кубики выпадают неудачными комбинациями, компании я покупаю бессистемно, постоянно налетаю на тюрьму или штрафы, в результате довольно быстро проигрываю. Как и все последние дни.

«Монополия» не складывается, голова забита совершенно другой игрой, в которой все правила нелогичны: на карточке написано одно — а значит она другое, игроки меняются местами, умирают и оживают, а главное — непонятно, кто кидает кости и заставляет меня перемещаться по клеточкам игрового поля.

Смотрю на часы, понимаю, что опаздываю к издателю. Перезваниваю. После долгой паузы меня соединяют.

— Ну и где флешка-то? — с ходу наезжает Дима.

— Какая флешка? — искренне удивляюсь я.

— Ты пять минут назад убежал, сказал, что флешку с началом нового романа оставишь, и не оставил. Обманул, как обычно?

— Дим, я... не очень понял... — Воздуха начинает не хватать. Будто кто-то подошел сзади и обхватил железным обручем под грудью.

— Ты в последнее время странный какой-то. Реально, возьми себя в руки, — раздраженно заканчивает он.

— Я... да, я в последние дни... впрочем, не важно... Скажи, так что Жанна про пресс-конференцию сказала?

— Не она вела, я ж говорил, модератора нанимали. Жанна с сегодняшнего дня в отпуске, мне мои секретари сказали.

— Как в отпуске?

— Как-как. Обычно. У людей в основном работа, а иногда отпуск, понимаешь? Хотя чего ты понимаешь, у писателя всегда отпуск!

— Отпуск... — Перед глазами все плывет, и в груди колет так, что, кажется, сейчас сердце точно остановится и выключат свет. Дима еще что-то говорит перед тем как разъединиться, но я ничего не слышу. Последнее, на что хватает сил, это дойти до ванной, закрыться там, чтобы не пугать дочь, и набрать номер:

— Макс, я у Даши. Забери меня и отвези к своему доктору. Кажется я — всё...

## ПОЧТИ ПО ФРЕЙДУ

— Спокойно. Дышите спокойно, расслабьтесь. Руки на колени положите.

Непроницаемое восковое лицо, крючковатый нос, кустистые брови, из-под которых испытующе смотрят на тебя по-мальчишески сверкающие глаза, делают Юрия Валентиновича похожим на мифологического персонажа. Смесь грифона, сфинкса и совы. Он смотрит на меня испытующе, а я трясусь, как осиновый лист, весь в холодном поту, с диким пульсом.

— Глаза закройте и расслабьтесь, — говорит он.

Но как закрыть глаза, если сразу потеряешь контроль? Если тебя тут же заберет припадок? Утопит в поту, лишит воздуха, а потом убьет. Тем не менее я подчиняюсь.

— Я по второй профессии реаниматолог. — Врет, наверное, чтобы успокоить. — У вас абсолютно здоровый вид, просто повышенное состояние тревоги.

«Точно, врет, — думаю, — видимо, я прямо у него коньки и отброшу. А сам сейчас, наверное, в «скорую» звонит».

— Дышите спокойно. Откройте глаза. Как вы себя чувствуете?

«Издеваться начал. Это у него метод такой, вернуть пациента в реальность через унижение? Он сам не видит, КАК я себя чувствую?»

— Что случилось?

— Мне очень плохо, — говорю, — я чувствую, что сейчас сдохну. Меня колотит, и дышать нечем.

— Это нормально, — говорит он через губу, еще и головой кивает, будто троллит. — Это сейчас пройдет.

— Ага, наверное. — Дышать и правда становится легче, но явно не от его псевдоспокойного тона, а оттого, что мое пусть и разбитое сознание все-таки различает, когда с ним работают, а когда над ним глумятся.

— Вот, возьмите, — дает он мне пустой бумажный пакет, — надуйте его.

— Зачем? — Ну точно: аферист. Сейчас я возьму пакет, а он начнет его к Фрейду привязывать, спрашивать, не насиловал ли меня кто в детстве, или как там они разводят дурачков. Пакет беру, надуваю.

— Вот видите, — улыбается он, — надулся. Значит, вы дышите.

— Да... да уж. — Пульс вроде бы успокаивается, виски отпускает. Смешной трюк с пакетом, нужно запомнить.

— У вас сильное нервное напряжение. Вы явно переживаете стресс. С чем он связан? Дом, работа, семья, любовь?

Все-таки мы выходим на Фрейда. Мои всегдашние сомнения в психоанализе начинают подтверждаться.

— Я даже не знаю, с чего начать, я никогда не был у психоаналитика.

— Я психиатр, а не психоаналитик. После чего в этот раз у вас началась паническая атака?

— Какая еще атака?

— То, что с вами сейчас происходит, называется панической атакой.

— После того как... — И тут я впадаю в ступор. Рассудок отказывается дать команду на этот рассказ. Он же после первых моих слов скрутит меня в смирительную рубашку. — После того как я... как у меня...

— Руки, руки, — указывает он, — руки на колени положите и расслабьтесь. Продолжайте говорить.

— Доктор! — Руки сами собой возвращаются на колени, паники больше нет. Резко накатывает безволие. — Доктор, у меня появился двойник.

— Вот как! — вздымает он вверх правую бровь. — И как вы его обнаружили?

— Доктор, я понимаю, что выгляжу как псих. И весь мой рассказ покажется вам бредом, но, поверьте, я не брежу.

— Я вижу, что вы не бредите, отлично вижу, — и зырк-зырк на меня из-под кустистых бровей. Видимо, готовится к постановке окончательного диагноза.

— Вчера по телевизору я увидел свою передачу, а сегодня мой издатель обвинил меня в том, что я, перед тем как от него уйти, забыл оставить флешку с новым романом.

— И что же в этом необычного?

— Дело в том, что я вчера не записывал никакой передачи и у издателя сегодня не был. В момент записи программы я сидел в отделении милиции, а в момент разговора с издателем сидел дома с дочерью!

— Руки, руки, — опять начинает жевать он губы. — Может быть, вы записали вашу программу позавчера, а в эфир ее дали в записи? А издатель просто перепутал, забегался? Вы у него сегодня с утра были? У издателя?

— Нет! С утра я приехал домой от девушки! Начал открывать квартиру, а дверь не открывается! Ключи не подходят! А еще там мой кот был, который два дня прожил на лестнице! — Господи, зачем я это несу, при чем тут мой кот?! — А потом я поехал в «Останкино», то есть сначала к Максу, потом в «Останкино». А продюсер меня увидел и вызвал охрану! Меня выгнали! За мной гнались! Мой продюсер мне в спину орал: это фанат Богданова, и еще что-то про психа.

— Вы вчера выпивали?

— Водки, два стакана, — признаюсь, — а как тут не выпьешь, когда показывают тебя на экране, а ты точно знаешь, что это кто-то другой? Тот, кто на твоем месте! А еще у меня сегодня с утра в «Останкино» пропуск не сработал. Они его вчера сменили! Все сходится! У меня есть двойник! Он вел мою программу и ходил к моему издателю!

— А как давно вы заметили двойника?
— Во всем появилось что-то странное...
— Во всем, — мягко повторяет он.
— Именно, что во всем. Сначала за мной следили на машине, потом друзья стали рассказывать всякие истории про меня. Истории, в которых я на самом деле не участвовал, понимаете?
— Да, понимаю, продолжайте.
— А вчера вечером я увидел, что он ведет мою программу! Что было сегодня, я уже рассказал.
— Хорошо. А чего же он хочет, ваш двойник?
— Он хочет занять мое место, это же очевидно. Уже занял!
— Почему?
— Откуда я знаю? Может быть, решил, что он лучше? Что он больше этого заслуживает? — На мгновение мне кажется, что какие-то «крючки» вот-вот зацепят воспоминания и привяжут их к этому диалогу, но потом все пропадает.
— Но если он существует, значит с ним можно встретиться?
— Видимо, можно.
— А вы не хотите попытаться?
— А если он меня завалит? Зачем я ему живой?

— Может быть, тогда обратиться в полицию?

— Конечно, — хмыкаю я, — если вы мне не верите и смотрите как на психа, представляю, что скажут мне менты.

— У вас есть какие-то знакомые, которые точно могут определить, что он... скажем, ненастоящий? Вывести его, так сказать, на чистую воду?

— Не знаю, — пожимаю плечами, — он — моя точная копия. Он говорит как я, ведет себя как я. Видимо, готовился долго. Изучал меня, входил в круг общения...

Опять холодный пот и удушье.

— Успокойтесь. — Доктор берет в руку мое запястье, щупает пульс. — Скажите, а с чего вы вдруг решили, что вы писатель и телеведущий?

— То есть как с чего? — вырываю я руку. — Вы издеваетесь, что ли?

— Может, вам кажется, что ваше место кто-то занял и вы бы на нем лучше... скажем... смотрелись? Вы же правда лучше этого... Богданова?

— Доктор, — я чувствую, что он пытается записать меня в шизофреники, но сознание выруливает, — доктор, я не шизофреник и не маньяк. Вы хотите сказать, что я — маньяк, который думает, что он настоящий Богданов?

— У меня, знаете, случай был в практике. Женщина одна считала себя женой Брежнева. — Он кивает в такт своей речи. — Так она садилась телевизор смотреть, новости, и говорила: «Видите, что Леонид

Ильич сейчас сказал, про страну? Это он мне знаки посылает».

— А как она объясняла свое присутствие в дурке, если она жена генсека? — не врубаюсь я.

— Очень просто. Он ее сам туда спрятал, чтобы враги до нее не добрались. Я ей говорю: а в соседней палате женщина тоже утверждает, что она его жена. И тоже сидит перед телевизором, когда он выступает, и говорит, что он ей посылает знаки.

— И что она?

— Отмахнулась: «Она ж психически больная. Мне-то он подмигивает, когда говорит. А ей нет!»

— А, вот вы о чем! — Отбиваю такт ногой, размышляю, как от него свалить, пока он меня в дурку не упек. Диагноз, видимо, уже слепил. Хорошо хоть я про убийство умолчал, а то бы он меня мусорнул до кучи.

— Спокойней, не трясите ногой. Просто попытайтесь расслабиться. Напряжение выходит.

— Неудачный пример, доктор. Она была хоть отдаленно похожа на настоящую жену Брежнева?

— Нет конечно.

— Зайдите в интернет, посмотрите фото Богданова, а потом посмотрите на меня.

— И что? Бывают очень похожие люди.

Все мое тело обмякло, полное ощущение бессилия, и очень хочется свалить, потому что помощи не будет. Ее нет. Она не придет.

— Хорошо, док, давайте примем ваш вариант. Я маньяк, который поверил, что он писатель и телеведущий. Может, вы мне тогда просто выпишите таблетки от панических атак, и мы расстанемся? А?

— А зачем вам таблетки? Давайте мы еще пару раз встретимся. Вы сейчас как себя чувствуете?

— Спасибо, хорошо. Мы обязательно встретимся еще пару раз, только вот... — начинаю я раздражаться, — у вас за стенкой сидит человек, который меня знает пятнадцать лет. Спросите у него, кто я, а потом встретимся. Если он скажет, что я не маньяк, а настоящий, значит, у меня есть двойник. И что мы с этим будем делать? Ловить двойника и к вам тащить?

— Мы решим эту проблему, не волнуйтесь. Вы ко мне послезавтра приходите, будем разбираться с вашим двойником. Он исчезнет, вы уж мне поверьте.

— Хорошо, — улыбаюсь я.

Наверное, мне лучше не спорить. Лучше промолчать, согласиться. Стать частью диагноза. Постараться соответствовать картине, которая сложилась у доктора. Селебрити с полетевшей от алкоголя и наркотиков «крышей».

— Доктор, скажите, а вам случалось освидетельствовать преступников, которые под психов косили?

— Конечно.

— Были такие, которые играли в психов так, что не отличить?

— Были.

— Ну и как?

— Знаете, кто хорошо косит, тот на самом деле болеет.

— Вам виднее, — киваю я. Смотрю на окно, слежу, как колышется штора на сквозняке. — Вам, конечно, виднее.

Он никуда не исчезнет. Во всяком случае, от сеансов в этом кабинете. Нас точно теперь только двое, как сказал двойник по скайпу. Нас теперь только двое.

Он, который теперь я, и я, который теперь никто.

## НОЧЬ

Мы с Максом не обмолвились ни словом за все время, пока ехали до бара. Старались не встречаться взглядом, пялились по сторонам так, будто впервые в городе, молча курили.

— Может, ты все-таки ко мне поедешь ночевать? — Говоря это, он ныряет головой под руль, будто там что-то важное, будто он случайно не хочет смотреть мне в глаза.

— Нет, Макс, не стоит. У тебя дети. Зачем им сумасшедший в доме?

— Ну ладно, прекрати. Почему сразу сумасшедший?

— Макс, я знаю, что это невозможно принять. Никто бы не принял, и ты не можешь. Если бы ты мне сказал, что у тебя появился двойник, я бы себя так же вел. Давай ключи от бара!

— Может, мы хотя бы пару часов посидим, — зачем-то щелкает он пальцами, — поговорим?

— Макс, — кладу я руку ему на плечо, — тебе доктор наверняка сказал, что со мной. Какие симптомы. Когда проявляются, когда исчезают. Давай так. Я сейчас вроде бы в своем уме? Он тебе сказал, что для общества я не опасен?

— Ну, в целом...

— Ну и чудно. Просто дай мне ключи, — протягиваю я растопыренную пятерню.

— Ох! — Он тяжело вздыхает и впечатывает мне в ладонь связку.

— Спасибо, — выхожу из машины и начинаю открывать дверь бара.

— Слушай, — говорит он мне в спину, — ты не подумай. Я на самом деле верю, что так бывает... Что такое... может произойти.

— В это даже я не верю, — отвечаю я не оборачиваясь и захожу в бар.

Смотрю из-за штор на улицу, успеваю выкурить сигарету, пока Макс наконец уезжает. Некоторое время бесцельно брожу между столиков, как Золушка после бала. Делаю две безуспешные попытки дозвониться до Оксаны, откладываю телефон в сторону, встаю за барной стойкой и только собираюсь налить себе стакан виски, как на барную стойку приземляется кот.

— Привет! — глажу его по голове, зарываюсь пальцами в шерсть, кончиками ощущая, как он урчит.

— Садись с краю, — говорю, — будто мы посетители никому не нужного бара в Богом забытом месте.

Кот послушно ложится на барную стойку и кладет голову на вытянутые лапы.

— Знаешь, Мадонна пела, God is a dj? Так вот, Бог в современном мире это не диджей, а бармен. С кем, думаешь, исповедуется современная публика? Жене не расскажешь, другу неудобно, в церкви ты не был никогда. Остается кто? Правильно. Бармен. У него таких, как ты, по десятку за ночь. И каждый норовит своих тараканов на барную стойку вытрясти. Прости, но барменом сегодня будешь ты. — Я наливаю себе, обхожу стойку и становлюсь с противоположной стороны.

— Буду краток. Я сошел с ума. — Кот поднимает уши. — Версии, собственно говоря, две: мне всюду мерещится двойник, или я вообразил, что являюсь писателем и телеведущим. Выпьем!

Чокаюсь с его головой, выпиваю залпом. Пытаюсь представить, что доктор прав. Допустим, в один момент меня замкнуло, и я решил, что тот человек из телевизора занял место, принадлежащее мне, тогда как эта жизнь никогда не была моей. Я никогда не писал книг, не вел телепередач, и все прошлое мне померещилось. Ударился головой, упал. И очнулся с таким детально выстроенным психозом.

Встречи с читателями, планерки на телевидении, дорогая машина, благоустроенная квартира, кот — все это миражи, фантомы, которые в реальности никогда со мной не случались. Оксана не отвечает на звонки, потому что ее никогда не существовало, как и убитой Жанны, и придуманных моим воспаленным сознанием издателей. Я просто похож на того парня с экрана. Неудивительно, что меня из «Останкино» выгнали, видимо, я его преследую уже какое-то время.

Удивительно то, что стройные ряды моих галлюцинаций нарушает Макс, который вроде как подтверждает, что я писатель, а еще кот, сидящий передо мной, и собственная дочь, спросившая, записал ли я сегодня программу раньше обычного. Но стоит закрыть глаза — и даже они исчезнут.

Зажмуриваюсь.

Несколько раз в детстве я испытал это ощущение. Ночью смотрел в окно, на звезды, и пытался с помощью детских познаний об устройстве мира представить, что будет, если начать убирать небесные тела. Уберешь Землю — останется наша Солнечная система, свернешь ее, останется наша галактика, вырежешь галактику — останутся соседние галактики. А что будет, если убрать ВСЁ?

Вообще все галактики, все силы, которыми они друг к другу притягиваются, за счет чего они там, в космосе вращаются. Что останется? На чем все держится? И тогда я представил первооснову. Бело-серую рябь. Подобно той, что бывает, когда телевизор не может найти канал. Жужжащее безликое облако. Следующим вопросом был: а если убрать и облако, что останется? В этот момент детский мозг не выдерживал, и становилось по-настоящему страшно. Как сейчас.

Я пару раз глубоко вдыхаю и открываю глаза. Кот сидит на своем месте. Я на своем. Вокруг бар, принадлежащий моему другу. Все объекты реальны. К счастью. Или к сожалению.

Сойти с ума в мегаполисе в XXI веке — слишком прозаично, с этим можно жить, это, вероятно, даже можно вылечить, тогда как признать реальность существования двойника, в одночасье укравшего твою жизнь, никак не возможно. Про такое теперь даже кино не снимают.

Допиваю виски. Беру в руки телефон, залезаю в интернет, пробегаю глазами новостные ленты, иду в поиск по блогам, и первое, что он выдает в связи с моей фамилией, это текст из фейсбука, сообщающий о том, что я начинаю новую книгу.

Он висит в моем фейсбуке... что-то карамельно-приторное, в стиле «знаю, вы так долго ждали этой новости, а я все не решался и не решался начать. И вот...»

А под текстом 973 лайка: эти розовые сопли, которые еще и не я размазал, кому-то уже нравятся.

Интересно, как он мне фейсбук хакнул, думаю. Через почту или успел к Оксане подвалить и воспользоваться моим телефоном?

Иду в подсобку, достаю из сумки ноутбук, чтобы проверить почту. Включаю. На экранной заставке фотографии чьего-то затылка. В ряд, выкрашенные фиолетовым, оранжевым, зеленым, лимонным и прочими наркотическими красками...

...В ноутбуке все было четко систематизировано. Мои фото и видео за последние два года. Все интервью, цитаты из фейсбука, комментарии, на которые я отвечал, конспекты вопросов и ответов со встреч с читателями (видимо, на их основании он делал какие-то заключения о моем психотипе).

Подробный файл в «эксель», содержавший мой круг общения. Здесь были записаны все — от Оксаны до дочери. Все, кроме не входившего ни в одну компанию и редко со мной общающегося Макса, а еще Кати, которую он просто не успел заметить. Подробная, скрупулезная бухгалтерия моих дней. Когда, с кем, как часто.

«Какой чертовски насыщенной бессмысленными встречами была моя жизнь!» — думаю, скроля файл. Видимо, так же думал и он, когда решил изменить ее к лучшему.

Еще в компьютере было два текста. «Посторонний» Камю и его собственная книга под названием «Воины Сна». Да-да, чувак еще и писал.

Я убил пару часов на то, чтобы прочесть эту редкую графоманскую херню из тех, что отказываются публиковать даже на портале «проза.ру».

Книга рассказывала о человеке с уникальными способностями — он мог проникать в чужие сны и побуждать людей к каким-то действиям. Проститутка становилась честной женщиной, вороватый бизнесмен — благотворителем, наркоман — волонтером и т. д. Этакий Фредди Крюгер наоборот. Ирония заключалась в том, что добропорядочный, скучный семьянин Роберт Инглунд, игравший Фредди, маньяком был только в кино, тогда как мой визави, наоборот, нормальным человеком притворялся только в своей книге.

Сюжетная канва и мотивы героя были пронизаны довольно странной философией, в основе которой лежал миф о том, что многое в жизни изначально устроено неверно. Устроено так, «чтобы на злой почве могли всходить лишь злые цветы». Но есть люди, способные изменить изначальный неправильный порядок, «неверный код». И автор, ясен хер, из их числа.

В общем, по книге можно было сделать один вывод: ее автор — не совсем здоровый человек. Точнее, больной на всю голову.

Странно было то, что в компьютере не было почты, а в рабочих файлах и скайпе не было данных владельца. Ни намека на то, как его хотя бы зовут. Даже главный герой книги был безымянным, будто двойник долгое время находился в поисках. Примеривал на себя чужие жизни и имена, пока одно из них ему не подошло. Мое.

В памяти всплывают образы. Жанна с нелепой историей о ночных откровениях по скайпу. Ключ в двери моей квартиры. «Нексиа». Жора, «говоривший со мной» в тот момент, когда я еще не приехал в клуб. «Я», стоявший на балконе у Леры. Этот компьютер, который Оксана отдала мне два дня назад. Компьютер, который забыл у нее он...

Все удивительным образом объясняется.

Комбинацию, которую вокруг меня провернули, мог осуществить только ненормальный человек. Одержимый.

Он в самом деле долго готовился. Очень хорошо изучил меня. Просчитал все до мельчайшей детали. Он был абсолютно уверен в своем плане. Уверен настолько, что даже не побоялся сделать этот издевательский звонок по скайпу, как бы сообщая, что игра началась.

Сколько времени он встречался со всеми моими близкими? Месяцы? Годы? Сколько времени ему понадобилось, чтобы залезть ко всем нам под кожу?

Причем «под кожей» у Оксаны он обосновался особенно комфортно. Допустить, что женщина, с которой я прожил почти полтора года, не обнаружила, скажем так, некоторых различий между нами, невозможно. Она могла обмануться внешним видом, скопированной им манерой говорить и жестикулировать. Ее не смутили различия в оттенках цвета глаз или модуляций голоса.

Но запах — это штрих-код плоти. То, что никогда не перепутать. С помощью обоняния женщина всегда безошибочно определит двоих — своего ребенка и своего мужчину.

Лежащий передо мной чужой ноутбук и выключенный телефон Оксаны не оставляли мне ни единого шанса. Они вдвоем. Они сделали это вместе. Лежа в кровати, обсуждали детали, придумывали план действий. Она поправляла его, подсказывала наиболее уязвимое место для удара.

Зачем ей это понадобилось? Месть за «украденный репродуктивный возраст»? Злость женщины, уставшей ждать? Может быть, он показался ей «лучшим мной»? В смысле таким, каким, по ее мнению, я и должен быть?

Я глушил виски стаканами. Я надеялся, что алкоголь если не убьет меня, то хотя бы усыпит, отключит сознание. Но ничего не происходило. Впервые в жизни я не заметил, как наступило утро. Предметы потеряли цвета и формы. Думать о чем-то, кроме него, было решительно невозможно.

Ужас ситуации был в ее фантасмагоричности: вероятность того, что такое могло произойти в реальности, равнялась нулю. Но, как писал Хокинг, «даже ничтожно малая вероятность — еще не ноль».

Теперь нолем был я. Сначала меня предали. Потом угнали, хакнули, рейдерски захватили.

## ДВЕ НЕДЕЛИ СПУСТЯ

Я жил в ощущении безвозвратной утраты. Вероятно, так чувствуют себя люди, в одночасье потерявшие что-то важное. Обманутый вкладчик, обанкротившийся бизнесмен, ставший жертвой угонщиков автовладелец, всю жизнь копивший на машину.

Днем, пока бар работал, я спал. Ближе к вечеру выходил из своей каптерки, быстро, не чувствуя вкуса, заливал в себя кофе или чай и уползал обратно. На улицу не выходил, боясь, что *он* где-то рядом. Прочесывает город, ищет меня.

Макс несколько раз пытался поговорить или вытащить меня на улицу, но довольно скоро оставил попытки, так как любой наш диалог неминуемо скатывался к разговору о *нем*, что вгоняло меня в состояние безвольного ступора. Его предложения посетить психиатра понимания с моей стороны не находили.

Когда последние посетители покидали бар, я откупоривал бутылку виски, выпивал пару стаканов и шел протирать столы. В этом не было никакой необходимости, но во всяком случае давало мне основание считать, что Максу я не совсем бесполезен.

Протерев столы, я брал в охапку кота, бутылку и компьютер и залезал в интернет.

Часам к трем утра я напивался до состояния, в котором уже не мог читать, смотреть, думать, и попросту отключался.

Я почти ничего не ел. Моим топливом были сигареты и алкоголь. Отсутствие аппетита, свежего воздуха и дневного света сделали свое дело: я стал похож на героинового торчка. Наконец-то я победил мем из социальных сетей «Ты не похудеешь к лету». Правда, до лета оставалось дожить.

Так прошла неделя или две. Постепенно я начал вылезать на свет. Сначала это были ночные прогулки по Патриаршим, потом шпионские поездки к дочери (поездка до ее дома с постоянной сменой маршрутов, долгие остановки с целью обнаружения слежки, вход и выход из дома исключительно через черный ход). Пару раз я даже съездил навестить Катю (исключительно для поддержки реноме, которое, если разобраться, мне больше не принадлежало).

Будучи выдернутым из привычной среды обитания и стесненным в средствах (основным источником дохода был Макс, ссужавший деньги «больному человеку»), я передвигался исключительно на метро и маршрутных такси, посещал магазины вроде «Пятерочки», изредка позволял себе «выходы в свет» типа одиноких посиделок в «Шоколаднице» или «Якитории».

Это были интересные ощущения. Я оказался среди людей, с которыми раньше никогда не пересекался, не слышал их разговоров, не чувствовал их запахов, не бывал в местах их обитания. Это был мир «домохозяек среднего возраста», которые, как я думал, живут только в рейтинге Гэллапа. Мир гастарбайтеров, кавказских водителей маршруток, помятых отцов семейств и прочих душных людей.

Еще в нем были студенты-недохипстеры с вечно красными веками, «красаучики», дагестанские стрижки под Мирей Матье (кстати, они называются «москвичка») и собственно «москвички» — вызывающе одетые провинциалки и хабалистые педовки.

Здесь на стенах вагонов рекламировали неизвестные мне бренды и магазины, читали книги, названий и авторов которых я никогда не слышал (изредка на глаза попадались мои, чего уж там).

Здесь листали журналы, которые, как я думал, закрылись еще в конце девяностых, обсуждали детали вчерашнего «Пусть говорят», негодовали по поводу «обуревших, сука, америкосов» так, будто эти америкосы «обурели» прямо у них в подъезде.

Здесь даже самые молодые люди шутили шутками своих родителей. Но никто никогда не улыбался в ответ. Здесь вообще никто не улыбался.

Чужая повседневность имела вечно озабоченное, недовольное лицо. Кромешное РАО «Роспечаль», под стать моему состоянию.

В общем, эта Москва оказалась незнакомым мне городом. Я не знал ее правил, порядков и привычек. Я не был знаком с ее жителями. Я чувствовал лишь запах. Столица пахла потом, типографской краской газет, которые пачкают руки, и одеколоном *Paco Rabanne*.

Единственным позитивным открытием стало то, что в одном вагоне московского метро красивых девушек чуть меньше, чем в финале конкурса «Мисс Вселенная». А сумок *Louis Vuitton* чуть больше.

Тем временем Двойник никак себя не проявлял. Он вел программу, изредка постил в блог пафосную ахинею вроде той, что вешают себе в статусы плохо образованные девушки (типа «любовь — кошка, греющаяся на чужих коленях»), даже дал пару бессмысленных интервью о мучительно рождающейся новой книге.

Во всем этом было заметно, что ему чего-то не хватает. Он еще вполне уверенно держался на багаже моего изученного прошлого. Знал, что говорить в этом случае, как отвечать в том. Где негодовать, где восторгаться, а где напускать на себя мину пресытившегося человека. Но постепенно это заканчивалось. Не имея ежедневно под рукой оригинала, ему не от кого было напитываться, как вампиру, которому некого укусить. Приходилось импровизировать.

Иногда это выглядело как попытки человека, не знающего иностранный язык, говорить на нем, имея в вокабуляре двадцать-тридцать слов, которые он пытается складывать в предложения, исходя из ситуации. Тем не менее он старался. Ребенок учился, ребенок познавал мир. Дивный, новый. Все как у Хаксли.

За всеми его действиями я пытался разглядеть себя. Будто бы меня уже не было, и вышел художественный фильм с очень похожим на меня актером в главной роли. Этакий байопик «Владимир Богданов. Спасибо, что бухой».

Что бы я говорил, оказавшись на его месте, как отвечал на комментарии в интернете, какую рожу корчил бы, услышав оппонента?

Замыленная пословица «посмотреть на себя со стороны» стала реальностью. Иногда я сходил с ума от ереси, что появлялась «у меня» в фейсбуке, мысленно краснел «за себя», спорил «с собой». Я научился радоваться его удачным репликам в эфире и сопереживать, когда он попадал в неловкие ситуации. Это был настоящий стокгольмский синдром, с моим прошлым «я» в качестве заложника.

В какой-то момент я дошел до ручки, уговорив себя, что так будет лучше. Весь груз прошлых обязательств, общественного внимания, необходимости держать себя в определенных рамках, — все то, что так тяготило меня в последнее время, легло на чужие плечи. А я, свободный от всего вчерашнего, вдруг оказался перед чистым листом. Прыгнул во временную воронку, в которой все можно было переиграть.

Довольно странное чувство — начинать новую жизнь. Особенно когда твоя старая жизнь продолжается параллельно. Но не с тобой.

Затем Двойника начало сносить. Он стал писать длинные, истеричные, бессвязные тексты о мироустройстве. Приглашать в эфир откровенно попсовых персонажей из отечественного шоу-бизнеса и постоянно сваливаться на обсуждение с ними темы поклонников, признания и прочей белиберды из области «как вы пришли к успеху».

Человек, воплотивший наконец свой абсурдный план, выглядел дико неудовлетворенным. В его текстах и передачах все чаще сквозили раздражение, озлобленность, даже некая обида.

Сначала я, грешным делом, подумал о некоем нравственном кризисе, внезапно настигшем нашего героя. Вроде того, что человек, в одночасье получивший все то, о чем грезил последнее время, вдруг понял, что не может этим управлять. Психологически не тянет, ежедневно проживая жизнь другого человека. Или среда, в которую он встроился, среда, сотканная из чужих многолетних отношений, совместных историй и взаимных обязательств, попросту отторгает его.

Но, как это обычно бывает, реальность паскуднее твоего воображения. Однажды ночью он опубликовал объявление о встрече с читателями.

Ларчик открывался просто. Гонорары, автографы в ресторанах, чужая квартира и чужая женщина — все это не давало полного ощущения победы. Не хватало самого сладкого: восторженных глаз, рукопожатий, аплодисментов. Он хотел энергетики поклонников, тех самых пульсирующих импульсов, ради которых, собственно, все и затевалось.

Судя по градусу его последних текстов, он дико страдал от незавершенности образа. Ему требовалась публичная присяга поклонников — как сертификат качества. Свидетельство того, что он на самом деле существует.

Прочитав объявление, я зарегистрировал «левый» фейсбук, чтобы написать всего один комментарий:

«А что если на этой встрече читатели раскусят тебя, чувачок?»

После этого я позвонил Максу, попросив сопровождать меня на эту встречу. Просьба привела Макса в неописуемый восторг: видимо, он подумал, что у больного наступила рецессия.

Мысли о том, как, увидев мой комментарий, он бегает по потолку, бьет о стенку стаканы или плачет, сверяя мои фотографии с собственным отражением в зеркале, возвращали душевное равновесие.

Я впервые лег спать с чувством не напрасно прожитого дня.

## КОПИЯ

— Макс, давай ты сейчас зайдешь в магазин и посмотришь на презентацию моей книги. Посмотришь, кто ее ведет.

— Конечно, — открывает Макс окно, закуривает, протягивает мне сигарету, — сейчас мы вместе зайдем в магазин, посмотрим, как ты ведешь презентацию своей книги, а потом... — И он зависает.

— Потом поедем выпить, ты хотел сказать?

— Именно! — облегченно кивает Макс и дотрагивается до моего плеча.

— Макс! Макс, услышь меня, я тебя прошу. Вести презентацию будет *он*, понимаешь? Не я! Меня там не будет, врубаешься? Это не моя презентация! *Он* украл меня, понимаешь?! — Я смотрю в немигающие глаза Макса и чувствую, что сейчас заплачу от обреченности. От ощущения того, что я выгляжу как сумасшедший, говорю как сумасшедший, и, безусловно, им, в глазах Макса, и являюсь.

— Украл, конечно украл! — говорит Макс тихим, вкрадчивым голосом. — Но мы же сейчас пойдем туда, — аккуратно показывает он пальцем в сторону «Библио-Глобуса», — и все вернем, правда? И все встанет на свои места, да?

— Макс, я... честно... Я не знаю, что еще сказать, — нервно катаю я сигарету между большим и указательным пальцем, пока она наконец не ломается. — Давай так... Давай...

— Давай спокойно покурим! — Он протягивает мне новую сигарету.

Нервно закуриваю, практически пожираю сигарету в четыре затяжки. Перед глазами начинает плыть. Я открываю свое окно, цепляюсь за торпеду, за ручку двери, за воздух. За все, что продлит эту паузу, перед тем, как он, очевидно, отвезет меня в психушку. Мимо проезжает троллейбус с рекламой «Твикса» и слоганом «Какая из двух тебе по вкусу?». Они одинаковые, они же одинаковые, что за идиотская реклама? Они одинаковые! Какая разница, при чем тут вкус?

— Макс, — слышу свой хриплый голос будто со стороны, — Макс, давай так. Ты сейчас оставишь меня в машине и зайдешь внутрь, ок? Потом поднимешься на второй этаж, там будет толпа народа. И баннер с названием моей последней книги. Он задержит презентацию ровно на семь с половиной минут.

— Мы... — начинает Макс.

— Дослушай. Он начнет говорить. Он произнесет нараспев «здрасте», в нарочито простоватой манере. Потом скажет, что даже не ожидал столько народа — это мое обычное кривлянье. Потом ты спустишься вниз и подойдешь к машине, в которой сижу я.

— Я — туда, а ты — здесь, — медленно говорит Макс, сопровождая каждое слово кивком головы то в мою сторону, то в сторону книжного. — Понятно. Чего ж тут непонятного?

— Макс, я понимаю, это сложно. Но ты... ты просто сходи, а? Ничего ж не изменится. Если ты вернешься и не найдешь меня в машине, то после презентации отвезешь меня в психушку, ок? Я не слишком уверенно излагаю для шизофреника, как думаешь?

— Я вообще никак не думаю. — Кажется, он впервые говорит искренне. — Давай, мы вдвоем пойдем, а потом вернемся. Ведь если, — хитро прищуривается Макс, — если он там, мы вдвоем его увидим и потом... потом решим, что делать. Но пойдем вдвоем.

— Макс, — устало хриплю я, — нет никаких «мы». Есть я и он. Врубись уже наконец. Пойдешь?

— Пойдем вместе! — делает он последнюю попытку.

— Нет, дружище, не вместе. И вот еще что. Перед тем как ты уйдешь, давай сыграем в одну игру.

— В какую еще игру? — испуганно озирается он.

— То, что ты там увидишь, в магазине, — ты же этому все равно не поверишь. Или как доктор решишь, что я маньяк, который поверил, что он настоящий Богданов.

— Чего ты несешь-то?

— Дослушай. На тот случай, если ты все-таки решишь, что настоящий «я» там, в магазине, задай мне вопрос. Спроси что-то. То, о чем можем знать только мы с тобой. И больше никто. Я напишу ответ на бумажке, а ты вернешься и прочтешь. Договорились?

— Бред какой-то! — Макс пожимает плечами.

— Ну сделай мне одолжение! Тебе же это ничего не стоит!

— Ладно, — отмахивается он,— напиши на бумаге название наркотика, который нам с тобой продали в «Марике» летом 1997-го. На дне рождения Богдана.

— Договорились, — согласно киваю я, вытаскиваю из бардачка ручку и отрываю от пачки сигарет крышку. — Вот на ней и напишу.

Макс некоторое время уныло смотрит то прямо перед собой, то на вход в магазин. Выдыхает. Бросает на меня короткий взгляд, вытаскивает ключи из зажигания и открывает дверцу.

— Сигареты оставь, — прошу я.

Время как желатин. Дрожит, местами прогибается, но не движется. Я завяз в нем. Кажется, я физически ощущаю каждую секунду. Его нет уже пять, семь? Минут? Часов? Дней?

Курю одну за другой, весь салон в дыму, и я периодически машу перед собой руками, чтобы не потерять видимость. Движения скованны. Руки липкие.

Кажется, я не дым разгоняю, а свою собственную потную панику. Мысли одна хуже другой. А вдруг он не в магазин пошел, а сразу санитаров вызвал и ждет за углом? А вдруг он к нему подошел и рассказывает, что встретил на улице маньяка, как две капли воды похожего «на тебя, Володь»? И сейчас они спустились вниз, смотрят на меня через витринные стекла и вызывают ментов. А вдруг они вместе...

Стоп. Хорош. Отпустили. Выдохнули. Окно. Окно лучше не открывать. Сидим. Ждем...

Вздрагиваю от стука в стекло. Поворачиваюсь. Вашу мать.

— Опускаем стекло, опускаем, — говорит с той стороны тощий как жердь, несуразный гаишник.

«Главное — не выходить из машины, — шепчу я, — главное — сидеть здесь».

— Да? — Я опускаю стекло.

— Сержант Дробилов, ...ское отделение. Знак не видим?

— Какой знак, простите?

В последнее время я столько знаков вижу, ты бы знал.

— Шутим все, да? Знак «стоянка запрещена» висит в трех метрах. — Он машет рукой куда-то в сторону Мясницкой. — Документы ваши.

— Я... я не водитель, — говорю.

— Ну хватит врать-то, — кривится сержант, — я ж видел, как вы на пассажирское сиденье только что перелезли.

— Я? Я никуда не перелезал, чего вы...

Не получается подобрать слово, во рту немедленно пересыхает.

— Так... — Мент сует голову в салон, пристально смотрит на меня. — А че такой дымина-то? Из машины выходим!

— На... на каком основании?

— Я ща тебе покажу основания. Из машины вышел! — Мент достает рацию. — Седьмой, ко мне подойди, у нас тут водитель в хлам укуренный.

— Вы с ума сошли?! — взвизгиваю я.

— Так, из машины вышел, ща поедем на экспертизу, посмотрим, кто из нас куда сошел.

— Вы не имеете права! Я не за рулем! У меня... у меня даже прав нет! И... и документов!

— Конечно, — лыбится мент, — у вас, таких, никогда документов нет. Вышел из машины, тебе говорю!

«Макс, ну где же ты, а? Господи, ну ГДЕ ЖЕ ТЫ?!» — медленно вылезаю из машины, воруя у сержанта секунды. Краем глаза вижу, как из магазина выходит Макс, замирает и опрометью бросается к нам.

— Вон он! — кричу я сержанту. — Вон водитель!

Сержант оборачивается в сторону магазина, суровеет лицом. Резко встает мне за спину.

— Вперед пошел! — со стороны Лубянки к нам движется его напарник.

На ватных ногах двигаюсь вперед. Вот, собственно, и все. Наркоман без документов. Еще какую-нибудь кражу пришьют. Этим доказывать что-то посложнее, чем собственную нормальность Максу...

Макс догоняет нас. Подбегает к сержанту. Я слышу будто сквозь сон что-то про «водителя», «документы» и еще фразу: «Рядом стой». Это, видимо, мне.

Прихожу в нормальное состояние уже в машине. В каком-то дворе. Сигарета тлеет в его пальцах практически до фильтра. Макс уткнулся головой в руль. Мычит какую-то мелодию.

— Ну что, может, еще раз сбегаешь, сверишься? «Твикс — две палочки! Какая тебе по вкусу?» — делаю пальцы ножницами, как в рекламе.

— «Марика», — тихо говорит он. — «Марика»... бумажку... давай.

— Мел, Макс. И еще лекарство какое-то горькое. — Вытаскиваю из кармана сложенную трубочкой записку. Передаю. Он медленно разворачивает, долго читает.

— Хватит?

— Как звали того парня, что нам тогда это продал? — отворачивается он к окну.

— Помело. Катя Помело. Это был не парень, Макс. Это была девушка. А потом мы поехали к тебе, и у тебя пошла носом кровь, а я бегал вокруг и щелкал тебя на «полароид», пока не приехала твоя будущая жена, а потом...

— ХВАТИТ! ХВАТИТ! ВСЕ, ХОРОШ! — орет Макс, швыряет записку на «торпеду» и выходит из машины. Вылезаю следом. Некоторое время молчим.

— Так не бывает, понимаешь? — Макс смотрит на меня безумными глазами и отчаянно жестикулирует. — У него ВСЁ ТВОЕ: жесты, мимика, фразы, постановка головы. Повороты. Ужимки эти идиотские!

— Понимаю.

— Он ничем не отличается, Вова. Он вообще копия...

— Копия, — согласно киваю я, — я тоже сначала думал, что не бывает. А потом... что было потом, я тебе уже рассказывал.

— И что теперь со всем этим, — обводит он двор руками, — делать?

— Я не знаю, — шепчу, — я не зна-ю.

## НИЧЕГО

Больше не было встреч, на которые нельзя было опаздывать, писем, на которые следовало немедленно отвечать. Исчезли сроки сдачи текстов, запросы на интервью, приглашения в эфиры. Неделя теперь не делилась на до и после съемок, а зарядки телефона хватало не на восемь часов, а дня на четыре.

Я стал много читать. Выуживал из недр интернета всевозможные статьи о психиатрии и казусах человеческого мозга. Прочел о человеке, который всюду видел жуков и вылечился только после того, как доктор открыл ему «страшную тайну»: жуки в самом деле везде, только видят их избранные. Пациент — один из них, но об этом стоит молчать, чтобы не разглашать государственную тайну.

Еще был человек, который думал, что он жираф. Не помню, чем закончилась его история, — кажется, ему просто нашли жирафиху.

Я познакомился с различными вариациями монотематического бреда. Например, иллюзия, при которой человек убежден, что его друзей или близких заменили двойниками, называется синдромом Капгра, по имени человека, который впервые описал случай своей пациентки, убежденной, что ее близких похитили и заменили двойниками, чтобы завладеть ее имуществом. Существует еще синдром Фреголи, который наблюдал у своей пациентки чешский доктор Арнольд Пик. Пациентка была убеждена, что больницу вместе с населявшими людьми заменили на точную ее копию.

Эти случаи объясняются травмой головного мозга или трудностями самоидентификации, при которых пациенты игнорируют любые свидетельства, идущие вразрез с выстроенной ими псевдореальностью.

Но ни одну из многих описанных историй примерить на себя мне не удавалось. Травм у меня не было, а реальность придуманного мира, в котором у меня был двойник (если допустить, что я его придумал), мог засвидетельствовать Макс, видевший нас обоих. Можно было предположить у нас обоих психоз, в котором мы верили в существование двойника. Но для того чтобы получить такой результат, необходимо было слишком долго и беспробудно пьянствовать.

На одном из якутских форумов, где обсуждали последствия и угрозы встречи с двойником в реальной жизни, я наткнулся на понятие «Бэрэтчит» (по-якутски — «идущий впереди»). «Бэрэтчит» — это мистический двойник, встреча с которым является знаком о грозящей опасности. По преданию, двойник-бэрэтчит принимал все удары на себя, тем самым отводя от оригинала все дурное. Мой бэрэтчит, напротив, перевел все дурное на меня.

Чтение подобных статей довольно быстро наскучило. В конце концов я решил, что, постоянно читая подобное, можно на самом деле сойти с ума. И навсегда отъехать в мир бэрэтчитов и ребят, сроднившихся с синдромами Капгра или Фреголи.

Отсутствие необходимости ежедневно прилагать к чему-либо хоть какие-то умственные усилия и масса свободного времени привели меня к открытию второго аккаунта в фейсбуке с «левым» именем (с первого я строчил гадости Двойнику, пока тот меня не забанил).

Ежедневно поглощаемые тонны говно-информации за короткое время сделали меня подкованным в экономике, новой городской культуре, но особенно — в политике. Информация так же быстро поглощалась, как и перерабатывалась в «творчество». Подобно домохозяйке, я начал делиться с «городом и миром» своими рассуждениями на любые темы. Ничто не ускользало от моего внимания, от последнего клипа «Tesla Boy» до столкновений в Секторе Газа. Число подписчиков росло, моими постами все чаще делились «друзья». Появились постоянные комментаторы, почитатели и, конечно, ненавистники.

Ведение собственного блога начисто убивало желание писать длинные тексты. Переживания, чувства, эмоции, на которые прежде требовались главы и огромные временные затраты, теперь влегкую разменивались на пару абзацев, написанных за двадцать минут.

Еще появилось ложное ощущение востребованности. Время от выхода книги до получения обратной связи, как правило, составляло неделю. Реакция на короткий пост занимала мгновение. Иногда казалось, что первый «лайк» или комментарий возникал спустя секунду, после того как я нажимал кнопку «публикация».

Казалось, люди, из которых состояла моя лента, жили исключительно тем, чтобы быстрее других поставить «лайк», «расшерить», высказать свое мнение о прочитанном. «Кто же эти фантастические особи, — думал я, — каким ресурсом времени они обладают и чем занимаются в обычной жизни, если могут себе позволить сутками жить в мутном болоте чужого потока сознания?»

Впрочем, эти персонажи имели отношение к фантастике ничуть не большее, чем мой Двойник. Они жили рядом. Социология называла их «хипстерами», а я — «электрическими людьми».

Каждый день в районе часа дня они приходили в бар к Максу, заказывали кофе и доставали ноутбуки.

Часов до двух, с напряженными лицами, они всматривались в мониторы и лихорадочно стучали по клавиатуре. Потом ноутбук откладывался в сторону и с теми же лицами и той же избыточной энергетикой они принимались отбивать по экранам своих айфонов. Странно, но они по ним никогда не говорили. Только переписывались.

После двух парковка перед баром заполнялась велосипедами и скутерами, владельцы которых подсаживались за столы к таким же, как они, «электрическим людям». Пришедшие с умным видом изучали меню, которое видели ежедневно, раздумывали минут десять, чтобы заказать всегда один и тот же набор — органический бургер и клюквенный морс.

Перед тем как начать беседу «электрические» непременно фотографировали: еду, друг друга или друг друга на фоне еды.

Подглядев в мониторы, я нашел пару-тройку блогов «электрических». В БИО все они значились дизайнерами, фешионистами, урбанистами и даже арт-объектами. Фото, относящиеся к их профессиональной деятельности, найти было сложно. В основном альбомы состояли из снимков друга друга вперемешку с едой, домашними животными и ногами, обутыми в вычурные кроссовки.

Еще там были тексты, в которых любое собственное времяпрепровождение подавалось как нечто гиперзначимое, сродни религиозному культу. Они передвигались по городу «исключительно» по велодорожкам (господи, где они нашли их в Москве?). Они не ходили в магазин, а «тщательно селекционировали потребительскую корзину из фермерских продуктов», они не путешествовали, а занимались «агротуризмом». Они не ели, а участвовали в «гастрофестивалях».

Я полагаю, что они даже не трахались, а «совмещали физические продолжения своих духовных чакр с родственными душами». Хотя с сексом в такой парадигме все намного сложнее.

Лучше всего «близкие отношения», когда ты гей с нарушением опорно-двигательной системы, а она лесбиянка с глубокой психологической травмой, вызванной рождением «в рашке».

На полном серьезе такие люди давали друг дружке интервью, где умоляли не называть «митболы» тефтелями, «нудлс» лапшой, а «инфьюжн» травяным чаем. Они настаивали на том, чтобы рассматривать надетые на босу ногу ботинки как социальный протест, а обтягивающие джинсовые шорты на мужчинах — как попытку stand apart from the mass. Как-то я прочитал о парне, который вскрыл себе вены, потому что подружка сказала ему, что он и его приятели сегодня все «немножко alike».

Скоро «электрические» стали кивать мне при встрече, потом здороваться, потом подсаживаться ко мне за барную стойку и заводить разговоры о вещах, названия которых мне ни о чем не говорили: «бисеклетах», «гастропабах», «коворкинге» или «краудфандинге». Изредка прилагательные давали мне понять, что у этих слов есть синонимы из человеческого словарного запаса. Тогда я согласно кивал, вздымал бровь и даже позволял себе осторожные оценки услышанного, которые чаще всего воспринимались ими со снисходительной улыбкой. Эти беседы были как бы продолжением их блогов. Мое мнение никого не интересовало. Я всего лишь должен был поставить условный «лайк».

Ни один из собеседников никогда не пытался узнать, чем, собственно, я ежедневно занимался в этом баре. Капюшон «худи» и ноутбук на стойке органично вписывал меня в их миропорядок, как раз между кофемашиной и постером с Джонни Деппом. В общем, я стал частью городского ландшафта.

Однажды вечером я ехал от дочери. В вагоне метро напротив меня довольно громко болтали две девушки лет двадцати. Одна доверительно делилась своими соображениями про сериал «Нюхач» на Первом, про «в ЦУМе никогда не была», про Пояс Богородицы, который привозили в Москву, и «подруга там одна сходила и потом залетела, а они года два ребенка не могли сделать». И еще про то, как в прошлую пятницу посетила бар «в центре», и как там было весело, какие были интересные люди, «хотя, конечно, странные немного», но «это, Ленка, настоящая, нормальная жизнь».

Ленка с интересом слушала, изредка уточняя детали, потом принялась рассказывать о своем идиоте начальнике, о хитрой схеме, по которой ей недоплачивали зарплату, затем перешла на доставшую ее вконец жизнь в квартире с родителями, братом, его семьей, с «живем жопа к жопе» и «так просто спиться можно».

Девчонки сошлись на том, как было бы здорово «переехать в Москву насовсем». Поймав мой заинтересованный взгляд, подруги замолчали. Слово «насовсем» обреченно-мечтательно повисло в воздухе. На станции «Рижская» они вышли, а в вагон зашел оборванный, до невозможности опухший бомж.

Вернувшись в бар, я застал «электрических» сгрудившимися вокруг ноутбука. Кивком поздоровавшись, присел за соседний стол. На мониторе была подборка фотографий с русских свадеб. Автор выбрал наиболее отталкивающие снимки, где женихи были сплошь с выбитыми зубами, невесты толсты и пьяны, родители татуированы, а квартиры со скудным праздничным столом и подвыпившими молодоженами, целующимися на фоне настенных ковров, обшарпаны.

Поупражнявшись в остротах типа «жизнь насекомых», «электрические» перешли к обсуждению сериала «Игры престолов», из чего выплыла тема «этой страны», с которой нужно «что-то делать», и все принялись обсуждать, кто из общих знакомых свалил, а кто вот-вот собирается. Чей-то друг получил предложение возглавить финансовый департамент швейцарского концерна в Лозанне, или то была подруга, уезжавшая в Штаты учиться на сценариста, я точно не разобрал.

Я пил чай, думал о тех двух девчонках в метро и еще о том, что все разговоры о текущем историческом моменте всегда начинаются с обсуждения, что «нужно что-то делать, ведь дальше так жить нельзя», потом переходят в фазу, «в какой стране будут жить наши дети», а затем неминуемо скатываются к тому, что «пора валить». И все это происходит здесь поколениями, веками, эпохами.

Люди десятилетиями живут в состоянии «летом сваливаю», а пока лето не наступило, проводят по сто двадцать дней за границей или залегают на дно внутренней эмиграции, открывая на этом дне «лавки фермерских продуктов», «митбольные», «институты градоустройства», «велодорожки» и прочие интеллигентские финтифлюшки, позволяющие поддерживать коллективную игру в Копенгаген в пределах Дна. То есть, я хотел сказать, в пределах Садового кольца.

А вокруг всего этого огромная, архаичная Россия. Смотрит мутными, красными спросонья глазами на очередное поколение «лучших людей», потом встает, обувается-одевается и идет на завод. Россия, которую сначала разорвали на куски несколько пьяных мужиков в Беловежской пуще, которой потом сказали, что все ее беды оттого, что она слишком «патерналистская» и «безынициативная», и она понесла скудные остатки своих сбережений для выгодного вложения в МММ. Россия, которой в очереди у храма, где Пояс Богородицы, между прочим сообщили, что она встала с колен.

И вот стоит она, вся такая невыспавшаяся, между храмом и станцией метро и обсуждает проблемы ЖКХ, а тут какие-то упыри над ухом надсадно ноют о том, что «дальше так жить нельзя». И упыри эти не просто не имеют проблем с ЖКХ, а даже не знают, как аббревиатура расшифровывается. И Россия, поняв это, отворачивается и тихо, сквозь зубы, цедит: «Вот же суки!».

Потому что она-то точно знает, что дальше так жить можно. Она-то живет, зная, что хуже может быть натурально послезавтра. И если ей скажут, что для оттягивания того самого «послезавтра» следует немедленно разобраться с внутренними врагами, она так же сонно, не выходя из очереди, закатает «лучших людей» в велодорожки или порубает на митболы.

И так они и живут, эти две субстанции. Одни — в тревожном ожидании того самого «послезавтра», другие — в трепетном предвкушении того самого лета. И эти события все не наступают и не наступают, а обсуждения продолжаются.

До тебя это обсуждали люди более образованные, более искренние и чистые помыслами, а до них горячие споры вели люди еще более высокие духом. Теперь из всей этой превосходной степени осталась только Света из Иванова, которая стала «более лучше одеваться».

И пока одни шутят про то, что «зима близко», и комментируют фотографии «насекомых», другие, те самые «насекомые», называют комментаторов интересными, «хотя, конечно, странными», но все же людьми.

А тем временем начинаются ранние осенние заморозки, и «одичалые» уже на Рижском вокзале, и, кажется, скоро объявят имена «белых ходоков».

И в один день все это закончится «Играми престолов», только без голливудских роскошеств. Потому что в России всегда все по-настоящему. А потом еще и снег пойдет. Чистый русский снег. И только они вдвоем тут и останутся. Снег и ахуй.

По вечерам я перестал протирать столы в баре. Если труд сделал из обезьяны человека, то его отсутствие превращало человека в микроблогера.

Все эти бессмысленные разговоры, пространные рассуждения об услышанном и прочитанном удивительным образом изменили мое ощущение времени.

Дни, наполненные вываливанием собственной пустоты в коллективное «ничего», пролетали быстрее, чем обновлялась лента фейсбука.

## БЭРЭТЧИТ

В нашем городе дождь. Тот самый первый осенний дождь, который ни с чем не перепутаешь. Он начинается похоже на то, как начинаются дожди в июле или августе. Накрапывает, накрапывает, потом набухает каплями, утяжеляется, бухает по моментально образующимся на асфальте лужам, перечеркивает пока еще голубое небо. И, кажется, от него еще веет теплом, кажется, он здесь затем, чтобы просто освежить город. Но небо темнеет, капли начинают тощать, и прохожие, собравшиеся было переждать его на автобусных остановках или под козырьками витрин, как по команде синхронно кутаются в воротники пиджаков и ускоряют шаг. Они интуитивно чувствуют, что он не пройдет, не обратится в грозу, не станет ливнем. Он будет уныло моросить день или два, а может быть, неделю. Отвоевывая свое пространство. Меняя краски улиц. Выстраивая границу между летом и осенью. И каждая его прожигающая холодом капля говорит о том, что лето кончилось. Началась тоска.

Мы сидим с Максом в «Вильямсе» на Патриарших. Вокруг ланчующие бизнесмены, которые обедают попарно, но выглядят так, будто их случайно усадили за один стол, — никто между собой не общается, все увлечены экранами своих смартфонов. Еще девушки, лениво потягивающие белое вино и приветственно покачивающие под столом полуснятыми «лабутенами». По углам — местные обитатели, состоятельные мужчины за пятьдесят, обедающие в одиночестве. Эти реагируют на дождь особенно ярко — сначала смотрят на лужи, потом на время, потом открывают на телефонах приложения авиакомпаний, в надежде получить ответ на вопрос, когда же отваливать к местам постоянного обитания (Майами, Париж, Лондон): первой лошадью завтра или ночной сегодня?

Макс делает пятнадцатую неуклюжую попытку вовлечь меня в диалог, но, замечая, с какой гримасой я ковыряюсь в пасте, отворачивается, чешет бороду, потом встает и выходит курить. Я некоторое время сижу в одиночестве, смотрю через широкое окно в спину Максу, на которой читается вся палитра охваченных им чувств — от раздражения до бессильной усталости, — заставляю себя оторваться от стула, достать сигарету и двинуть на улицу.

— Макс, — начинаю я, но тут между нами возникает мешковатое и всклокоченное существо.

— Парни! Сто лет вас не видел! Вы куда пропали-то? — голосит существо.

Мы оба разворачиваемся к источнику звука, и у каждого на лице немой вопрос, а вместе с тем смутное ощущение чего-то знакомого.

— Вы вообще перестали тусовать? Постарели? Зажирели? Семейная жизнь? — тараторит существо. — Нет, парни, так не пойдет. Ну-ка быстренько взяли флаеры, у меня в пятницу крутейшая вечеринка в баре «Пионы». Это рядом, в Трехпрудном. Значит, это флаеры, а вот еще два браслета... Так, стоп, где же они? — Существо ныряет рукой в недра своего балахона, и в этот момент мы оба наконец идентифицируем собеседника.

Гоше слегка за сорок. И так, кажется, последние лет двадцать. Мы познакомились в середине девяностых в «Титанике» или «Цеппелине», потом продолжили знакомство в «Фесте», «Зиме» или «Дягилеве». Он по-прежнему худой, с осунувшимся лицом, одетый в бесформенные штаны, висящие сзади, несуразные кроссовки и худи. Волосы выкрашены в соломенный цвет, в глазах нездоровый блеск, что бывает у наркоманов со стажем или ветеранов клубного движения, так и не понявших, что их «тридцатка» закончилась в середине нулевых, а все, что от нее осталось, — это серьга в ухе, всклокоченный ежик редеющих волос и развязная неформальность в одежде, которая со временем приобретает уничижительную характеристику «молодиться».

— Спасибо, Гош, — возвращает Макс флаеры, — мы не придем.

— А чего? Улетаете куда? — Гоша еще не вполне понимает неправильность сочетания времени, места, а главное — людей, которых он выбрал в качестве объектов для промоакции.

— Нет, просто нулевые закончились пять лет назад, — сухо отрезает Макс.

— Да брось ты! — Надо отдать ему должное, он не сникает сразу и продолжает держать угол атаки, впрочем, не особо надеясь на успех. — Рано еще вам в пенсионеры. Чего-то я вас не узнаю.

— Люди меняются, Гош. — Макс ищет глазами место, куда бы выкинуть окурок.

— Покурим? — делает робкую попытку Гоша.

— Покурим, — нехотя достаю сигарету, протягиваю ему, щелкаю зажигалкой, всем своим видом давая понять, что мы с Максом увлечены обсуждением чего-то важного, не терпящего присутствия третьих лиц.

— Вот, кстати, Вова, тут смешнейший случай имел место, тебе понравится, — говорит Гоша таким тоном, будто мы все это время только и ждали, когда же он вспомнит очередную сногсшибательную историю и поделится ею с нами. — Ангажировали меня, с год назад, провести мероприятие в одном клубе. Место, конечно, странное, но деньги заплатили приличные. Еще название такое дурное... как же... ладно, не суть. В общем, проводил я конкурс двойников известных людей. Ну, знаешь, приходят дебилы, отдаленно напоминающие Филиппа Киркорова или Ленина. Нет, Лениных я не брал, их очень много было, и все старые...

— И? — внезапно оживляется Макс.

— И победил на нем парень — вылитый Вова. Ну просто копия. Даже голос похож.

— Да ты что! — выпускаю дым и отворачиваюсь. Кажется, даже этот случайно встреченный персонаж из прошлого здесь лишь затем, чтобы усилить мой растущий комплекс неполноценности.

— Так я этого парня намедни встретил в «Кофемании». Здороваюсь с ним, а он делает вид, будто не узнает. Сидит такой важный, с лицом уставшей балерины. Я его подколоть решил. Вы, говорю, Владимир Богданов? «Да, — отвечает так надменно, — вам автограф?» Нет, говорю, *от вас* мне ничего не надо. Я же понимаю, что это был не ты.

— Да, — размышляю вслух, — мы с тобой вроде пару лет не виделись.

— Дело даже не в этом. Когда он на конкурсе двойников выступал, у него татуировка была на левой руке. А в тот раз, что я его видел — на этом месте белое пятно. Свел значит.

— Интересная какая история. Ты зайди под козырек. — Макс берет Гошу за плечо и вытаскивает из-под дождя.

— Это я к чему, Макс? Вот ты говоришь, люди меняются. Нормальные люди, как вы, они никогда не меняются. А тут человек сраный конкурс двойников выиграл, и такое чудесное преображение. Вот...

— Вот, — на автомате повторяю я.

— А как давно ты его видел? — Макс смотрит на него крайне заинтересованно.

— Да буквально неделю назад.

— Смешно, — хмыкаю, — очень смешно!

— Вспомнил! — взвизгивает Гоша. — Самое главное!

— Что?

— Как место называлось, где я конкурс вел. «Суриков-холл». Говорю же, дурное название.

— Почему дурное-то? Имени великого русского художника.

— Я вот тоже так думал. А оказалось, оно так называется, потому что какому-то Сурику принадлежит!

Мы дружно ржем. Обстановка разряжается.

— Парни, может, вы все-таки флаеры возьмете, а? Придете, посидим как раньше. Я вам скидку на бар организую.

— Макс, бери флаеры, — принимаю я бумажки. — Гоша верное дело предлагает.

— Спасибо, парни. Можно еще у вас тыщу стрельнуть? Сразу предупреждаю: видимо, не отдам.

— Какие разговоры! — устало кивает Макс и лезет в карман за купюрой. — Ты телефон свой оставь, чтоб было кому набрать, когда в бар твой придем.

— Это легко, — и Гоша диктует номер.


— Интересная история, — бросает Макс, когда мы возвращаемся за стол.

— Интересная, — соглашаюсь я.

— Но это же он, понимаешь? — Макс заметно веселеет. — Это твой двойник. У него еще и татуировка была, значит.

— И как нам это поможет?

— Не знаю, — пожимает плечами Макс. — В любом случае, теперь есть какая-то точка отсчета. А то получалось, будто он из ниоткуда взялся. Теперь у него есть история, которую мы попробуем узнать. Заодно узнаем, как его на самом деле зовут.

— Бэрэтчит, — отворачиваюсь я к окну.

Капли дождя, изменив траекторию, барабанят в стекло.

## КАТЯ

Отрываюсь от экрана ноутбука, делаю глоток чая и зависаю, уставившись в одну точку. Из головы не выходит Гошина история про двойника. Вроде бы есть шансы зацепиться, но ты эту комбинацию в голове вертишь и так и сяк, пытаешься придумать какую-то стройную схему, а ни черта обнадеживающего не выходит.

— О чем ты думаешь? — Катя выпускает дым.
— Ни о чем. А ты?
— Да так... ни о чем особенном.
— Ладно тебе, — подмигиваю ей, — расскажи.
— Пытаюсь себе объяснить... — сбивается она и делает глубокий выдох, — как так вышло, что мы несколько раз в неделю стали засыпать в одной постели.
— Зачем? Тебя это напрягает? — пожимаю плечами. — Я могу уехать.

— Не можешь. Тебе проще было бы не приезжать.

— А с чего это ты вдруг озадачилась природой наших отношений?

— Просто подумала. Зачем это тебе? Какие у тебя могут быть перспективы в отношениях с немолодой разведенной женщиной с ребенком?

— А должны быть какие-то перспективы? Ты себе уже что-то запланировала? — стараюсь выглядеть максимально отстраненным.

— Не-а. Я дальше сегодняшнего вечера уже давно ничего не планирую.

— Я, в общем, тоже.

— Конечно, еще бы ты планировал, при таком богатстве выбора! У тебя же с девушками сложностей не возникает: холостой состоятельный мужчина, да еще и телезвезда. Какие тут сложности?

— Все верно. — Понимаю, чем разговор закончится, поэтому стараюсь отвечать лаконично, не распалять дискуссию. Мысленно возвращаюсь к Гошиному рассказу, но это не очень отвлекает.

— И тут вдруг случайно склеенная, на детском практически утреннике, мамаша. Ну один раз, да? — Катю уже сложно остановить, видимо, она к этому разговору готовилась. — Второй, третий — это, я так думала, условное «спасибо» за то, что я тебя тогда из ментовки вытащила.

— То есть пятьсот рублей вроде как отработал?

— В том числе. По идее, неказистый наш роман должен бы уже и закончиться, а ты здесь. И что-то у меня перестало складываться. Единственное объяснение, которое приходит мне в голову: ты, Вовка, у меня прячешься.

— От кого? — цепенею я.

— Сбегаешь из своего мира. — Она поднимает глаза к потолку, чертит указательным пальцем левой руки в воздухе «восьмерку». — От всех твоих друзей селебов, от алчных, надоевших тебе телок, от вечеров, похожих друг на друга. Спускаешься в мир простых людей, которые тебя видят только на экране.

— А ты, выходит, тот самый «простой людь»? — вопросительно хмыкаю я.

— Выходит что так, — кивает она.

— «Селебы», «мир простых людей» — что ж с вами телевизор-то сделал?

— Довольно циничное заявление с твоей стороны, Вова.

— Лучше быть циником, чем лицемером. — Намерение не распалять дискуссию окончательно отброшено. — Вот к чему тебе, Катя, это самоуничижительное деление на «простых» и «непростых» людей?

— Но ведь в жизни так и есть, — не очень уверенным тоном замечает она.

— Все люди, Катя, очень простые. Как три копейки, если разобраться. Просто у кого-то эти три копейки есть, а у кого-то их нет.

— Ты правда так думаешь?

— Я в этом уверен. Везде все одинаково. Просто одни при разводе делят стиральные машинки, а другие машинки спортивные.

— Не злись, — касается она моей руки, — я не хотела тебя обидеть.

— Я не злюсь, я просто не понимаю, зачем все усложнять. Зачем искать какую-то поведенческую схему, объяснять чужие поступки? Людям вдвоем просто должно быть хорошо. А если плохо — это я и один умею. Тебе плохо, что ли?

— Мне хорошо, Вовка. Мне с тобой очень хорошо. Прости. Я после того детского праздника подумала: хорошо было бы оказаться с ним в поезде, например, до Питера. И всю дорогу вот так, запросто, потрещать. Обо всем и ни о чем. Я, на самом деле, не объяснений ищу. Я пытаюсь понять, когда конечная станция?

Диалог заходит в тупик. Она, видимо, чувствует, что последний вопрос был лишним, а я чувствую, что лишним был мой сегодняшний приезд.

— Ты давно развелся? — неуклюже пытается она вернуться к досужему, ни к чему не обязывающему трепу.

— Семь лет почти, а ты?

— Около того. С бывшей общаешься?

— Не особо, если честно. — Внутри резко пустеет, наполняется кислым привкусом испорченного вечера. — Сейчас я должен спросить про твоего бывшего, а потом выяснить, почему ты второй раз замуж не вышла, и в ответ рассказать, почему не женился? Давай сделаем вид, что мы все это спросили и даже с интересом друг друга выслушали. Хотя оба понимали, что ничего из рассказанного давно не имеет никакого значения.

— Согласна, — пожимает она плечами, — ничего в таких историях интересного нет.

— Потому что все они про сломать, Катя, а не про построить.

— А ты, — она пристально смотрит мне в глаза, — а ты когда последний раз думал о том, чтобы что-то с кем-то построить?

— Я стараюсь об этом не думать, — честно отвечаю я. — Это грустная констатация, но это правда.

— Ты сам очень грустный в последнее время. — В ее глазах появляется легкая дымовая завеса, такая, что не разобрать: жалеет она меня или потраченное время.

— Я последние лет тридцать грустный.

— Нет, это не такая грусть. Такая в нашем возрасте уже катит за нормальное настроение. У тебя в глазах что-то такое... будто бы страх или дикое напряжение. И еще мне все время кажется, что ты хочешь мне что-то рассказать. Будто вот-вот уже готов, но потом, резко, за волосы себя оттаскиваешь.

— У меня СПИД, — говорю я ледяным тоном.

— Дурак ты, Вова, — хлопает она меня по голове, встает, выходит в прихожую. Критически оглядывает себя в зеркало: — Надо больше задницу качать. Тебе принести еще вина?

— Нет, — отрицательно мотаю головой, — нет, спасибо.


Беру ноутбук, откидываюсь на диванную спинку, пробегаю наискосок поток новостей. Катя возвращается из кухни, ставит передо мной чашку чая, берет маленькую диванную подушку, подкладывает под голову. Как хорошая жена.

Садится в кресло напротив с обиженным видом и думает что-то вроде: «Дурак ты, Вова. Вот чего тебе не хватает? Мы оба взрослые состоявшиеся люди. Оба разведенные, переболевшие и перебесившиеся. Вытравившие к сорока годам всех тараканов и прочих насекомых, обитающих в голове. Чего бы нам с тобой вместе... ну, ты понимаешь». Потом осекается и вспоминает, что она «телезритель», а я «телеведущий», и между нами стена с толщину экрана, разбить которую не представляется возможным.

И ей, с одной стороны, неловко, что она лишний раз подняла тему разных статусов, а с другой — дико обидно, потому что, как ей кажется, она попала в точку. Сейчас он еще пару недель здесь попрячется от мира «богатых и знаменитых» (или как там она его назвала), наиграется с «простыми людьми» и забудет эту нашу историю как короткий и не очень смешной анекдот, услышанный в курилке.

И мне бы сейчас рассказать ей все как есть. Что мое сегодняшнее раздражение не оттого, что заезжая «звезда» осчастливила уездную поклонницу визитом, а поклонница завела разговор про отношения. И что прячусь я на самом деле не у нее, а в другом месте, и не от тех, о ком она думает.

А засыпаем мы в одной постели в который уже раз не потому, что мне трахаться с «алчными телками» надоело, а из-за того, что между нами что-то щелкнуло, что ли. Как это назвать? Тогда, на дне рождения, или позже, по дороге из ментовки, в машине.

И потом добавить, что дура она, как все «простые русские бабы». А чего хочет каждая «простая русская баба», мне рассказала Оксана, которая данное определение и придумала. И согласись я с этим раньше, может быть, не было бы в моей жизни никакого двойника.

Вот о чем бы нам поговорить.

А вместо этого я каждый раз, находясь здесь, думаю о том, что *он* и ее вычислит. Что у меня станет одним уязвимым местом больше. И бешусь я оттого, что не понимаю, куда *он* в следующий раз ударит. Бешусь от собственного страха и бессилия.

Вместо того чтобы закрыть глаза и вдыхать каждую минуту этого вечера в маленькой квартирке на окраине Москвы. Вечера, в который я чувствую себя по-настоящему хорошо. Пожалуй, впервые за долгое время.

Вот что-то такое она должна была бы сейчас услышать, но вместо этого слышит мой глухой, как из бочки, голос:

— Кать... знаешь... я, пожалуй, поеду...

## КНИГА

Вернувшись в бар, развлекаю себя игрой с котом. Запускаю по полу винные пробки и смотрю, как Миша бросается за ними, стремясь сцапать в два прыжка. Коту игра надоедает быстрее, чем мне. Он пару раз провожает взглядом катящуюся пробку, потом фыркает и залезает под стол. В глубине хозяйственных помещений раздаются трели звонка скайпа. Нажимаю «ответить».

— Доброй ночи, — камера выключена, абонент все тот же Mersault.

Молчу.

— Приве-е-е-ет, — говорит он нараспев. — Есть кто? — Стучит по микрофону. — А Володя дома? Гулять выйдет?

— Чего надо, придурок? — огрызаюсь я.

— Фу, какой ты грубый! Я тебя разбудил? Могу перезвонить, если хочешь.

— Ты такой заботливый, как медсестра в больнице. Или как дальний родственник, который денег хочет занять.

— Совсем и не дальний, — хрипло смеется он. — Ты забыл, что ли? Ближе меня у тебя никого нет.

— Нет, не забыл. Даже соскучиться успел. Ты совсем пропал, не навещаешь братика. Может, встретимся, выпьем?

— Вот, считай, и встретились. Только я не пью, — продолжает он подхихикивать.

— Жалко. В моей квартире хороший запас алкоголя. И еще там кран на кухне течет. Поменяй прокладку, а то у меня руки не доходили.

— Течет? Я не замечал. Видимо, редко бываю... дома.

— А что так? А-а-а-а-а... понимаю... Ты все больше у девушки своей? То есть моей. То есть бывшей моей. — Злость подступает к кадыку. — Как она, кстати? Позовешь ее? Я с ней хотя бы поздороваюсь. Давно не виделись. Скучает по мне? Оксана-а-а-а! — кричу я в динамик. — Скажешь пару слов своему бывшему? Оксан! Ну ответь! Не молчи. Ты неделю назад за меня замуж собиралась, между прочим, а теперь даже поздороваться стесняешься.

— Ее нет рядом, — сухо замечает он.

— Правда? А где же она?

— Вышла, — он закашливается, — ненадолго. Передам от тебя привет.

— Передай. Еще передай ей, что... впрочем, я думаю, она рядом стоит. — Я склоняюсь к динамику. — Оксан, я тебе хочу сказать только одно: Жанну вы вдвоем убили. И даже не тешь себя надеждой, что вроде как не участвовала. Участвовала, даже больше, чем этот пидорас! В аду черти людей вилами на сковородки пихают, слышала? А тебя, сука, там сначала на сашими порежут. Потом каждый кусочек с обеих сторон прихватят на сковороде. Ты же «сашими нью стайл» любила. Потом опять соберут воедино и опять порежут. И так — целую вечность. Слышишь меня, тварь?!

— Ой хватит, — манерным голосом прерывает меня Двойник. — Я устал от ваших семейных разборок. Скажи мне лучше, как ты устроился? Волнительно мне.

— Плохо, — подыгрываю я. — Познал, что такое потерять себя.

— Ну, это ты давно познал.

— Теперь познал окончательно. Спиваюсь, думаю присесть на героин. Максим Горький, «На дне», помнишь такое?

— Помню, — покашливает он. — Где живешь, чем занимаешься?

— Где живу? — настораживаюсь я, чувствую, что «пробивает». — В сквоте. С наркоманами, алкоголиками и проститутками. В целом, это не особенно отличается от моего прежнего круга общения.

Безумие ситуации заключается в том, что со стороны это выглядит так, будто беседуют старые знакомые. Расслабленно болтают ни о чем, желая убедиться, что с каждым из них все в порядке. И, кажется, с каждой минутой этого разговора я в самом деле схожу с ума. Злоба белой пеной застилает глаза, не дает сосредоточиться, и единственное желание — повторять каждую секунду: «Я достану тебя, сука. Я уничтожу тебя. Я вырву тебе кадык».

— А чего ты камеру не включишь? — Все-таки бессильные угрозы лучше выкрикивать в лицо, нежели в темный да еще и смеющийся над тобой монитор.

— Не хочу, — отвечает.

— Стесняешься? Ты после очередной пластической операции? В кого на этот раз целишься? В Кобзона? В Стаса Михайлова?

— В Аллу Пугачеву.

— Там петь придется, старичок.

— Я разберусь.

— Разберешься, конечно разберешься, — закуриваю я. — Ну а как вообще дела? Обжился... — я даже не знаю, какое слово подобрать, — ...во мне? Слова во рту не вяжут? Может, какой-то внутренний дискомфорт? В неловкие ситуации с моими знакомыми часто попадаешь?

— Дискомфорт? — Он щелкает зажигалкой. — Практически нет. Ничего толком не изменилось. Знаешь, это даже грустно. Никто ничего не заметил. Удивительно черствые, нечуткие люди. И как ты с ними жил все это время?

— Ума не приложу. Вот смотрю сейчас на себя со стороны и не понимаю. Тебе трудно, наверное. Кстати, ты чего в последнее время такой нервный? Вроде бы у тебя все получилось, а неудовлетворенность сквозит. Будто ты на экзамене, а тетрадка с чужими лекциями только на половину билетов.

— Следишь за мной? Не пропускаешь ни одной программы, ни одного поста в фейсбуке? — цедит он сквозь зубы. Кажется, каждое слово дается ему с трудом. — Может, какие-то советы по стилю? Ты себе уже завел дневник с замечаниями по поводу моей скромной деятельности?

— Пока нет, но обязательно заведу. Я же правда ни одной программы не пропускаю. Когда еще посмотришь на живой манекен имени себя? Не соскакивай: я стал замечать неестественность. Ты какой-то картонный. Понимаю, что копировать всегда сложнее, но все-таки. Больше импровизаций, Вася.

— Я не Вася.

— А кто ты?

— Я Володя.

— Нет, старичок. Ты не Володя. Ты копия Володи.

— Ты ошибаешься, — шипит он, — я не копирую, я исправляю!

— Ах, я ж забыл. Ты «воин сна»! — Я ржу в голос. — Исправляешь неверные коды или как там? Это правда очень смешной текст...

— К делу, — обрывает он меня на полуслове. — Мне нужна моя книга.

— Книга? Ты эту белиберду называешь книгой?

— Мне нужна моя книга, — говорит он с нажимом. — Она должна быть издана.

— Вась, ты прикалываешься, что ли?

— ПРЕКРАТИ НАЗЫВАТЬ МЕНЯ ВАСЕЙ! — орет он так, что микрофон слегка фонит.

— Не ори, придурок! — Кажется, я попал в его слабое место. — Я же не знаю, как тебя зовут. А всех козлов я зову Васями. Так уж повелось.

— Отдай мою книгу!

— Вась, давай серьезно. Это издавать нельзя. Ты меня пойми. Как родного, сука, человека. — Чувствую, что он срывается, стараюсь довести его. — Допустим, я на какое-то время смирился с тем, что ты от моего имени портишь программы и несешь околесицу в фейсбуке. Но издать это говно под моей фамилией... Я готов остаться в истории автором легкого жанра. Но вот запись в википедии: «а в последней книге автор сошел с ума» — это уже too much.

— Эти записи больше не о тебе, понял? Это теперь моя история! Она всегда была моей! — верещит он.

— Слушай, если ты продолжишь визжать, как сучка, я, пожалуй, воздержусь от предложения.

— Какого еще предложения?

— Я предлагаю разделить сферы влияния, — медленно, с расстановкой проговариваю я. — Пусть каждый играет на своем поле.

— В смысле?

— Ну, допустим, ты оставляешь себе телевизор. Ты же любишь публичность. А я уж останусь там, с чего начинал. С книг. Тебе книги точно не нужны. Поверь, это не твое.

— Что за бред?

— Бред? Это слово произносит человек, само существование которого является жесточайшим бредом. Это деловое предложение, Вася. Предлагаю по-честному. Или я вернусь, зайка. Ты же не думаешь, что я так это оставлю?

— Верни мне книгу. Ты себе только хуже сделаешь. Я тебе обещаю.

— Хуже? Куда уж хуже? Мне, Вася, терять нечего. Ты у меня все уже украл. Хуже быть не может.

— Может, — шипит он.

— Ты про то, чтобы опубликовать свои шизофренические записки под моим именем? Пожалуй, ты прав. Это хуже. Вот поэтому я тебе и предлагаю поменять мое писательство на твой телевизор. Согласись, это широкий жест с моей стороны.

— Хватит кривляться! С твоей стороны больше ничего нет! Никаких жестов! Никаких обменов! Никакой твоей стороны! Никакого «тебя» больше не существует, понимаешь? Я говорю с пустым местом, с тенью! Верни книгу!

— Вась, чего-то ты меня утомил...

— ПРЕКРАТИ НАЗЫВАТЬ МЕНЯ ЭТИМ ИДИОТСКИМ ИМЕНЕМ!

— Давай так: я тебе даю три дня на решение. Либо мы меняемся территориями, либо в пятницу я выкладываю твою книгу в свой блог. После этого ее точно никто не опубликует. Представь, как это глупо будет выглядеть — писатель Богданов (то есть ты) оспаривает со своим двойником (то есть со мной) авторство книги! — Я закатываюсь смехом.

— Ты этого не сделаешь.

— Ты, видимо, плохо меня изучил.

— Я найду тебя, — шипит он. — Я тебя уничтожу.

— На прощанье бесплатный совет: больше юмора в эфире. Собери что-то из моих старых записей. Порепетируй. А то совсем как-то пресно.

— Верни мне книгу, тварь!

— Все, Вась, надоел. Я спать хочу. Три дня у тебя есть. После этого — потеряешь лицо. То, которое мое.

— Ты еще узнаешь, что значит потеря.

— Вась, ты загоняешься.

Отключаюсь, захлопываю крышку ноутбука, некоторое время сижу, тупо глядя в стену, пока физически не ощущаю в помещении чье-то присутствие. В панике оборачиваюсь, вижу Макса, облокотившегося о дверной косяк.

— Ты еще здесь! Откуда? — вскрикиваю я.

— Вообще-то это мой бар, — тихо отвечает Макс.

— Прости. — Я закрываю лицо рукой, протираю глаза. — Прости, я не в том смысле. Просто ты меня напугал.

— Это он? — указывает Макс на ноутбук.

Молча киваю.

— Чего хотел?

— Книгу свою вернуть.

— Какую книгу?

— Я в его компьютере нашел текст.

— Ну и как? Дашь почитать?

— Я тебя умоляю!

— Что ты ему ответил?

— Нахер его послал. Не хватало еще, чтобы этот бред был под моей фамилией издан.

— А может, попытаться организовать встречу? — Он щелкает пальцами. — И при передаче книги его, ну...

— Это электронная книга, Макс, — хмыкаю я.

— Я в курсе, — вздыхает он, подходит ближе. — Давай наконец поговорим серьезно.

— О чем? — спрашиваю я с безнадегой в голосе.

— О том, как ты... как мы дальше собираемся жить.

— Хочешь, чтобы я больше не ночевал у тебя в баре? Понимаю.

— Ты идиот?

— Нет, скорее просто шизофреник, нужно у твоего доктора спросить.

— Короче. Я тут последил за ним...

— За кем?

— За твоим ночным собеседником. У твоего дома покрутился несколько дней, сел на хвост. Довел его до студии, до издателей. Посмотрел, как он время проводит, с кем встречается, чем дышит.

— Сколько ж ты на это времени угробил?

— Ну, я же не везде сам. Да и опасно это, можно засветиться. Я попросил ребят одних. Знакомых.

— Макс, может тебе не бар, а детективное бюро открыть?

— Может и открыть.

— Ну и как он... вообще?

— Освоился. Охранника завел. Ходит по ресторанам, открыто.

— А чего ему прятаться? Прятаться теперь нужно мне.

— Раз в неделю заезжает к Жоре на Пресню, там вся ваша компания собирается. Пару раз они тусовались по клубам.

— На покер подсел, — оскаливаюсь я. — Надеюсь, что он лох. Ребята хоть на нем денег наживут.

— Возможно. Пару раз он у Оксаны был... ночевал... видимо... Но вместе я их не видел.

— И зачем мне эта информация? Ты мне, типа, оставляешь надежду? Чтобы я встряхнулся и побежал отвоевывать женщину? Эта тварь меня предала. «Мы с тобой на вокзале встретимся», потом компьютер этот. Неужели не понятно?

— Вов, не быкуй. Я не об этом.

— Я тоже! Я... Знаешь, о чем я думаю? — собираюсь было закурить, но в сердцах отбрасываю пачку в сторону. — Вот читаешь в газетах или, там, в интернете всякие истории о том, как телки разводят состоятельных мужиков на женитьбу с целью последующего отъема половины состояния. Фиктивная беременность, брак, потом контракт и подставная любовница. Или о том, как из-за любовниц люди теряют бизнес и политическую карьеру. Читаешь и думаешь: «Вот же какая расчетливая и бессердечная сука!».

— Угу, — кивает Макс.

— А здесь... здесь я даже не знаю, как ее назвать. Тут такой спектр эпитетов: от «твари» до «лупить бейсбольной битой, пока не превратится в сплошное месиво».

— Ты не сможешь.

— А ты бы смог?

— Убийство — это тяжкий грех, Володя.

Закрываю лицо руками. Начинаю бубнить в ладони. Каждое слово стоит диких усилий:

— Я ей звонил, а телефон все время был вне зоны доступа. А потом «абонент сменил номер» и все такое. Я, конечно, человек глупый, но не до такой степени, чтобы поверить в серию нелепых совпадений. Сначала бесился, потом запивал. — Поднимаю глаза, Макс расплывается в одно большое фиолетовое пятно, и я слышу свой голос гулким эхом, будто говорю из подвала, тогда как на самом деле практически кричу. — Потом просто выключил ее из головы. Знаешь, я за это время ловко научился исключать неприятные моменты из мыслительного процесса. Когда невозможно исправить, лучше забыть. Тупо не помню. Это не со мной было. Все, что было до той ночи в «Мариотте», было не со мной, врубаешься?

— Прекрати истерику. Это у него нет истории, а у тебя есть!

— Макс, дружище, нахер мне теперь такая история?!

— Помнишь, ты как-то ко мне сюда заехал, до того как все это началось? Мы еще за смысл жизни с тобой терли.

— Ну... так, — отвечаю уклончиво, хотя отлично все помню.

— Ты говорил что-то вроде «ходил бы за мной кто-то с камерой и записывал, а я бы посмотрел на себя со стороны».

— Посмотрел, блин...

— И вот этот кто-то за тобой и пришел. Мысль материальна, Вова.

— Это ты к тому, что мне теперь нужно усиленно думать, чтобы его случайно машина сбила?

— Это я к тому, что ты снова стоишь у камня. На развилке.

— Только в этот раз указатели развилок совсем стремные. Коня и себя я уже потерял. Осталось только голову потерять.

— Без сомнения, лучше всего было бы этого парня потерять. Грохнуть. Натурально замочить.

— Максим Борисович, что это у вас за нотки из девяностых? А как же «тяжкий грех»?

— Он бес. Его можно. Жалко, людей, которые могли бы исполнить, у меня не осталось. А искать по знакомым стремно. Не машину же покупаешь. Да и дорого. Если человека правильного нанимать.

— Ты предлагаешь самим?! — в ужасе переспрашиваю я.

— Самим — затея бессмысленная. Я предлагаю бить его поэтапно.

— Это как?

— Он же не все изучил. Невозможно все про тебя изучить. И не всех забрал.

— Ты сейчас кого конкретно имеешь в виду? — осторожно уточняю я.

— Таньку. Жену вашу бывшую, Владимир Сергеевич. Которая, насколько я помню, дружит с женой твоего издателя. Сначала вернем писателя Богданова, а потом телеведущего.

— Макс, ты сбрендил? Ты как себе это представляешь?

— Я себе легко это представляю! — Он выходит из комнаты, возвращается с бутылкой воды. — Приедешь, расскажешь все как есть. Я готов свидетельствовать. Еще лучше — вытащим ее на встречу с читателями, как меня. Он же еще будет их проводить? Дальше крутим жену издателя, встречаемся с мужем. К тому времени в отношениях твоего двойника с издателем столько косяков обнаружится, что вскрыть его — дело техники. Копировать тебя он научился, а вот писать книги, даже такие говенные, как твои, — это вряд ли.

— Я попросил бы...

— Издателя попросишь. — Макс закрывает глаза и делает первый глоток.

— Знаешь, из-за чего Двойник сегодня впервые вышел из себя?

Макс отрицательно качает головой, внимательно глядя мне в глаза.

— Я его «Васей» называл.

— А почему Васей-то?

— Я спросил, как его на самом деле зовут. Он не ответил. Тогда я решил назвать его сам. Как собаку.

— Понятно. — Макс разворачивает шоколадную плитку, надкусывает. — То есть мы имеем помешавшегося на тебе человека, страдающего, как следствие, от отсутствия самоидентификации и литературного признания. Ну и по мелочи — убийцу.

— Ты же как-то обвинял меня в том, что я умею претворять в жизнь только старые пошлые анекдоты, — хмыкаю я. — Вот тебе новый.

— Я говорил про анекдоты, а не про триллеры с маньяками. Короче говоря, книгу ты ему верни, когда мы с издателем договоримся. Он рукопись принесет, а там мы очную ставку забабахаем.

— Макс, я не уверен, что Таня согласится во всем этом участвовать.

— У тебя есть другие варианты? Прояви фантазию. Я не знаю... Намекни на восстановление отношений, туда-сюда.

— Макс, ты понимаешь, о чем говоришь?! В какую нелепую ситуацию ты меня загоняешь!

— Нет, ну вы посмотрите на эту девственницу! — Он хлопает себя ладонями по коленям. — Нелепая ситуация, Вова, — это когда человек, похожий на тебя, ведет твою программу, живет с твоей женщиной и выдает себя за автора твоих книг. Кстати про Оксану. Она — наша единственная страховка. Именно из-за нее он к Таньке не суется. Он бы попытался еще и в семью твою влезть, но Оксана быстренько устроит ему сеанс магии с последующим разоблачением!

— Макс, я не верю в эту историю. Я не смогу... я так не сыграю...

— А ты смоги, Вовка, смоги. У тебя вариантов нет. Сыграй, как в телевизоре играл. Осталось последнее шоу, в котором ты должен сыграть так, чтобы поверил единственный зритель.

— А если... если у меня не получится?

— Тогда, дружище, ты нашел свое истинное предназначение, — заметно раздражается он, — столы в баре протирать. А все эти книги и телепрограммы — это в самом деле не твое. Это просто рядом, на дороге валялось, а он подобрал.

— Кажется, я сейчас с ума сойду, — обхватываю я голову руками.

— Да, в образе психа ты выглядишь убедительней. — Макс достает из кармана пустую сигаретную пачку, сминает ее и аккуратно кладет на стол. — Ты уж определись, кто ты: псих или ничтожество!

## ВЕТЕР УСИЛИВАЕТСЯ

Две вещи способны убить меня с утра: звонок соседей, сообщающих о том, что я их залил, и песня «Мой друг художник и поэт».

Сегодняшнее утро началось именно с нее. Она доносилась из припаркованной неподалеку от бара машины то громче, то тише. Самое отвратительное было даже не в самой песне, а в том, что какой-то мудила ей подпевал.

Стоило бы выйти. Разнести магнитолу, разнести машину, наконец, разнести того, кто подпевает. От акта злостного хулиганства с возможным нанесением легких телесных повреждений меня останавливала только репетиция.

Вот уже битый час я репетировал диалог с бывшей женой. Стоял перед зеркалом и изображал наш разговор. Не то чтобы я пытался режиссировать все возможные сценарии, скорее настраивался. Уговаривал себя, что смогу это сделать.

План «А» состоял в том, чтобы рассказать свою историю, не оказавшись на пятой минуте как минимум за порогом квартиры. Или как максимум в ближайшей ментовке. Главным аргументом, доказывающим существование Двойника, предлагалось свидетельство Макса. Аргумент «убийственный», что-то из разряда «я вчера не пил, лучший друг докажет». При общении с женами, тем более бывшими, такие свидетельства не канают.

С планом «Б» все обстояло еще хуже. Лишь только я вспоминал фразу Макса «Намекни на восстановление отношений», как во рту моментально пересыхало. Для того чтобы встать на тонкий лед новых отношений требовалось другое... всё.

Другое утро, в котором не звучит «Мой друг художник и поэт», другие, источающие новую искренность глаза, другой цвет лица, другие интонации в голосе, наконец, другой город. Город, где нет этого урода, из-за которого я еду к бывшей женщине унизительно клянчить о помощи. Именно клянчить, потому что «новая искренность» в моих глазах слишком напоминает старую, прокисшую ложь. Таким глазам не верят, с ними не «восстанавливают отношения». Единственная помощь, которую им могут обеспечить, это «скорая психиатрическая».

На выходе оглядываюсь на звук приземляющегося за спиной тела. На стол из ниоткуда приземлился кот. Сидит, облизывается, будто только что поел, хотя его еда закончилась еще вчера. Говорят, черные коты питаются негативной энергией. Видимо, он всю ночь жрал мой страх, не иначе.

— Ну, я поехал, — говорю.

Кот опускает голову, мяукает. Вижу у него между лапами телефон. Возвращаюсь, чтобы забрать его. На экране эсэмэс от Кати:

«Привет. Ты решил сделать вид, что мы не знакомы?»

«Не понимаю».

«Сегодня у школы. Ты с дочкой прошел мимо с таким лицом(( Я даже постеснялась тебя окликнуть))».

Перезваниваю.

— Привет! — старательно имитирую я шутливый тон. — А когда это было-то?

— Сегодня с утра, Вов. Я тебе рукой махала, а ты чесал вперед, с дочерью за руку, видно, сильно торопился.

— Я... правда торопился. — Жую губы, лихорадочно пытаюсь сообразить, что бы еще соврать, но головой уже не здесь. Подкрадывается озноб, и перед глазами все как в тумане.

— На тебе темные очки были в пол-лица, — тараторит Катя. — Ты всегда в таких в школу ходишь, чтобы меньше узнавали?

— Да! — брякаю невпопад. — То есть... нет!

А у самого только одна пульсирующая мысль: он добрался. Сука, он добрался до нее! Он забрал ее из школы!

— Кать, я перезвоню.

Отключаюсь, набираю восстановленный с помощью Макса номер жены, трясусь как припадочный, не попадаю в клавиши. Звонок, второй, пятый... Возьми трубку, умоляю! Ответь на чертов звонок!

— Да, — отвечает жена.

— Привет! — стараюсь успокоить сбивающееся дыхание. — А где Даша?

— Дома, где же еще. Ты стал таким трогательным папашей, — смеется, — ты же ее час назад домой привел.

— Просто, — кладу телефон перед собой на стол, включаю громкую связь, хватаюсь руками за лацканы пиджака, чтобы занять трясущиеся руки, — просто она говорила, что к подруге пойдет сегодня. Ты попроси ее меня дождаться, я через час приеду.

— У тебя запись отменили, что ли?

— Ага, — говорю, — отменили. Попроси ее меня дождаться, хорошо?

— Хорошо, — меняется у нее интонация. — У тебя все в порядке?

— Все хорошо. — Я отключаюсь.

Перед тем как покинуть бар, захожу за прилавок, открываю ящик, в котором хранятся столовые приборы. Достаю большой нож, которым разделывают стейки, кладу в сумку с компьютером.


Стою в метро. Считаю про себя до ста, изредка смотрю на часы, проверяя, сколько минут занимает перегон между станциями. Умножаю на число станций. Так несколько раз. Все время выходит, что до моей остановки двадцать одна минута, но это меня не останавливает, после каждой остановки я повторяю упражнение.

Довольно бухой мужик на некотором отдалении начинает мне ухмыляться. Цепляясь за поручень, как обезьяна в зоопарке, придвигается ко мне. Ближе, еще ближе, вплотную, практически нависая надо мной. Я чувствую перегар, вырывающийся сквозь желтые прокуренные зубы.

Смотрит в упор, в его глазах читается, как остатки сознания пытаются совместить картинку со знакомым описанием объекта. Кажется, узнает.

— Ба... — мычит мужик, — ба...

«Богданов? А я тебе давно хотел сказать, по поводу твоей программы». Сейчас начнется. Не выдерживаю:

— Да, я Богданов. Да, моя программа. Спасибо, что смотрите, разговаривать не хочу. Нет настроения. — Чувствую, как ноздри раздуваются от злости. — Понимаете? У меня тоже бывает херовое настроение. Сегодня как раз тот день. Так что извини, мужик.

— Ба... — Наконец у него получается сложить из звуков предложение: — Баран, отвали от с-с-стены... к-карту метро застишь, епт...

Перекладываю нож в карман куртки. Широкое лезвие, неудобная ручка. Бить следует как можно точнее. Один раз, но наверняка. Главное — чтобы рука на лезвие не скользнула. Лучше в шею, если близко подойдет, или в живот, чтобы кровью истек.

Пригибаясь, шныряю между машинами на стоянке, ныряю в дверь черного хода, добегаю до пятого этажа. Успокаиваю дыхание. Выкуриваю сигарету. Сознание удивительно ясное. Сейчас я его встречу на пороге квартиры. Или увижу на кухне. И сведу с ним счеты. Я никогда не бил человека ножом. Вообще никогда никого не бил, так, чтобы насмерть. Но я постараюсь. Я очень постараюсь. У меня получится. Должно получиться.

— Здрасте, — улыбается Татьяна, подставляет щеку для поцелуя.

Я пытаюсь посмотреть из-за ее плеча, есть ли в квартире кто-то еще.

— Даш! — кричу с порога. — Даш, одевайся!

— Что с тобой сегодня? — прищуривается Таня.

— Да на работе... — быстро чмокаю ее в щеку. — Потом расскажу.

— Па-ап? — выходит дочь, недоверчиво оглядывает меня с ног до головы. — Мы куда-то идем?

— Взял пригласительные на закрытую премьеру одного фильма, — подмигиваю, сам не понимая кому: Тане или дочери. — Тебе понравится.

— А что за фильм?

— Сюрприз. Одевайся!

— Ну хорошо. — Она садится на банкетку, влезает в кроссовки.

— Вы когда вернетесь? — интересуется Таня.

— Часа через два. Наверное.

Мы долго молча гуляем по парку. Я держу Дашу за руку и не понимаю, как начать. К счастью, дочь начинает сама:

— Вы с мамой помирились?
— С чего ты взяла, что мы ругались?
— Я не в этом смысле.
— А в каком?
— Ты вчера у нас ночевал?
— Нет! — И надо бы подыграть, но я не хочу, не могу больше *ему подыгрывать*. Я не знаю, что сказать ребенку. Как объяснить, что ее пытаются у меня украсть? Как уже украли работу, книги, женщину. Как объяснить, что враг уже не у ворот? Он зашел в дом. Он намерен жить в нем.

— Оп! — внезапно она хватает меня за нос. — Я у тебя нос оторвала!
— Сколько стоит? — На автомате лезу в карман. — Продашь за три рубля?
— За пять! — принимается она скакать вокруг меня.
— Пяти нет, есть только три.
— Па-ап! — Она останавливается. Пристально смотрит мне в глаза. — Кто меня сегодня забирал из школы?
— Из школы? — Я пожимаю плечами, ловлю паузу, чтобы разом вывалить на нее все это дерьмо. Сказать правду, без всякой надежды на понимание. Сказать правду, потому что не осталось больше ничего.
— Это же не ты был с утра, так? — подбоченивается она. — Он просто на тебя очень похож, но это не ты, верно? Я сразу поняла.

— Не я. А как ты поняла?

— Во-первых, он не знает нашу шутку про нос. Во-вторых — запах. — Она морщится. — От него пахнет чуланом. И пылью еще. Как в библиотеке.

— И пылью, — рассеянно повторяю я.

— А зачем мама называет его как тебя?

— Может быть, его так же зовут?

— Может быть. Ты можешь с ней поговорить?

— Что я должен ей сказать?

— Скажи хотя бы, что я не хочу, чтобы он забирал меня из школы. Я уже взрослая, я все понимаю.

— Что «все»?

— Мне же мама объясняла, — задумывается она, — про то, как люди встречаются и почему расстаются. Она мне все объясняла. И про ваш развод. Зачем теперь эти игры дурацкие? Как в комиксах.

— Ну, может быть, она не хотела, чтобы ты... так сразу... — Сразу что? Что она «не хотела»? Соображай, соображай быстрее, это последний шанс, другого не будет. — А когда он... Ну, этот, который похож, появился?

— Наверное, дня три, — задумывается она, — нет, четыре! Точно, четыре! В понедельник был Лилькин день рождения, и я его на улице видела, он маме помогал продукты выгружать из машины. А вчера я из своей комнаты слышала, как они разговаривали, долго... часов до двенадцати... потом я заснула.

— А ты с ним говорила?

— Вчера вечером, когда он приехал, поздоровалась. И сегодня с утра. Встаю такая, одеваюсь, а мама мне говорит: «Тебя сегодня в школу не няня, а папа отведет». Зачем она его папой называет? Назвала бы Вовой. Она думает, что я маленькая еще? Не врублюсь? Ну зовут одинаково, ну похожи внешне — хорошо. Но вы же разные. Она думает, что я не замечу?

— Она не про это думает. — Притягиваю дочь к себе, обнимаю. — Она хочет, чтобы тебе так легче было.

— Я вчера лежу в кровати, а они разговаривают на кухне. Я стараюсь не заснуть изо всех сил. Думаю, что ты ко мне зайдешь, — говорит она откуда-то из подмышки. — Я же сразу не поняла, что он — это не ты. А ты, то есть он, все не заходит и не заходит. Если бы ты там сидел, ты бы ко мне обязательно зашел, правда?

— Конечно. — Сжимаю дочь, чувствую, как сливаюсь с ней в одно целое. В одно дыхание. В один пульс. — Обязательно зашел бы. Я бы не смог к тебе не зайти.

Уткнувшись в меня, она бубнит что-то про взросление, про маму, про шутку с носом, а я смотрю в небо и заставляю себя думать о том, на какие фигуры похожи рваные, грязно-серые осенние облака. Но это не отвлекает. Не уводит в сторону. Слезы градом катятся по моим щекам, и я уже не могу ничего с этим поделать.

— Пап! Пап, почему ты плачешь? — высвобождается она из моих объятий.

Ветер усиливается. Облака сбиваются в кучу. В этом месиве уже невозможно различить ни одной фигуры.

## СИГАРЕТЫ

— И что я ей, вот так, с ходу, начну рассказывать?

Я курю в открытое окно машины, Макс возится в айпаде. Между нами на «торпеде» валяется журнал вроде тех, где на первой странице печатают телепрограмму на неделю, а на второй — глуповатое «интервью номера». Все остальное — гороскопы, рецепты и фотографии «звезд» — как обычно в таких изданиях, кроме заголовка интервью: «Писатель и телеведущий Богданов рассказал нам, сколько времени ушло на то, чтобы вернуть семью».

— И главное, заголовок такой блядский! «Сколько времени ушло» — разве так можно по-русски писать? Вот откуда эти идиоты в редакциях появляются?

— Ты бы лучше не о редакции думал, а о том, что говорить будешь, — меланхолично замечает он.

— А что мне думать? У меня уже все придумано, — раздражаюсь я. — С утра! Я, правда, рассчитывал объясняться с одной, а вышло с другой. Ну ничего, я же справляюсь, правда, Макс?

Он поднимает на меня печальные глаза:

— Ты что от меня хочешь услышать?

— Не знаю. — Беру журнал, листаю, шваркаю его обратно. — Мне вот интересно, у нас в баре «жучки», что ли, стоят? Откуда он мог узнать, что я к Тане поеду сегодня? Почему именно сегодня?

— Тебе же дочь сказала, что это началось четыре дня назад.

— Сука, тварь! — Я зажимаю ладонями виски. — Ублюдок! Может, Кате завтра сказать?

— Завтра или через неделю — значения уже не имеет. Она или уже прочла, или завтра прочтет интервью.

— Как же меня это достало! Что ни день — то исповедь!

— Поехали, Вов? — Макс украдкой смотрит на часы.

— Завтра тебя наберу. — Я вскидываю сумку на плечо и выхожу из машины.


— Привет! — Катя открывает дверь, отстраняется от поцелуя, пропускает меня в квартиру.

Не разуваясь, прохожу на кухню, кладу сумку на стол, думаю достать оттуда компьютер, но вспоминаю, что там болтается нож. Ставлю сумку на пол, сажусь. Опять встаю. Открываю холодильник, пытаюсь сообразить, что хочу в нем найти. Катя все это время стоит молча, прислонившись к дверному косяку и скрестив руки на груди. На кистях слабо проступают вены.

Не вспомнив, чего, собственно, хотел, я закрываю холодильник. Сажусь за стол.

— Не тяни, — тихо говорит она.

— В каком смысле? — поднимаю на нее глаза.

— Зачем тебе это? Мы люди взрослые. Я все понимаю. Понимала. С самого начала.

— Ты о чем, Кать?

— Я уже успела прочесть. Знаешь, — поднимает она лицо к потолку, чтобы не было видно глаз, — теперь же все быстро. Все сразу в интернете оказывается.

— Правда? Давай и я прочту, хоть буду в курсе событий, — на ходу плету я какую-то ересь, нащупываю ноутбук, выдергиваю его из сумки. — Покажешь?

— Вов, хватит! — Она смотрит на меня в упор. — Прекрати. К чему этот спектакль дурацкий? Мне завтра в автосервис к восьми. Я спать хочу, а тебе домой нужно. Поздно уже. Поздно.

Пока ноутбук присасывается к вай-фаю, я пытаюсь сообразить, как лучше начать, с какого момента рассказывать то, что со мной произошло. Всю правду с самого начала или с ментовского участка? Трусливое сознание говорит: «Может, лучше про Оксану не говорить?» — и тут же: «Какая, к черту, Оксана, чувак?!

О чем ты думаешь?!» Выскакивает почта, потом, со звуком всасываемого воздуха включается скайп, и тут же раздается трель.

«Вызывает Mersault», — сообщает программа.

— Кать, — глухо говорю я, — выйди, пожалуйста. Выйди, я прошу тебя. Я тебе все объясню. Мне обязательно нужно ответить.

Она молча пожимает плечами, разворачивается, хлопает дверью.

— Привет. Ну что? Теперь ты все знаешь, все видел сам. У тебя очень смышленая дочь, но, кажется, я неплохо сыграл. Что она сказала?

Камера в первый раз включена. Я включаю свою. Синхронно закуриваем, некоторое время смотрим друг на друга изучающе. Как два зверя, внезапно встретившихся нос к носу в одном ареале обитания. Он невероятно похож на меня. Похож настолько, что кажется отражением в бликующем мониторе. Я приближаюсь к экрану практически вплотную. Так, что вижу свое лицо в каждом зрачке его глаз.

— Ха, — усмехается он и отодвигается от экрана, — странное ощущение, это правда. Даже мне как-то... неловко, что ли.

Молча курим. Наконец он оживает.

— Так что сказала твоя дочь?
— Поверила.
— Вот! — хлопает он в ладоши. — Я очень старался. Ты не представляешь, как я старался. Это был серьезный вызов, ты не думай! Я готовился!

— Если ты еще раз появишься рядом с моей дочерью, еще раз возьмешь ее за руку, я...

— Что ты? — перебивает он. — Что ты сделаешь? Обидишься? В общем, так, — кривится он, — твоя дочь и моя книга. Кто-то скажет, что это не равноценный обмен, правда? Но, с другой стороны, книга — тот же ребенок, тебе ли не знать! Ведь мы оба писатели, правда, Вова?

Что-то неуловимо насекомое есть в его лице. Такое, что портит всю картину и кажется чуждым, не соответствующим облику. В нем есть какая-то черта. Не моя, нет. Но безусловно знакомая. То, что я уже когда-то видел. Глаза. Глаза насекомого или рептилии. Или... краба!!!

— Я тебя вспомнил... Это же ты приходил тогда на мою пресс-конференцию. Сразу после Питера. Ты еще был весь в бороде, — обвожу я рукой свое лицо, — по самые уши. Задавал мудовые вопросы про ответственность, про то, что мне дано...

— Какой ты наблюдательный парень! — припадает он одним глазом к камере. — Какая скорость мысли... не прошло и года.

— Ты ебаный псих! — Я отворачиваюсь, чтобы не видеть белок с красными прожилками.

— Я здесь не затем, чтобы выслушивать оскорбления.

— Это моя фраза.

— Ой, ну давай мы еще считаться начнем! Кто первым придумал, кто лучше сказал. Мы теперь оба новые. Я даже почту себе завел bogdanovnew@

google.com. Правда символично? Ты мне на этот ящик пришли мою книгу. После того как мы закончим беседу. После того как ты выкуришь пару пачек сигарет, выжрешь бутылку виски. К утру. Давай это будет на рассвете, а? Как мы с тобой любим.

— Ты бухой?

— Слегка, — хихикает он.

— А что случится, если я книгу не отдам?

— Я убью твою дочь.

— А если отдам, ты продолжишь появляться в доме моей бывшей жены?

— Ты убьешь меня. Все по-честному, Вова. В первый раз в твоей жизни все по-честному. Жизнь за жизнь.

— Ты псих, — почти шепотом повторяю я.

— Слушай, Вова, прекрати на меня наезжать. Так хорошо трещим! Как старые верные друзья. К чему агрессия? Все уже решено. Ты мне книгу, я тебе дочь. Ну и бывшую жену в придачу. Без нее никак. Давай просто поболтаем. Надеюсь, ты мне признателен за то, что я мимоходом тебе семью восстановил? Хоть чуть-чуть?

— Безумно.

— Нет, в самом деле. Вот скажи, что ты в жизни сделал хорошего женщинам? Лапшу на уши вешал, кормил пустыми обещаниями, а потом бросал. Ты же форменный эгоист, если разобраться. Ты должен быть мне дико признателен: я все исправил. Оксана получила трепетного любовника, Таня — мужа...

— А Жанну повесили. Вместо лапши. Интересно, как ты ее тело из отеля ухитрился вынести? Оксана помогала? Точно, Оксана. У вас же слаженное бандформирование!

— Ой, начинается. «Подняли старые папки, поняли — пассажир опасный», как поет твой любимый «Кровосток». Зачем нам ворошить старые дела? Жанна в отпуске, тебе же сказали, — он подсмеивается, — отпуск за свой счет, как говорится.

— А Оксана пока отпуск не подписала?

— Оксана?

— Она, я уверен, не совсем довольна сложившимися обстоятельствами, если так можно выразиться.

— Признаться, я пока не думал о ней. Как-то договоримся. Кстати, может быть, ты женишься на ней? Она же так хочет замуж, а? В самом деле, такие правильные девушки, как она, только этого и хотят, как считаешь?

— Действительно.

— Ой, я забыл, ты на ней жениться не сможешь, тебе семью восстанавливать! Если не хочешь быть двоеженцем, конечно. Кстати, у нас за это в тюрьму сажают? Или просто... штраф, там, какой-то?

— Какая же ты сука, — цежу я.

— Я? — Он как-то неестественно выпрямляется перед монитором. Так, что в камере оказывается только его подбородок и нижняя губа. — Я подарил тебе вторую попытку. Я дал тебе шанс начать все сначала.

Я Зубная фея! Властелин времени! Я Дед Мороз. А ты говоришь «сука». Бесчувственная же ты тварь!

— Можешь ответить на вопрос? — говорю я как можно медленнее. — Тебе ж не западло? Почему ты выбрал именно меня?

— Это долгая история, Вова. Сейчас нет времени на нее: Таня ждет. У нас, то есть у вас, второй медовый месяц, сам понимаешь. Ты потом, после меня, постарайся. Ты уж приложи все усилия. Знаешь, второй раз разбивать семью, калечить психику дочери... Этого она тебе точно не простит.

— Заткнись, мразь! — кричу я. В голове будто что-то взрывается, перед глазами все плывет.

— Жду книгу, на рассвете! Хочу поднять ее, как Одиссей поднял багряные паруса над Итакой, — нараспев говорит он и отключается.

В сердцах обеими руками захлопываю крышку ноутбука. Смотрю на собственную тень на стене. Я не могу ничего с этим поделать. У меня не хватает воображения предугадать его следующий шаг. Он обыгрывает меня. Что бы я ни придумал, у него в запасе всегда один ход. Всегда.

За спиной слышится слабое поскуливание. Оборачиваюсь.

Катя сидит, закусив указательный палец правой руки. Вся подобралась, сжалась в комок. Глаза в разводах потекшей туши. Смотрит на меня не мигая. Минуту, пять, десять?

— Это невозможно... так не бывает... так не может быть... — Ее трясет как в лихорадке.

Молча пожимаю плечами. Отворачиваюсь.

— Кто он?

— Двойник, — тихо отвечаю я.

— Как долго это... Когда он появился? — всхлипывает она.

— В тот день, когда ты меня из ментовки забирала. Первый раз я увидел его в этой квартире, на экране твоего телевизора.

Она бросается мне на шею. Вжимается в меня. Обнимает судорожно, вцепляясь в одежду. Безысходно. Будто знает, что я не смогу защитить.

— Почему? Почему ты мне сразу не рассказал?

— Никто бы не рассказал на моем месте. — Я чувствую ее влажные губы у себя на щеке. — Теперь ты знаешь.

— Мне страшно, Вова, — шепчет она. — Он убьет тебя.

— Главное — тебя он пока не вычислил.

— Ты знаешь, что с этим делать? — Она поднимает на меня глаза. — Есть вероятность, что он от тебя отстанет?

— Есть немного. — Я глажу ее по волосам. Смотрю ей в глаза, делая вид, будто мне смешно. Будто я тот парень из триллера, который победит маньяка. Будто у меня все под контролем. Хотя мы оба знаем: это не так. — Я спущусь за сигаретами.

Ненавижу фразу «есть немного». Как правило, ее произносят люди, сидящие по уши в говне, но отчаянно этого состояния не признающие. Например: «Ты в последнее время частенько бухой» — говорят обычно другу, который спивается.

— Ну, есть немного.
— Машину сильно разбил? (Зная, что разбил под списание.)
— Ну, есть немного.
То есть уже жопа. Ты это знаешь, и все это знают. Тут бы признать и согласиться. Но ты этим своим лицемерным «есть немного» ищешь компромисс с самим собой, признавая наличие проблемы и одновременно понижая ее уровень. Меня с детства учили, что компромиссы для лузеров. Даже если лузеры уезжают на «Бентли».

— Доброй ночи! — Она будто не видит меня. — Доброй ночи! — говорю я громче.

Продавщица, зевая, отрывается от разгадывания кроссворда.

— Пачку «Парламента», пожалуйста, — выдыхаю я, разглядывая батарею бутылок за ее спиной.

— Девяносто пять, — сонным голосом говорит она, бросая на прилавок пачку, большую часть которой занимает наклейка «КУРЕНИЕ ПРИВОДИТ К ИМПОТЕНЦИИ».

— Послушайте, а можно мне с какой-нибудь другой надписью? С угрозой выкидыша или с ампутацией конечностей.

— Вам не все равно, что курить? — Кажется, она еле удерживается от того, чтобы не покрутить пальцем у виска.

— Мне — нет!

— Начинается, — хмыкает она, пожимает плечами, лезет под прилавок. Копается там несколько минут, потом выныривает.

— «Парламент» весь такой. «Мальборо» будете брать? — чуть ли не тычет она пачкой мне в лицо.

«Курение — наркотическая зависимость», сообщает наклейка.

— Вот спасибо!

Расплачиваюсь и выхожу на улицу. Медленно распечатываю пачку, верчу в руках, словно что-то мешает мне достать сигарету. Еще раз перечитываю предупреждение про зависимость. В голове щелкает. Рывком вытаскиваю телефон, набираю номер:

— Макс, я нашел! Мы его схаваем! Ты даже не представляешь, как красиво мы его сожрем!

— Чего ты орешь как полоумный? Время час ночи, — шепчет Макс.

— Я вспомнил, что в моей машине нычка! Граммов десять «плана»! Нет, ты представляешь?! Может, даже больше!

— Тише, тише, — шипит Макс, — ты сдурел, что ли, по телефону такие вещи обсуждать?!

— Приезжай, прошу тебя. Или, хочешь, я метнусь к тебе?

Макс тяжко вздыхает.

— И все, и он у нас в руках, — нарезаю я очередной круг по комнате, энергично жестикулируя.

— Погоди, не мельтеши! — Макс сжимает виски. — Дай сообразить.

— Да чего там соображать?! — вытаскиваю изо рта сигарету, прикуриваю от нее новую. — Твои менты останавливают мою... то есть его машину, находят нычку под задним ковриком — и вуаля! Телефон забирают, его самого упаковывают часов на восемь...

— А ты в этот момент отваливаешь в «Останкино» и выходишь в эфир? А как ты выйдешь, если не знаешь ни темы, ни гостей?

— Макс, — кривлюсь, — я тебя умоляю! Гостей у нас на телевидении ровно двадцать человек. Из тех, что ходят на любые темы: от счастья материнства до трагедий на дорогах. Я их всех видел уже сто раз. А тема... Часа до эфира мне хватит подготовиться.

— А дальше? — Макс отстукивает пальцами по столу какой-то рваный ритм. — Предположим, у нас срослось. А с ним дальше что делать?

— Мальчики, вам кофе приготовить? — просовывает голову в дверной проем Катя.

— Нет, — хором отвечаем мы, не оборачиваясь.

— Дальше... дальше... дальше... — Я продолжаю нервно вышагивать по комнате. — Его посадить придется... за торговлю наркотиками.

— Как кого? — Макс делает глубокую затяжку. — Ментам что сказать? У него документы на твое имя, врубаешься?

— Ну не знаю, — начинаю я импровизировать. — Ну украл он у меня эти документы! Они... они в моей машине были, которую он угнал! Так подходит?

— Не знаю. — Он ввинчивает окурок в стеклянный бок пепельницы. — Все бы хорошо, только вы с ним — одно лицо. Он же сразу в ментовке начнет рассказывать, что он великий писатель земли русской Владимир Богданов.

— Владимир Богданов, к твоему сведению, будет в этот момент вести эфир федерального телевидения! И что он на это скажет? Очная ставка? Да ради бога! — рывком открываю балконную дверь, выхожу навстречу порывам свежего ветра.

— Чистая авантюра, — выходит он вслед за мной. — Менты любят простые комбинации, понимаешь? А тут все слишком сложно. Как объяснить им, почему нужно принять человека, который выглядит как ты, да еще и ездит по городу на твоей машине с твоим паспортом?

— Макс, такое впечатление, что мы поменялись местами. Обычно это я ною и говорю, что ничего не получится.

— Я не говорю, что ничего не получится, я просто пытаюсь уточнить для себя все детали нашего безнадежного дела. Мне же потом с ментами договариваться. Понимаешь?

— Не понимаю. Давай сначала его посадим, а потом будем уточнять. Скажи им... Ну я не знаю. Скажи им, что он мой брат.

— Брат? — кривится Макс.

— Брат, Макс. Брат-2. Помнишь? «В чем сила, брат?» И все прочее. Мой брат-близнец. Наркоман, который у меня машину угнал.

— А дальше?

— А дальше будем думать, дальше... — Мысли сами собой выстраиваются в четкую, логичную последовательность. — Дальше мы его за убийство посадим.

— Как?

— Я не понимаю, почему об этом сразу не подумал. Ну ладно я в психозе был, но ты-то... Камеры!

— Какие камеры, Вова? Предварительного заключения?

— Камеры в отеле. Наверняка есть запись из холла, из коридоров. Там по минутам видно, как он заходил в ее номер, как после него заходил я. А главное — как они с Оксаной — или он один — вытаскивали труп. —

Я чеканю слова, хватаю с подоконника сигаретную пачку, давлю в кулаке и выкидываю в окно. — Мы их посадим. Обоих. Если, конечно, записи сохранились.

— Пачка! — Макс провожает глазами ее полет.

— Что «пачка»? Что с ней не так? — раздражаюсь я.

— Она была почти полная, — вздыхает он.

— Тоже мне, потеря, — пожимаю я плечами.

— Знаешь, какой твой главный талант? — Макс кладет руку мне на плечо. — В тот момент, когда кажется, будто ты погрузился в говно по самую макушку, ты выныриваешь. Но вместо того чтобы глотнуть воздуха, ты набираешь полный рот говна и плюешь им в лицо окружающим.

— Как это образно! — говорю я. — Тебе стоит книжки писать.

— У нас уже есть один писатель, — утробно смеется он. — Если серьезно, я рад. Наконец-то ты пришел в себя. Я думал, у тебя не хватит сил. Честно. Прости.

— Хватит, — цежу я сквозь сжатые зубы, — ты даже не представляешь, на сколько их хватит.

Молча разглядываем замысловатые узоры, которые рисует в воздухе дым наших сигарет. Где-то в углу балкона начинает противно гудеть лампочка потолочного светильника. Взорвись она сейчас, разнеся плафон в мелкую крошку, я подумал бы — хорошая примета. С другой стороны, сколько хороших примет выпадало мне перед делами, которые оборачивались полной хернёй?

Сноп искр на асфальте говорит о том, что несколько секунд назад я выронил сигарету.

## ОТРАЖЕНИЕ

Два дня спустя мы входим в кафе на Ботанической улице. *Beasty Boys* поют «Sabotage», и все вокруг очень кинематографично. Официанты с подносами в руках замедляются, гости отрываются от еды, девушка-хостес отрывает от уха телефонную трубку. Кажется, все одновременно поворачивают головы в нашу сторону. А нам не хватает лишь париков, усов, темных очков и костюмов в стиле 1970-х, чтобы соответствовать классическому видео. Подходим к столику у окна. Отодвигаю стул.

— Нет, не сюда. — Макс удерживает меня за руку. — Сядь спиной к окну.

Из динамиков звучит:

> I can't stand it, I know you planned it
> I'm gonna set it straight, this Watergate

I can't stand rocking when I'm in here
'Cause your crystal ball ain't so crystal clear

Сажусь. Затылок немедленно наливается тяжестью, постоянно хочется оборачиваться, чтобы контролировать ситуацию. Макс достает курительную трубку и какие-то железяки. Все это выглядит, мягко говоря, неуместно.

— Ты трубку стал курить?

— Иногда. Почистить нужно. Хочешь, я тебя научу трубку чистить?

— На кой черт мне это умение? — Желание немедленно обернуться становится все сильнее.

— Руки займешь. Отвлечешься.

— Я лучше виски закажу, — поднимаю руку, чтобы позвать официанта, — мозги займу.

— Виски тебе не нужен, — Макс опускает мою руку, — у тебя сегодня эфир.

— Это бабка надвое сказала.

— Это я тебе сказал, а не бабка. Он подтвердил получение книги?

— Не знаю, — пожимаю плечами, — я ему послал письмо без «подтвердить получение», как ты понимаешь. Не получил бы — у меня б уже скайп взорвался.

Приносят зеленый чай. Напряжение нарастает. Им заполнилось все помещение без остатка. Кажется, я слышу, как начинают вибрировать стекла, будто под нами едет поезд метро.

— Макс, а почему ты меня спиной к окну посадил?

— По кочану, — Макс меланхолично ковыряется в своей трубке. — У меня приятель один встречался с любовницей в кафе. Сели они у окна. Цветочки в вазе, похоть в глазах. И приятель мой внезапно подумал: не дай бог сейчас жена мимо кафе поедет и повернет голову, проезжая.

— И? — не особенно увлеченно реагирую я.

— Так оно все и вышло. Заинтересованные друг в друге люди притягиваются. Факт.

— Идиотское, маловероятное совпадение, которое ничего не доказывает!

— Вов! — В голосе Макса вновь появляются покровительственные нотки. — Я бы на твоем месте про маловероятные совпадения не рассуждал. После твоей истории можно даже в летающих слонов поверить, что уж про случайную встречу взглядом говорить. Вы притягиваетесь друг к другу. И, конечно, встретитесь глазами, будь такая возможность. — Он смотрит мимо меня и внезапно меняется в лице.

— Что происходит? — начинаю паниковать я.

— Все нормально. — Он довольно сильно давит мне на плечо, как бы фиксируя меня на месте. — Мои менты его остановили. Из машины вышел охранник. Он тоже. Проверяют документы.

— Началось! — Чувствую, как с затылка начинает течь холодный пот. — Не молчи, Макс, я тебя умоляю!

— Менты полезли в салон.

— Что делает *он*?

— Спокойно стоит рядом. Говорит с охранником. Внешних признаков волнения нет, даже телефон не достал.

Опускаю голову, смотрю на стол, стараюсь запечатлеть каждую деталь: трещины, сколы, следы от чашек. Все что угодно, лишь бы отвлечься.

— Все! — Макс вцепился в мое плечо так, будто неведомая сила хочет уронить его навзничь вместе со стулом. — Они дурь нашли. Так. Перебранка. Сажают его в салон, охранника уводят в свою машину. Останавливают еще тачку. Ага, понятые.

Телефон на столе начинает вибрировать. Макс судорожным движением хватает его. Мне кажется, будто окна, посуда на столах, все, что тут сделано из стекла, сейчас взорвется. Разлетится на мелкое крошево.

— Да! — хрипит Макс в трубку. — Вижу. Хорошо. Как быстро? Сам принесешь? Ждем.

— Я могу обернуться? — говорю тихо-тихо, будто боюсь ответа.

— Оборачивайся.

Автомобили полиции синхронно выруливают на проезжую часть. Мой «Ягуар» остается стоять на противоположной стороне улицы. Я силюсь понять, в какой из машин сидит *он*, но отсюда ни черта не разобрать.

— Сейчас тебе принесут ключи от машины и права. — Макс сидит, закрыв лицо обеими ладонями. — У нас получилось, — твердит он, — получилось, получилось.

— Мне ехать в «Останкино»? — выдавливаю из себя вопрос, который применительно к данной ситуации мог бы стать победителем хит-парада тупейших вопросов мира.

— Да, — опускает Макс возможность поиздеваться надо мной, — а я еду в ментовку.

— Может, ты вместе с ментами сразу в «Мариотт» поедешь и возьмешь записи с камер наблюдения?

— Я разберусь. Не думай о нем. Думай об эфире. Ты же знаешь, что делать, правда? — Он пристально смотрит мне в глаза. — У тебя все получится.

— Я в первый раз в жизни чуть не обоссался от страха, — честно говорю я.

— Сходи в туалет. — Макс встает, бросает на стол пятисотрублевую купюру. — У тебя два часа до эфира. Я буду в ментовке, пока не увижу тебя на экране.

В кафе заходит полицейский, напряженно смотрит по сторонам, поравнявшись с Максом, сует ему что-то в руку. Ключи от моей квартиры. Макс выходит на улицу, я двигаю следом.


Сижу в своей машине напротив «Останкино». До начала эфира час сорок. Где-то в салоне звонит телефон, достаю из кармана свой, но на дисплее никаких номеров нет. Оглядываюсь по сторонам и вижу валяющийся на пассажирском сиденье его айфон. Выдыхаю, чувствуя себя так, будто собираюсь открыть дверь неизвестному. Отвечаю. Слышу легкую панику в голосе шеф-редактора Коли. Говорю, что практически подъехал. Отключаюсь.

Через пять минут я зайду в здание телецентра. Поговорю с продюсерами, поздороваюсь с гостями. Будто я никуда и не исчезал. Будто и не было этого месяца в моей жизни.

Спустя один час тридцать пять минут я выйду в эфир, и все окончательно испарится: страх, тревога, напряжение последних дней. Главное — испарится *он*. Сотрется, заблокируется в памяти, как блокируются надоедливые комментаторы в фейсбуке.

Потом мне придется съездить к издателям и под каким-то предлогом изъять рукопись, если он успел ее передать. Соврать, что был в невменяемом состоянии, когда писал эту галиматью. Сказать, как мне стыдно, и все такое. Потом заехать домой.

Первым делом проветрить квартиру, заказать тотальную уборку дня этак на два, чтобы уничтожить следы его пребывания. Смыть его запахи, его отражения в зеркалах.

Вернуться в квартиру дня через три. Втянуть ноздрями смесь запахов свежевымытого пола, средств для полировки кожи и мытья стекол. Сесть у окна, закурить.

А потом заставить себя поверить, что теперь все будет по-другому. Эта история станет новой книгой, а я — новым человеком. Человеком, который расплачивается. Книгами, временем, проведенным с теми, кому его задолжал. Воплощениями простых желаний, эмоциями, которые валялись в пыльном шкафу, вроде вещей, которых не надевал долгие годы.

Снова звонит его телефон.

Я смотрю на себя в зеркало заднего вида, и в этот момент понимаю, какая деталь рушит всю нашу с ним идентичность. Его глаза.

Они же будто вырезаны из портрета другого человека и приклеены к моему лицу. Ничего не выражающие глаза хищной рыбы. Единственное, что ему не удалось изменить. Мелкий скол, от которого разбегается паутина трещин, разбивая картину на куски. На тысячу микроскопических брызг. Неужели этого никто не заметил?

Час назад или около того он так же смотрелся в это зеркало. Поправлял прическу или проверял, симметрично ли подбрита борода. Это зеркало еще помнит его. Чем дольше я смотрю на себя, тем сильнее нарастает мистический страх. Ощущение того, что там, в отражении, все еще его, а не мои глаза.

Глаза, которые никогда не забудут света софитов, камеры, восторженные взгляды читателей, часовые автограф-сессии.

Он будет жить этими воспоминаниями. Все эти годы, сколько ему дадут. Они станут его топливом. Углем, который он ежедневно станет закидывать в топку своей больной, вывернутой психики.

Его глаза никогда не отпустят меня. Он вернется. Это лишь вопрос времени. Но пока, сегодня, возвращаюсь я. Стираю его к чертовой матери, обнуляю счетчик, возвращаюсь во времени. Превращаю его в отражение.

Я практически не волнуюсь. В душе больше нет страха, осталась лишь злоба. Мстительная злоба человека, который закрывает счета. Тот, кто сказал, что «месть — блюдо, которое подают холодным», видимо, страдал гастритом. Основное блюдо не бывает холодным. Спросите об этом любого повара.

Телефон продолжает надрываться.

— Да, Коль, — раздраженно отвечаю я.

— В каком ты отделении?! — кричит он. — Мы выезжаем! Быстро скажи номер отделения!!!

— Что?! Что ты говоришь? — мямлю я и отключаюсь. Выхожу в интернет — там первой новостью:

*Эфир под угрозой срыва*
*Около часа назад в 38-е отделение милиции доставлен писатель и телеведущий Владимир Богданов по подозрению в торговле наркотиками. В пресс-службе телеканала эту информацию не подтверждают, как не сообщают и того, состоится ли прямой эфир сегодняшней программы Владимира Богданова.*

## САМЫЙ ДЛИННЫЙ ДЕНЬ

Этот день хотелось не просто побыстрее прожить, а не дать ему даже заявить о своем появлении. Выключить интернет, сломать магнитолу в машине. Отрубить любой источник звука, способный транслировать информацию.

Последний раз я чувствовал себя так, когда моя первая книга стала бестселлером. Каждая газетная статья, каждый значимый и незначимый блог в интернете спешил поделиться своими соображениями на мой счет. Сегодня все повторилось за тем лишь исключением, что моей персоны было больше в теленовостях, и главным героем этой истории был все-таки не я.

Канал по поводу задержания Двойника отделался сухим релизом: «Обстоятельства происшествия уточняются». Полиция разъяснений никаких не давала, лишь сообщила прессе, что Богданов задержан на сорок восемь часов. Комментариев адвокатов не поступало, по слухам, готовилось ходатайство о том, чтобы выпустить Двойника под залог.

Съездил к дочери, успокоил (или уговорил себя, что успокоил) ее рассказом о том, что меня подставили злые люди (с какой целью, впрочем, не уточнил). Выслушал от бывшей прогнозируемые характеристики собственной персоны вроде «гребаный наркоман» и сожаления о том, что меня выпустили под залог. Заверения прессы в том, что я все еще задержан, не рождали в ней никаких противоречий. Более того, являлись лишь дополнительным свидетельством того, какая я «ушлая скотина, купившая всех, чтобы спасти свою сраную репутацию». Далее — про ребенка, школу, одноклассников: абсолютно справедливо по сути, но по факту незаслуженно.

Единственным плюсом произошедшего являлось то, что по выходу из ментовки воссоединение Двойника с моей семьей становилось невозможным. Это стоило ведра помоев и унизительных эпитетов, вылитых Татьяной в мой адрес.

С Максом мы уговорились встретиться в одном из дворов, в глубине улочек, окружающих Патриаршие пруды. Скверик был давно облюбован местными алкоголиками, которые вряд ли читают свежую прессу, а если и читают, то способность идентифицировать героев передовиц давно утратили. Тем не менее прежде чем вынырнуть из бара через черный ход, я нацепил на нос темные очки, а на голову, для верности, капюшон спортивной куртки.

— Фейсбук читал? — Макс сидит на спинке лавочки, с банкой пива в руке, что делает его особенно аутентичным пейзажу.

— Макс, я удивляюсь, откуда у тебя эмоции на эти подколки, а? Нет, не читал! — всплескиваю я руками. — И новостные ленты не читал, и телевизор не смотрел. Если б не Таня, так бы и не узнал, что я сегодня герой новостей. Наркоман и уголовник, ага. Ты на эту тему еще пошутить хочешь?

— Да я не о том. — Макс мотает головой. — У Крыжиной в ленте сегодня... труп Оксаны нашли за городом. В ее машине. Убийство с целью ограбления...

— Собаке собачья смерть. — Я достаю сигарету. — Ты предлагаешь мне пособолезновать?

— Слушай, ну чего ты говоришь? О мертвых либо хорошо...

— О мертвых?! А я из-за нее живой, ты хочешь сказать?! Они меня стерли, будто и не было! Она во всем этом участвовала! Эта тварь предала меня. Он без нее бы ничего не исполнил, понимаешь? А я теперь ей соболезновать должен?

— Да понимаю я. Все равно не хорошо как-то.

— Вот же гондон, — говорит Макс после паузы. — Ну кто бы мог подумать, что он «вызовет огонь на себя»! Вот скажи, ты бы на его месте как себя вел?

— С ментами бы попытался договориться, — пожимаю я плечами. — Это в том случае, если бы не знал, что у меня параллельно забирают жизнь.

— А он, сука, сразу сориентировался! — Макс плюет себе под ноги. — Мне мои менты такую истерику закатили, ты бы знал. «Ты нам телешоу решил устроить?» — говорят.

— А как он успел сообщить, у него ж телефон отобрали.

— Думаю, охранник его. Все так быстро получилось. Я въезжаю к ним во двор, а там уже пресса, камеры. В общем, обосрались мы с тобой, старичок, по полной. Теперь нужно думать, как вылезать.

— Да куда тут вылезешь, — закуриваю я, — такое впечатление, будто затянул нас мутный поток. И только, казалось, вынырнул, — сразу тебе бейсбольной битой по башке. Я б свалил из города, настолько тошно. Вот с твоими ментами разрулим, и, пожалуй, свалю. Давай им «Ягуар» мой отдадим. Он тысяч на тридцать-сорок грина еще потянет.

— Да что ты! — машет Макс рукой. — Они со мной даже разговаривать не хотят. Я, было, предложил компенсировать моральный ущерб. А они в ответ... Короче, проехали.

— Слушай, а камеры в «Мариотте»? Должна же быть запись?

— И кто нам с тобой ее даст? Мы же не менты.

— А твои... — осекаюсь я. — Может, есть знакомые там? Мы же пол-Москвы знаем. Давай как-то на службу безопасности гостиницы выйдем.

— Давай, — Макс тяжело вздыхает, — только как?

— Прости меня, — кладу я руку ему на плечо, — за то, что втянул в эту историю.

— Ты меня в нее двадцать три года назад втянул, — пытается отшучиваться он, а в глазах полнейшая безнадега.

— Это было очень давно и неправда, — вполголоса замечаю я.

— Про очень давно, — достает Макс сигарету. — Помнишь нашу встречу с Гошей? Он еще про конкурс двойников рассказывал?

— Помню, и чего?

— Того. Я ж за эту историю сразу зацепился. Встретился с ним еще раз позавчера, спросил, где этого двойника найти. Он в отказ: естественно, как можно в десятимиллионном городе найти человека?

— Мы с тобой его уже, кажется, нашли.

— Практически. Оказалось, что за победу в конкурсе был суперприз: оплата интернета на год.

— Тоже мне, зацепка!

— То, что ты мозги не включаешь, меня давно не удивляет. А я вот включил. Заехал в этот «Суриков-холл» и узнал, что приз, натурально, выдан. Оплата произведена провайдеру за Малофеева Игоря Ивановича, проживающего по конкретному адресу.

— А вдруг это не он? Или он, но квартиру снимал, а сейчас, как ты понимаешь, жить ему там без надобности. Пока он в КПЗ, а потом обратно ко мне переедет.

— Вов, ты странный парень, — раздраженно говорит Макс, — такое впечатление, что у нас пять вариантов, как прищучить этого козла, и мы выбираем самый простой и с гарантированным результатом. Простой мы уже отработали, результат ты знаешь. У нас на него теперь вообще ничего нет! Зато у него на нас... Ты же понимаешь, когда он выйдет, начнется конкретная игра на выживание. «Останется только один», как в кино про «Горца» говорили. Перспективы одна хуже другой, короче говоря.

— Почему же? Вон издатель сообщает о допечатках, — разворачиваю я газету, кладу перед Максом. — У меня, в связи с арестом, выросли тиражи.

— Это у него они выросли, придурок.

— Макс, сказать тебе страшную вещь? — раскладываю газету на спинке лавочки, сажусь на нее.

— Валяй.

— Я практически смирился. Нам его не достать. И я думаю, что все развивается согласно твоей теории. Это мне кармическая обратка прилетела за то, что камень на своем ментальном перекрестке многажды обоссал.

— Нет, старичок, прилетит тебе, если ты свой перекресток сейчас этому козлу сдашь. В общем, ты как знаешь, а я эту квартиру проверю. Не он — так не он. Хуже не будет. Во всяком случае, это быстрее, чем на службу безопасности «Мариотта» выходы искать.

— Проверь, — вздыхаю, — а я проверю квартиру его... то есть свою...

## ДОМА

Первое, что говорит о квартире, это запах ее хозяев. То, что дает тебе ощущение дома. Стариковские квартиры пахнут краской больничных стен, квартиры менеджерья — картоном икеевских коробок, квартиры молодых семей — подгузниками и детским кремом. Еще есть запахи животных, табака, духов, псевдоиндийских благовоний и так далее. Ни одна московская квартира не пахнет сексом, наркотиками и рок-н-роллом, даже у «селебритиз». Потому что более-менее в городе только с сексом. Да и то не у всех.

Эта квартира перестала пахнуть домом. Вместо нейтрально-гостиничного ее запах стал запахом склада. «От него пахнет чуланом и пылью», — как четко описала это моя дочь. Запах изменил всё. Сама молекулярная основа моего пространства была разрушена.

Осторожно, словно переступая через невидимые проводки, каждый из которых подключен к бомбе, обхожу квартиру.

Из платяного шкафа в спальне были вытащены все мои вещи и аккуратно разложены на кровати. Отдельно лежали его вещи: две рубашки, джинсы и целлофановый пакет с носками.

Полки в кабинете зияли девственной пустотой, а книги и диски с музыкой или кино аккуратными стопками были разложены на полу гостиной, сгруппированные по какому-то странному принципу. Например, в одной лежали Берроуз, Тимоти Лири, Пелевин и диск с фильмом «На игле», вероятно исходя из того, что авторы этих произведений описывали наркотики. В то время как Эми Уайнхаус лежала вместе с фильмографией Джеймса Дина, Есениным и диском Joy Division — и тут уж было не понять, имеет сортировщик в виду поэтов или алкоголиков (Джеймс Дин не писал стихов, а Йен Кертис не был алкоголиком). Все это напоминало результаты тестов, о которых я читал, знакомясь с различными психическими расстройствами.

Когда больному давали картинку с подписанными изображениями самолета, ракеты, паровоза и шмеля, предлагая исключить лишнее, он выбирал не шмеля как единственный живой организм, а паровоз, объясняя это тем, что все остальное летает...

Повсюду в квартире стояли свечи, которые я ненавидел. Ароматические, декоративные и хозяйственные, из тех, что используют, когда дома гаснет свет. Вкупе с тем, что спал он не в спальне, а тут же, на диване, можно было бы предположить, что Двойник избегал контактов с местами «скопления чужой энергетики», «очищал пространство» или «ставил защиту», или что там делают долбаные сектанты, заботящиеся о чистоте кармы и энергетических полей.

Основным жизненным пространством был кухонный стол, устланный листочками из моих распотрошенных блокнотов-черновиков. На листочках стояли несколько немытых чашек, две доверху набитые окурками пепельницы, мой компьютер и фотография в рамке.

В компьютере не появилось ничего интересного, кроме новой рукописи Двойника и записей пары его эфиров. На некоторых листах с моими старыми записями имелись пометки, сделанные красной ручкой, но разбираться в них, честно говоря, не хотелось. Там же, на столе, в стороне от остального бардака лежали сложенные вдвое грязноватые листы формата А4, которые долго носили с собой. Это были распечатки из почтового ящика, с оторванными частями, на которых, видимо, были адреса отправителя и получателя. Всего четыре листа, с текстом, набранным заглавными буквами.

ТЫ ПОНИМАЕШЬ, КТО ТЫ, НА САМОМ ДЕЛЕ? ОБСУДИМ? У МЕНЯ ЕСТЬ КОЕ-ЧТО ВАЖНОЕ!

У ВСЕГО ДОЛЖНА БЫТЬ ЦЕЛЬ И МИССИЯ. ТЫ ПОНИМАЕШЬ, ЧТО ВСЕ ЭТО НЕ ПРОСТО ТАК? У МЕНЯ ЕСТЬ КОЕ-ЧТО ВАЖНОЕ.

ТВОЕ МОЛЧАНИЕ — ЭТО СТРАХ. БОЯЗНЬ РАЗОБЛАЧЕНИЯ. У МЕНЯ ЕСТЬ КОЕ-ЧТО ВАЖНОЕ.

Я НИКОГДА БОЛЬШЕ НЕ НАПИШУ ТЕБЕ. ТЕПЕРЬ НУЖНО ВСЕ ИСПРАВИТЬ.

Из скудного текста следовало лишь то, что Двойнику (а автором писем был несомненно он) долго не отвечали или не ответили вовсе. Кто был адресатом переписки, установить не представлялось возможным.

Гораздо более интересной оказалась фотография в рамке. Лобастый мужчина в костюме стиля 1950-х или 1960-х, с сигаретой в руке, показался смутно знакомым. Безусловно, писатель. Погуглив «фото известных писателей 1950—1960 годов», я нашёл Альбера Камю.

«Краб» на пресс-конференции спрашивал меня про Камю. Единственной книгой в компьютере Двойника был «Посторонний» Камю. Его именем в скайпе было имя главного героя книги — Мерсо. Пазл сложился, не оставляя, впрочем, ответа на вопрос, что всей этой «камюманией» он хотел мне сказать.

Резко разболелась голова. Эти чертовы свечи повсюду, чашки, из которых он пил, окурки сигарет, которые он курил, постельное белье, на котором он спал, его волосы в ванной — атмосфера в квартире дико меня угнетала.

Я курил, стоя на балконе, и думал, что все это необходимо как можно скорее выбросить, вещи отдать нуждающимся, включая мебель, а саму квартиру отмыть, а еще лучше — заново отремонтировать.

Кинув в сумку компьютер, я вышел в прихожую. Последним штрихом к пейзажу были его разношенные домашние тапочки.

В отражении была видна моя картонная фигура, стоявшая у окна комнаты, выходящей в коридор. Фигура была аккуратно перемотана прозрачным скотчем посередине, в месте слома. Я бросил взгляд на картонного двойника, потом на эти ужасные тапочки и вышел вон.

Единственное, что мне хотелось сделать поскорее, — сесть в машину, разложить сиденье, откинуться, закрыть глаза и попробовать свыкнуться с мыслью, что жить здесь я никогда уже не смогу. Никогда.

## СЕЛФИ

— Этот ублюдок ходил по моей квартире в тапочках! — Разливаю по бокалам вино. — Можешь себе представить?!

Катя молча смотрит, как наполняется ее бокал.

— В тапочках, сука! Хорошенько разношенные такие, из дома, наверное, принес. Чтобы привыкать к новому месту, окружая себя знакомыми предметами. Ну урод!

— Дались тебе эти тапочки, — поднимает она бокал. — За что выпьем?

— Не знаю, у меня тостов не осталось.

— Тогда просто так. — Чокаемся, она делает аккуратный глоток. — Что ты будешь делать, когда его отпустят?

— Постараюсь его убить!

— Ты серьезно? — Ее зрачки слегка расширяются.

— Куда уж серьезнее. Он будет стремиться сделать то же самое. Вместе нам в одном городе теперь никак.

— Может, стоит уехать? На время. Я поеду с тобой.

— На какое время? На месяц, на год? Чтобы он тут окончательно все обустроил?! Мне уезжать некуда, у меня здесь дочь!

— А когда он Оксану твою убил, как думаешь?

— Это важно? Она уже не моя. Она его.

— Прости, — касается она моей руки,— знаешь, я до сих пор не понимаю, как она могла на это решиться...

— Подлость? Расчет? — Наливаю себе еще бокал. — Или нашла в нем то, чего во мне не было? Знаешь, судя по тому, что ни один из моих знакомых не забил тревогу, есть в нем что-то особенное. Какой-то магнетизм, что ли. Черт его знает. Он обволакивает человека.

— Ты простишь ее?

— Прощу? Не знаю. — Я пытаюсь обдумать ответ. Вспоминаю наш последний разговор с Оксаной, немедленно испытав мутную, похмельную головную боль. — Кто я такой, чтобы прощать или не прощать? В конце концов все это началось из-за меня. Я в этой истории точка отсчета. Он же играл не в меня, а в того, кем меня в идеале хотели бы видеть. Оксана, бывшая жена, друзья, коллеги, издатели. Он был супер-Богдановым, идеальным Богдановым...

— Но у него же внутри ничего нет. Он пустой, понимаешь?

— Как выяснилось, это мало кого волнует. Могу переиначить ответ: не слишком-то и я «полный».

— Прекрати.

В кармане вибрирует мобильный.

— Да, Макс, — отвечаю. — Сейчас? Адрес пришли.

— Куда ты собрался? — испуганно смотрит на меня Катя.

— Макс нашел квартиру двойника.

— В каком смысле? Он же...

— Его настоящую квартиру. Я выезжаю.

Она удерживает меня в дверях, собирается что-то сказать, потом передумывает, сжимает мое запястье:

— Знаешь, мне кажется, я поняла бы сразу, окажись на твоем месте другой, но...

— Понимаю. Ты тогда оставила мне свой номер на пачке сигарет. Это единственный номер, который у меня с собой в ментовке оказался. Телефон-то у Оксаны был. А номеров на память я не помню, увы. — Улыбаюсь. — Спроси меня об этом. При случае.


Макс открывает дверь и с ходу увлекает меня за собой. По дороге успеваю заметить двух ментов, угрюмо дымящих в прихожей, и молодого врача, что-то торопливо пишущего за столом на кухне.

— Какого черта здесь происходит? — спрашиваю Макса. — Менты, врачи какие-то?

— Сейчас объясню, — отвечает он, когда мы заходим в комнату.

Но объяснений, собственно говоря, уже не требуется.

Мы садимся в углу на продавленный диван. Кроме него в комнате только стоящий на полу телевизор и куча дисков. Шторы плотно задернуты, в луче солнечного света, пробивающегося между ними, реет пыль. Судя по запаху, здесь давно не живут.

— Не пугайся. — Он встает, щелкает выключателем.

Мутная лампочка без абажура высвечивает стены, увешенные моими фотографиями разных лет. Каждая стена посвящена одному году. Я встаю и принимаюсь разглядывать фотографии. Это вырезки из журналов, распечатки из интернета, тексты интервью. На одних много пометок, сделанных красной ручкой, на других текст замазан черным маркером (видимо, лирический герой был внутренне со мной не согласен). Куча фотографий отдельных частей тела в крупном разрешении, в основном — мое лицо с разными выражениями и постановка рук, в эфире. На дисках у телевизора мои программы, каждый тщательно пронумерован: дата, хронометраж, тема, гости.

На двери комнаты висят два одинаковых селфи из инстаграма, увеличенного размера. Я, стоя перед зеркалом, щелкаю себя на камеру телефона. На мне черная футболка и джинсы, а на заднем плане Жора, Миша и металлический писсуар, из которого торчит бутылка шампанского и табличка с наддписью от руки «НЕ ССЫ!». Это селфи сделано мной прошлым летом на веранде «Джипси». Подойдя ближе, я понимаю, что второе селфи — его. В той же позе, в той же одежде. В том же месте. С теми же друзьями. Только позади нет бутылки. Между нами нет никаких внешних различий. Мы смотримся в ту же точку одного и того же зеркала с интервалом в несколько месяцев. Мы в самом деле, как говорится, одно лицо.

Смотрю на Макса, тот выразительно молчит. В комнату заходит мент, говорит:

— Мы его увозим.

— Кого? — вскидываюсь я.

— Это без тебя, — отрубает Макс, вскакивает с дивана и бросается в прихожую. Я за ним. Успеваю заметить лишь, как два санитара выводят нечто сгорбленное, с копной седых всклокоченных волос. Хочу продраться поближе, но Макс с ментом хватают меня за руки и не отпускают до того момента, пока санитары не сядут в лифт.

— Кто это был?! Блядь, ты можешь мне объяснить, кто это был? Кого вы увезли?! — У меня начинается приступ панической атаки.

Я вдруг ощущаю в квартире нестерпимую вонь, какая бывает на вокзалах, в местах ночевки бомжей.

— Чувствуешь? — вожу носом. — Откуда такой мерзкий запах? Чувствуешь?

— Оттуда, — Макс указывает на дверь второй комнаты, которую я сразу не заметил.

В комнате кромешная темнота, стены обиты черной поглощающей тканью, вроде той, что используется на звукозаписывающих студиях.

— Это студия «Эбби Роуд», что ли? Он тут диск записывал? — зажимаю я нос, борясь с диким приступом тошноты.

— Этот человек сидел здесь. — Макс заходит в комнату и моментально растворяется в темноте. — Двойник его к батарее наручниками приковал. — Макс чем-то глухо позвякивает, добавляет еще какие-то комментарии, но я уже ничего не слышу. В ушах начинает звенеть одна нота, и я думаю: «Как бы не отключиться, как бы мне здесь не вырубиться».

— Спокойно, спокойно, слышишь? — Макс трясет меня за плечи. — Скоро все узнаем.

— Что мы ЕЩЕ, мать твою, узнаем?!

Мент встает к входной двери, чтобы я не вырвался из квартиры.

— Сядь, — Макс толкает меня на стул, — воду держи. Пей. Еще пей. — Он не дает мне встать, пока я, давясь, не высасываю пол-литровую бутылку «Эвиан». — Есть еще одна... вещь... пошли отсюда!

У подъезда две полицейских машины и карета «скорой».

— Залезай! — Макс дергает на себя дверцу «скорой».

— Вам не сюда, — говорит высунувшийся из салона врач.

— Нам минут пять поговорить... — Макс делает заискивающее лицо. — Это близкий родственник.

— Минут пять? — Врач выходит из машины, недоверчиво смотрит на него. — Ну если ровно пять... И вы там без самодеятельности только, поняли?

— Давай! — Макс толкает меня в салон и захлопывает дверцу снаружи.

Лицо девушки, сидящей на носилках, кажется сшитым из двух половинок. Одна похожа на кусок теста, только синего, — так все отекло. Вторая — без следов побоев, обездвиженная, с немигающим глазом и запекшейся кровью на губе. Волосы, слипшиеся от пота в колтуны, как у нечесаной афганской борзой. И запах. Омерзительный запах гниющей плоти. Как там, наверху. Увидь я ее при других обстоятельствах — не узнал бы. Или не поверил бы, что это она. Но все последнее время научило меня тому, что только самое невообразимое, самое невозможное, кажущееся галлюцинацией или расстройством психики — и есть реальность.

— Ты живая, — выдавливаю я.

По щеке Жанны, той, где нет кровоподтека, катится слеза.

— Ты живая, — говорю и бессильно опускаюсь рядом с ней на носилки.


Сидим молча минут десять. Слышно только, как жужжит, ударяясь о стекло, залетевшая в салон муха.

— Как ты? — голос хриплый, будто не мой совсем.

— Он... он убьет меня, — шепчет Жанна, будто сама с собой разговаривает.

— Это ты уже проходила. Кстати, как вы это устроили? Там... в отеле...

— Грим...

— Долго репетировала роль убиенной?

— Так... — Она пожимает плечами. — Тренировались.

— Это он придумал? — Жанна отрицательно мотает головой. — А если бы ты... А если бы я понял, что ты притворяешься?

— Никто бы не понял в твоем состоянии. В психологии это называется аффект.

«И кто бы мог представить, — думаю я, — все это время косить под неопытную, глупую сучку, а по итогу оказаться практически судмедэкспертом». Меня накрывает приступ животной злобы. Я сжимаю руками поручни кресла, чтобы не залепить ей прямого в ухо. Видимо, Жанна это чувствует. Сидит вполоборота, не поворачиваясь ко мне лицом. Спина напряженная, пальцами вцепилась в колени.

— Зачем вы Оксану убили? Она же не понимала ни черта.

— Поняла.

— Чего ты врешь?! Какой теперь в этом смысл? Ты ее из ревности убила, так ведь?

— Не я. В тот день, когда ты из гостиницы сбежал. Он ее у гостиницы встретил в то утро, рядом с твоей машиной. Предложил к ней домой заехать, за забытым ноутбуком. А она его про какой-то вокзал спрашивала, я точно теперь не вспомню. В общем, вычислила она его. Ну и...

— То есть сколько-то месяцев не «вычисляла», а в тот день вычислила?

— Не было у них никаких месяцев. Он с ней несколько раз поужинал, один раз после ужина они поехали к ней домой. Но что-то там пошло не так, и он свалил, забыв компьютер. Потом три дня ходил как ошпаренный, «лишь бы она его не открыла, лишь бы она его не открыла». Предлагал мне к ней съездить, забрать ноутбук, якобы «меня Володя попросил», но я не поехала, а потом...

— А потом Оксану грохнули, а тебя на цепь посадили. Это он тебе так за ноутбук отомстил?

— Практически. Потом ему стало не хватать телевизора, издателей, твоих друзей, твоих читателей. В какой-то момент стали нужны твои женщины, потом твой ребенок. Ему все время казалось, что ты все еще можешь изменить, поэтому забрать нужно было все до конца. Он начал сходить с ума, решил с твоей бывшей воссоединиться. Я сказала ему, что очень опасно...

— Сходить с ума?! — ору я. — Господи, что ты несешь? Что ты несешь?! То есть с самого начала он был нормальным, а потом стал сходить с ума? Вы же оба ебанутые маньяки, только вас не лечить надо, а валить сразу!

— Что тут у вас? — открывается дверь, и в салоне появляется голова врача. — Вы ее бьете, что ли?

— Не бью. Простите, дайте мне еще пять минут.

— Дайте ему еще время! — Из-за спины врача видно Макса. — Я вас очень прошу.

— Ладно. Только не орите так громко. Люди же мимо ходят! — Врач закрывает дверь.

— Я не думала, что он псих. — Жанна наконец поворачивается ко мне. Побои делят лицо на две части, как маску «Мистера двуличия» или как там злодея в «Бэтмене» звали? — Сначала мне казалось, что он просто аферист. Милый обаятельный аферист. А потом... еще до того как он к твоей бывшей подкатил... в ту ночь. Да, точно, после того как он Оксану убил... тогда все ясно стало.

— Где ты его нашла? Хотя какое теперь это все...

— Он появился месяцев шесть или семь назад. Конец февраля — начало марта... Точно, начало марта. Мимозу только начали продавать. И снег везде, как пломбир тающий. Грязно-серый пломбир. Я вылезаю из машины перед офисом и ногой прямо в этот вонючий, талый сугроб. Чуть ли не по колено. И телефон туда же. Матерюсь страшно, а тут ты... То есть сначала огромная мохнатая ветка мимозы, а за ней — ты. А я стою враскоряку. Одной ногой в сугробе, другой — в машине. Лицо дурацкое-дурацкое. Секунду назад готова была убивать. Дворников, водителей снегоуборщиков, мэрию нашу чертову. А тут вдруг... счастье. — Она поднимает с пола пластиковую бутылочку, делает несколько глотков. — Потом мы пошли в кафе, ты мне рассказывал про грядущую презентацию новой книги, спрашивал, где ее лучше провести.

Потом ты пропадал... потом опять появлялся. Мы начали встречаться. Ничего особенного, обычное начало ухаживаний. Ты же знаешь, как это бывает.

А потом был Питер, четыре месяца назад, до гастролей, помнишь?

Я обхватываю руками голову, зажимаю уши, закрываю глаза. Я пытаюсь как-то уложить в голове весь услышанный бред, но мысли крутятся только вокруг Оксаны. Жанна продолжает говорить. Я не особенно хочу вслушиваться, но слова звучат гулко, как из пещеры.

— Я же думала, что мы наконец объяснимся. Я тогда, в гостинице, практически в любви тебе призналась. А ты... ты смотрел на меня как на встреченную на улице дворнягу... Хотя нет, дворняга эмоции вызывает, а ты смотрел на меня как на мебель. И фраза эта в конце, как водой в лицо: «Твоя избыточная энергетика меня пугает». Помнишь?

— Нет, — честно отвечаю я.

— Я потом рыдала как дура, до утра. Ты же не знаешь, как это, тебя никогда не отшвыривали, как тряпку, правда?

— Вы скоро? — Врач опять просовывает голову в салон. — Нам ехать пора!

— Скоро! Дверь закройте, пожалуйста! — металлическим голосом отвечает Жанна.

Врач испуганно закрывает дверь.

— А потом была Москва, — продолжает она. — Ты появился на третий день после нашего приезда. Приехал с цветами ко мне домой. Мы сидим на кухне, разговариваем, а у меня какое-то странное чувство. То ли я с ума схожу, то ли ты. Я ему пару вопросов про Питер, а он отвечает как-то невпопад, будто его там не было. Тут я его и вскрыла. Просто сказала: «Ты же не Богданов, правда?»

— Страшно было? — зачем-то интересуюсь я.

— Не-а. Ты меня той ночью так размазал, уничтожил, что у меня никаких эмоций не осталось.

— И что он тебе ответил?

— Он говорил, что ему ничего не нужно. Он просто хочет быть рядом. Увидел меня на твоих чтениях и влюбился. Стоял на коленях, просил прощения, умолял. А я слушала это до трех утра, потом выгнала его, конечно, а он, в дверях уже: «Прости за то, что воровал тебя у него». Выпила две бутылки вина. Не брало. Выкурила пачки... да кто ж их считал в ту ночь?

— А потом ты решила мне мстить, да? План вдвоем придумали, всех расставили на свои места. Все просчитали, твари!

— Вдвоем? Сначала думала, что вдвоем. А в конце, видишь, как оказалось... оказалось, что я не соавтор, а так... — Она машет рукой в сторону. — Просто часть плана.

— В начале нашего разговора я жалел, что он не успел убить тебя. А теперь искренне рад тому, что ты выжила. Честно.

— Почему?

— Так больней. — Я встаю с кушетки, берусь за ручку дверцы.

— Знаешь, — говорит она мне в спину, — те два месяца после Питера, пока все не закрутилось... Это было лучшее время. Он же... был... как ты... то есть... он был самым лучшим тобой. Тем, каким ты мог быть... каким ты должен был быть, если бы смог себе позволить... смог себя отпустить, выковырять из своего чертового панциря безразличия. Он ведь ничего особенного не делал. Просто был рядом...

— Просто был рядом... — Я открываю дверцу, ставлю ногу на асфальт.

— Вов, знаешь, что он сказал мне, после того как первый раз встретился с Оксаной? — кричит она мне в спину. — «Он никого не любит. Он никого никогда не любил. Это сложно сыграть нормальному человеку. Все остальное в нем просто».

— Зато вы, суки, всех любите. Как нормальные люди, — говорю я про себя, а вслух интересуюсь: — Скажи мне, почему он выбрал Камю?

— Камю? — недоуменно кривит она ту часть лица, которая не избита. — Какого Камю?

— Так, все, до свиданья, — берет меня под локоть доктор, отодвигает в сторону и запрыгивает в салон. Машина трогается и отъезжает.

Макс стоит, прислонившись спиной к своей машине. Под ногами гора окурков.

— Чего говорила?

— Много чего, — чувствую озноб, застегиваюсь под горло, — много чего, Макс. А я думаю, какого черта там с утра гримеры сидели!

— Какие гримеры? — кривится Макс.

— Там, в отеле. — Я достаю сигарету. — И еще одно. Представляешь, мы с Оксаной в последний вечер дико поругались. И она вспомнила фразу из «Прирожденных убийц», про змею. Помнишь? Ну, там где Микки и Мэлори, маньяки?

Он пожимает плечами.

— Кто бы знал, что она сама потом в этом фильме окажется.

— Я не особо понимаю, о чем ты. Садись в машину.. — Макс распахивает дверцу. — Нам ехать пора.

— Мимозы, — вспоминаю я вслух уже в салоне. — Жанна очень любит мимозы.

— Это очень своевременная и полезная информация, — усмехается Макс.

## ЛОЖНЫЙ ОБРАЗ

Третий час сижу в «комнате отдыха» в отделении. На часах половина четвертого утра. Пью не помню какую по счету чашку кофе. Разглядываю висящие на стенах грамоты, стоящие на шкафах кубки «за отличную стрельбу», «за турнир по футболу», папки какие-то.

— В общем, разговорили они его. — Макс вламывается в комнату, устало опускается на стул, делает глоток из моей чашки. — Психологи, медицина катастроф и другие серьезные люди. Говорят, он еще быстро оправился после такого стресса.

— Кто он? — В голове так мутно, что любая попытка оживить мыслительный процесс вызывает приступ тошноты.

— Психиатр. Зовут Александр Львович, фамилию не помню. Этот урод у него лечился. Пришел с рассказом о том, что у него было озарение и он понял, что на самом деле он не Игорь Малофеев, а Владимир Богданов, писатель и телеведущий. Вот здесь описание. — Макс кидает на стол передо мной прозрачный файл. — Это заключение текущего состояния. Истощение... психика... Потом посмотришь, я тебе сейчас вкратце расскажу.

— Расскажи.

— Короче говоря, месяца два он ходил, рассказывал врачу эти сказки. Потом расспросы странные начались про то, как можно идеально скопировать манеру поведения. Психотип другого человека. Как взаимодействовать с его кругом общения, и все такое. Львович этот, на свою беду, начал с ним работать, типа убеждать его в том, что на самом деле никакой он не Богданов.

— Мне это знакомо. Все психиатры так начинают?

— Кошмар в том, что Малофееву настолько понравилось «разваливать» с доктором «ложный образ» Богданова, что в один прекрасный день он заманил Львовича нашего к себе домой, под предлогом осмотреть мать, «слегка поехавшую головой после смерти отца». Дальше наш знакомый вживался в твой образ уже с ежедневными консультациями прикованного к батарее доктора.

— Как он его не убил-то?

— Думаю, это должно было вот-вот произойти. Последнее, что они изучали, это вхождение в твою семью, только тут у самого Львовича крыша стала нормально так ехать. Максимум пару недель Малофеев с ним бы помучился, а потом бы непременно завалил.

— Мы закончили. — В дверь просовывается голова того самого профессора, у которого Макс пытался меня «лечить». Профессор замечает меня. — О, приветствую вас! Как вы поживаете? Как самочувствие?

— Здравствуйте, доктор, — отпиваю кофе. — Спасибо, хорошо. Видите, как оно обернулось. А я после нашей с вами беседы почти поверил, что никакой я не Богданов. Вот до сих пор пытаюсь сообразить, кто я на самом деле. Может, водитель? Доктор, посмотрите на мои руки, я могу быть водителем?

— Косите, значит, — доктор укоризненно грозит мне пальцем. — Помните: кто хорошо косит, тот хорошо болеет!

— Разве я такое забуду? — развожу руками.

— Такое забудете, уверяю вас, — доктор надевает шляпу. — Максим Валерьевич, я откланиваюсь. Меня господа полицейские отпустили.

— Спасибо, Юрий Валентинович. — Макс встает, жмет доктору руку. — Спасибо огромное, вы нам дико помогли!

— Всего наилучшего, — касается он двумя пальцами края шляпы. — А вы, господин Богданов, днями зайдите ко мне. С паникой вашей поработаем.

— Непременно, — вздыхаю я.

Мы с Максом полулежим, развалившись в креслах, друг напротив друга.

— Говорят, Сталин спал каждый час по десять минут. — Макс прикрывает глаза. — И так успевал восстанавливаться.

— Его поэтому «эффективным менеджером» называют? — хмыкаю.

— Видимо.

— Макс, подъем! — гаркает зашедший в комнату майор. — Ну, ты нам подбросил делов!

— Что опять не так? — усмехается Макс. — Сам подбросил, сам разрулил.

— Да ты не представляешь, что сейчас начнется! — Майор берет мою чашку и опрокидывает ее в себя. Эту информацию сейчас же публичить надо! А ее уже без нас опубличили вчера. Выходит дело, взяли не того, то есть того, но за другое. Короче, — машет он рукой, садится на стол и закуривает, — я вызвал всех через час. Свое начальство, начальство телевизионное, издателей, адвоката. Пусть они на своем, так сказать, уровне решают, чё теперь делать с этим Богдановым. Правильно, Макс?

— Вот, кстати, и сам Богданов, Серег. Познакомься.

— А, здрасте! — Майор поворачивается в мою сторону. — Значит, из-за вас вся каша заварилась?

— Значит, из-за меня, — зеваю.

— Да, реально, очень на него похож. Практически один в один, — закусывает майор губу.

— Это тот на него похож, а не этот на того, Серег, — поправляет его Макс.

— Ну я так и говорю. — Майор проворачивается задницей на столе. — Чё ты меня путаешь, в натуре?

— А где он? Посмотреть на него можно? — спрашиваю.

— Посмотреть? А чего нет-то? Он в КПЗ сидит, один. Пришлось оттуда всех бомжей и проституток выпустить. Сейчас сержанта позову, он тебя до камеры проводит.

— Ты уверен, что хочешь с ним говорить? — осторожно интересуется Макс.

— А ради чего тогда все это было?

## КАМЕРА

Все выглядит довольно кинематографично. Камера шесть на шесть, неровный квадрат падающего из зарешеченного окна света. Спиной ко мне стоит человек. Я смотрю на него, чуть высунувшись из-за угла. Он не двигается и, кажется, чем-то невероятно увлечен. Например, корявыми, видимо, сделанными ключом надписями на стенах.

— Это ты? — интересуется он будничным тоном, будто я вышел из этой комнаты несколько минут назад и вот-вот должен был вернуться.

— Я, — делаю шаг из-за угла.

Он резко разворачивается на каблуках, за пару широких шагов достигает дверной решетки и хватается руками за прутья, так что я невольно делаю шаг назад. Будто бы сейчас выпрыгнет, просочится между прутьями и сожрет меня. Но вместо этого он всего лишь втягивает ноздрями мой запах.

— Все просчитал, да? Все верно спланировал. Менты купленные, два часа до эфира. Потом меня по левым документам упаковывают, и ты чемпион, да? Хоть чему-то я тебя научил, Вовка, — шепчет он, периодически облизывая обветренные губы, и теперь все выглядит еще более невероятным, чем во время видеоконференции в скайпе. Глядя на него «живьем», понимаешь: он в самом деле точная копия.

— И только один маленький нюанс, одна ма-а-а-аленькая деталь, — он показывает двумя пальцами размер детали, запрокидывает голову назад и заливается тонким смехом, — один телефонный звонок журналисту, и все. И нет у Вовки никакого эфира. Сидит настоящий Вовка теперь в тюрьме, по сфабрикованному обвинению в торговле наркотой. — Он вплотную прислоняется к прутьям так, что его лицо кажется разделенным на квадраты. — Я всегда буду на шаг впереди тебя, Вова. Всегда!

— Ты настоящий стратег, ничего не упускаешь из поля зрения, — хмыкаю, — ни одной детали.

— Не всегда. Я же хотел днями проверить машину. Догадывался, что у такого торчка, как ты, наверняка есть заначка в салоне. Забыл, представляешь? Вот чем оборачивается невнимательность к деталям. — Он делает картинно грустное лицо, поджимает губы. — Это я от тебя подцепил, Вовка. Как триппер. Издержки вхождения в образ, ничего не поделаешь.

— Как ты успел подтянуть прессу? Охранник позвонил?

— Какая теперь разница? — кривится он.

— Никакой. Курить будешь? — Достаю пачку, выуживаю оттуда три сигареты, пачку кидаю в камеру.

— Спасибо! — Он берет сигарету. — Как тебе моя книга? — Он прикуривает.

— Что за странный вопрос? — Затягиваюсь. — Тебя сейчас действительно *именно это интересует*?

— Что ты на самом деле думаешь? Только честно.

— Полное говно, — говорю, — это невозможно читать.

— Врешь. Это в тебе писательская зависть говорит. — Он хлопает себя руками по ляжкам и принимается нарезать круги по камере, приговаривая: — Ты завистлив, Вова. Ты не потерпишь никого рядом. У тебя жуткая гордыня.

— Скорее всего, — брякаю, а сам пожираю его глазами и думаю: «Как же можно быть настолько похожим?!» Но что-то все же мешает воспринять его целиком. Походка? Поворот головы?

— Слушай, — останавливается он, — а если бы я, после того как ты вернул мне книгу, остался в твоей семье? Что бы ты сделал? Ты правда смог бы убить меня?

— Скорее всего, — пожимаю плечами, — скорее всего да.

— Ты сильно изменился, Вова. — Он подходит к решетке. — Дай мне свою руку.

— Ты гомик, что ли? — Делаю еще шаг назад.

— Нет, просто хочу понять, какой у тебя сейчас пульс. Подскочил? Волнуешься? Ты же в тот день, когда все началось, «скорую» вызывал. Сердце?

— Нет, обычная паническая атака.

— Вот оно что! — Он хищно улыбается. — Кстати, как думаешь, меня скоро выпустят? Канал и адвокаты договорятся с ментами?

— Время покажет, — говорю.

— Время, — смеется он, — у тебя его слишком мало. Ну даже если посадят меня твои менты, что дальше? Надолго? Максимум года на два.

— Не знаю, я не прокурор.

— Ты представляешь, как ты проведешь эти два года? Как ты будешь следить за моей жизнью на зоне? С лагерным начальством, наверное, познакомишься. Потом попробуешь меня «заказать». Кстати, хватит у тебя яиц на это, а, Вовка? Вижу, что пока не хватит. Но ты же научишься, верно? А прикинь, что меня не убьют, а просто покалечат! — Он кидается на решетку, переходит на крик. — А если я по УДО успею выползти? Ты представляешь, какими они будут, два месяца до моего выхода? До моего выхода на сцену, я бы сказал. Ах-х-ха-а-а! — Он закатывается в истеричном хохоте. — Два месяца! Такой жизни врагу не пожелаешь. А ты ведь мне не враг, Вовка. Помнишь, «ближе меня у тебя никого нет»? Ты смотри, не сторчись за это время. Следи за здоровьем, откажись от вредных привычек. Ты же теперь за нас двоих живешь! Береги себя, Вова! Чтобы мне было в кого вернуться!

— Ты с рожденья так выглядел или пластику делал? — Я прерываю этот ненормальный поток сознания.

— Так, подправил кое-что, по мелочи. — Он глубоко затягивается, выпускает дым. — Самую малость.

— Скажи все-таки, почему я? Почему ты меня выбрал?

— Это долгая история. — Он отходит в глубину камеры, прислоняется спиной к стене, потом сползает по ней, так что лицо остается в тени.

— У нас много времени. Все-таки, почему ты выбрал именно меня?

— Это не я выбрал. Мы вообще ничего не выбираем. Есть люди, занимающие чужие места. Кармические двойники. Иногда космос указывает человеку, что кто-то другой занимает его настоящее место. Главное — не пропустить этот момент! В моей книге все это есть, неужели ты до сих пор не понял? Честно говоря, я думал, ты несколько умнее. Помнишь нашу переписку?

— Нет, — честно отвечаю я. — А мы переписывались?

— Еще бы тебе помнить! Тебе же многие писали, правда?

— Да, я получал довольно много писем.

— Кто же их считает, письма толпы? Мусор, застрявший в электронных проводах. Обезличенное обожание, которое никто никогда не оценит. — Последнее предложение он говорит свистящим шепотом, прислонившись к решетке лицом. — Главное — вовремя понять, кто ты на самом деле.

— Так это были твои письма мне? «Цель и миссия», «молчание это страх»?

— Ты был в квартире?

— Был. Нашел на столе. Как это можно было запомнить? Знаешь, сколько мне психов пишут? Иные похлеще, чем ты.

— Похлеще меня нет, — оскаливается он, — я тебя уверяю.

Я молча пожимаю плечами.

— А что ты такой спокойный, Вовка? Опять что-то замыслил? Новый коварный план? — Его подбородок нервно подрагивает. — Ну поделись, поделись скорее!

— Скажи мне, я же связку про Камю правильно понял? «Посторонний», Мерсо в «скайпе». Почему Камю? Какой в этом смысл?

— Неужели тебе нужно объяснять простые вещи?

— Только их мне и нужно объяснять. Сложные я без тебя понимаю.

— Мерсо — это тот, кто не врет и не лицемерит. Тот, кто умер за правду, Вова. За «единственного Христа, которого мы заслуживаем». — Говоря это, он слегка раскачивается.

— Так почему же ты еще жив?

— Потому что теперь посторонний здесь ты, Вова.

— И теперь «за много лет у меня возникло желание заплакать: я почувствовал, как меня ненавидят все эти люди...» — цитирую я по памяти «Постороннего».

— «Нелепое желание заплакать», — поправляет он. — Скажи, а куда ты побежал после того как увидел Жанну в номере?

— Собирался с Оксаной свалить в Волоколамск.

— На поезде или на машине? — В его глазах появляется лихорадочный блеск.

— На электричке.

— Что, и билет купил?

— Не успел.

— Не успел. Не купил. — Он словно впадает в ступор. — Конечно же не купил! Ясно, что не купил. В билете-то и проблема. — Он вдруг начинает подхихикивать. — Билет...

— Билет? И... что?

— И ничего! — Он вздыхает. — Ты удивительно тупой. Сплошное разочарование. Иди домой, Вова. Наш диалог меня утомил.

— Ты зато слишком умный, — я закашливаюсь, — Игорек...

— Что?! Что ты сказал?! — Его пальцы впиваются в решетку. — Откуда ты узнал? — Он отстраняется от решетки, мечется из угла в угол. — Конечно! Ты же был в своей квартире! Нашел мои права! Ну конечно. Это ничего не изменит, слышишь? Ты ничего никому не докажешь!

— Дело не в квартире. — Чертова зевота начинает раздражать. — Общий знакомый рассказал. Ближе которого у тебя на самом деле никого нет.

— Что ты мелешь, тварь?! — шипит он. — Какой еще знакомый?!

— Александр Львович, — тихо говорю я. — Думаю, что убийство Оксаны тоже докажут. Жанна даст показания. «Двушечка», говоришь?

Его лицо искажает гримаса ярости. Он бросается на решетку, просовывает руку между прутьев, сдирая кожу на запястье. Стремится схватить меня за горло, но не достает.

— Это не конец, — шипит он. — Это ничего не изменит. Я вернусь! Я достану тебя! Я тебя уничтожу!

— Время покажет, — качаю головой, — время покажет.

Я разворачиваюсь и иду к двери, которой заканчивается коридор. Он колотит руками о решетку и что-то верещит мне в спину. Когда я закрываю за собой дверь, слышится вой. Протяжный звериный вой на одной ноте.

В залитой ярким утренним светом комнате, за круглым столом пять человек. Мой издатель Дима, замглавы канала Никитин с адвокатом и двое силовиков-затейников в больших чинах. У всех красные глаза, как после ночного рейса Париж — Москва, чашка кофе в руке. Никитин и один из силовиков, видимо старший, курят.

— Коллеги, — Никитин обводит собравшихся мутным глазом, — вы хотите сказать, что эта история в таком виде попадет в информационное поле?

— А в каком еще виде она может попасть? — хмыкает старший силовик.

— Вы понимаете, какой общественный резонанс это вызовет? — Никитин сдержанно кашляет в кулак.

— Понимаем, — кивает младший силовик, — поэтому мы вас и пригласили. Давайте вместе подумаем, как с этим работать.

— С этим работать невозможно! — Адвокат поправляет галстук. — В существующей интерпретации. Необходимо срочно ее изменить.

— Это как же? — ехидно ухмыляется старший.

— А почему? — просыпается Дима. — Представляете, какой интерес будет к Богданову весь год! Да какой там год, больше! Писатель, может, ты эту историю опишешь быстро?

— Вряд ли. — Кажется, теперь я уже сплю, и это мне снится.

— А у вашей программы какой рейтинг будет? — не унимается Дима. — Все ведь будут сравнивать эфиры Богданова и двойника! Это же главная тема будет везде. В интернете, в прессе...

— Сравнивать?! Думайте, что говорите! — кривится Никитин. — Это что же получается, канал должен признать, что программу Богданова целый месяц вел неизвестно кто, а мы и не заметили? Вы представляете, какой будет удар по нашей профессиональной репутации?

— Ну вы же в самом деле не заметили, — разводит руками старший, — чего тут такого? Он же действительно одно лицо с Богдановым.

— Я надеюсь, наш разговор останется в рамках этой комнаты. — Никитин встает, и принимается ходить вокруг стола. — Вы ведь понимаете всю степень ответственности? Представьте себе реакцию, а? — Он поднимает палец вверх. — В том числе и на самом верху. Это что же получается: завтра у нас двойник, например, Аллы Борисовны появится, послезавтра двойник министра, а потом двойник, простите, кого? Понимаете, что я имею в виду? Мы и его, как вы выразились, «не заметим»? Вы думайте, что говорите!

— Вообще-то это вы сказали, — осторожно замечает младший силовик.

— Я?! — Никитин переходит на крик. — Вы тут на пару меня разводить, что ли, пытаетесь? Думаете, у меня телефонов ваших старших товарищей нет? Вы ментов своих разводите, а меня не надо! Я занимаюсь государственной информационной безопасностью, между прочим!

— Хорош орать-то, — спокойно замечает старший силовик. — Если б мы тебя, как ты говоришь, разводить пытались, то уже бы развели. Мы, можно сказать, навстречу вам идем, а вы даже предложить ничего не можете.

— Давайте эту до крайней степени непродуктивную полемику прекратим, — вступает адвокат. — Наше предложение: вы берете этого урода-двойника с его настоящими документами и закрываете лет на десять. За наркотики и похищение психиатра. В этом случае единственное, что мы не сможем исправить, — это задержание якобы Богданова с якобы наркотиками. Но тут, полагаю, проблем не будет.

— Это точно, — хмыкаю я.

— Выпустим пресс-релиз о том, что Богданов по рассеянности надел чужой пиджак, ну, что-то в этом роде. Доза была маленькая, отделался административным взысканием. Скандала, конечно, не избежать, но, — он понижает голос, — этот скандал как раз будет способствовать и рейтингу и тиражам. Как вы считаете?

— Нам-то что! С нашей стороны проблем нет, мы ж от его имени чужие книги целый месяц не издавали, — смеется Дима.

— Шуточки у вас, — неодобрительно цокает Никитин. — В общем и целом решение хорошее, правильно, коллеги?

— А кто нам такое решение санкционирует? — Младший силовик смотрит на своего начальника.

— Послушайте, — морщится Никитин, — что вы, в самом деле, как маленький? Думаю, мы с вашим начальством...

На этой фразе я встаю и выхожу из переговорной. Меня никто не окликает, все настолько увлечены беседой, что на мое отсутствие кажется, никто особого внимания не обратит. Как до того не обращали внимания на мое присутствие. Не спрашивали моего мнения и даже не пытались узнать, как я чувствую себя после этой истории.

Из главного действующего лица я быстренько превратился в обездушенный предмет, который, с одной стороны, грозит оставить пятно на репутации, с другой — может кратковременно нехило поднять рейтинги и тиражи.

Я был уверен, что эти милые люди еще через час такой увлекательной торговли подумают: не оставить ли все как есть? Давайте сюда этого вашего Малофеева, не так уж он и плох, в самом деле.

Возможно, кто-то робко и поинтересуется, что в таком случае делать со мной. И руководство канала предложит быстренько сбагрить меня в тюрьму. С наркотой в кармане и несчастным психиатром Львовичем в качестве сообщника — чтобы избежать «удара по репутации». Но в любом случае все это будет уже без меня. Для меня эта история закончилась.

## ОСЕНЬ

«...принимая во внимание случившееся и реакцию наших телезрителей, руководство канала считает невозможным дальнейшее сотрудничество с Владимиром Богдановым в качестве ведущего социально-политических программ...»

— В общем, позор пьянице и дебоширу! — Макс откладывает газету на край стола, надевает темные очки и подставляет лицо последним солнечным лучам этой осени.

— А чего ты ждал? Признаний канала, что у них целый месяц эфир вел непонятно кто, а потом угодил в ментовку с наркотиками, и контракт с ним пришлось расторгнуть? Тогда выходит, что наркоман — не этот «непонятно кто», а глава канала. Или руководитель программы, или они оба.

— А что значит эта лицемерная концовка «в качестве ведущего социально-политических программ»? То есть вести другие программы они тебе могут доверить?

— Не знаю, про собачек, наверное, можно будет, или про ремонт в квартире.

— Выходит, они себе оставляют «щель в двери», чтобы, допустим, через год сделать тебе предложение вернуться?

— Не смогу, — улыбаюсь через силу. — Я больше никогда не смогу встать на этой площадке перед камерой.

— Почему? Что еще за игривая театральность у нас появилась?

— Хотя бы потому, что точно буду знать: один из тех, кто смотрит эфир, самый внимательный зритель — *он*.

— Напишешь об этом? — Он делает маленький глоток кофе. — Знаешь, говорят, плохой сон нужно кому-то рассказать, чтобы не сбылся. Расскажи его своим читателям.

— То есть делиться этим с психиатром — слишком интимно, а рассказать сотне тысяч читателей в самый раз? — Я через силу улыбаюсь.

Он пожимает плечами:

— Может быть, легче сделать вид, что все это было литературным вымыслом?

— Не знаю, — говорю, — сейчас... сейчас как-то трудно об этом думать. — Я подзываю рукой официанта. — Счет, пожалуйста.

— Я закрою, — останавливает меня Макс. — Чуть не забыл: знаешь, почему он тебе в камере про билет долдонил? Камю погиб в автокатастрофе, возвращаясь в Париж. После смерти среди его вещей был найден неиспользованный железнодорожный билет до Парижа. Твой псих стремился следовать ритуалу.

— Во всем этом чувствуется какая-то недосказанность, — хмыкаю в ответ, беру пальто и встаю из-за стола. — Увидимся!

— Не пропадай. — Макс машет в воздухе телефоном. — Если что, пароль все тот же: Марика.

Долго бесцельно брожу арбатскими переулками. Мысли в голове мечутся от Оксаны к двойнику и обратно. На Старом Арбате всюду пахнет едой. Вспоминаю, что практически ничего не ел за прошедшие двое суток. Через окна кафе видна витрина, в которой лежат груды произведений фастфуда. Захожу.

Официантка некоторое время пристально смотрит на меня, потом изрекает:

— У нас бизнес-ланч час назад закончился.

— Я похож на человека, который ходит на бизнес-ланч?

— Вообще-то нет, — с опаской отвечает она и отступает в угол, где стоит мужчина в костюме, видимо, менеджер заведения.

Некоторое время я смотрю на горки сандвичей с заветренной ветчиной, на буррито и блины с начинкой, выглядящие так, будто оболочка сделана из клеенки, а не из теста.

Краем глаза вижу, как официантка с менеджером с напряженными лицами шепчутся, поглядывая на меня. Пытаюсь понять, в чем, собственно, дело, что со мной не так.

На разделочных столах стоят микроволновые печки и кофейный аппарат, над ними висит постер «Кока-Колы» в стиле 1950-х годов, а чуть левее от него — металлизированный плакат с полустертой рекламой пива. В его зеркальной поверхности отражается сильно небритое изможденное лицо, половину которого занимают краснющие, обведенные чернильными кругами глаза наркомана. «Малофеев выглядел сильно лучше, — думаю я, — гораздо лучше, чем я в хорошие времена». В раздумье запускаю руки в карманы пальто, нащупываю единственную банкноту, которая по извлечении оказывается видавшей виды пятидолларовой купюрой. Рассеянно таращусь на нее.

— Вы доллары принимаете? — спрашиваю, не особенно рассчитывая на положительный ответ.

— Не принимаем, — говорит менеджер.

— Жаль, — искренне говорю я. — В самом деле, есть хочется очень сильно... Может, сделаете исключение?

— Не сделаем, — грозно насупившись, отвечает он, залипает глазами на моей купюре — и после паузы, словно соблюдая одному ему ведомый ритуал, спрашивает: — Вы заказывать будете?

Я отрицательно мотаю головой.

— Тогда, может, вам лучше на улицу выйти? — предлагает он.

— Вы считаете? — скорее утвердительно замечаю я, разворачиваюсь и выдавливаю плечом стеклянную дверь.

В переходе под Новым Арбатом молодые люди с помятыми лицами поют под гитару Летова, а победивший «пластмассовый мир» проносится над их головами, бухая колесами джипов и улюлюкая сиренами лимузинов. Впрочем, не весь. Та его часть, которой пока не досталось мест в представительских авто, семенит по трубе перехода, цокая каблуками тысячедолларовых туфель, и смущенно отводит глаза от музыкантов.

Девушка со шляпой в руке пристает к прохожим с просьбами помочь материально. Когда я шагаю мимо, она замолкает.

Труба выплевывает меня к американскому посольству, и какое-то время я двигаюсь бесцельно вперед, потом направо, потом вниз, пока наконец не оказываюсь у моста. Вода в реке застывшая, обездвиженная, обдающая холодом даже на расстоянии. И никакого желания остановиться, закурить и долго смотреть на реку.

На набережной нескончаемый поток машин в обе стороны и ни одного человека на тротуарах. Даже привычных рыбаков, выуживающих из воды радиоактивных чудовищ, и тех нет.

С другой стороны, что может делать нормальный человек на набережной в пятницу, в конце рабочего дня? В это время все сидят в ресторанах, или возвращаются домой, или делают покупки в магазине, сверяясь по телефону с женой.

Да и я не особенно похож на человека, который станет разгуливать в подобном месте. Во всяком случае, раньше этого за мной не водилось.

Мы с Оксаной любили этот район Москвы. Сидели на шестидесятом этаже, в ресторане с панорамным видом, лениво потягивая белое вино, и нехотя разговаривали, рассматривая укутанный зыбким маревом город. Однажды мы справляли ее день рождения, и всем тогда было безумно весело то ли от вина, то ли от хорошей компании. Я пытаюсь вспомнить детали того вечера, но у меня не получается. Видимо, человеку не свойственно запоминать моменты, в которые он был счастлив.

Вместо этого вспоминается холодный балкон моей квартиры, на подоконнике которого пепельница, а в ней окурки со следами ее помады, хинкали, которыми я кормил ее с похмелья в Питере, огромная прореха на простыне в бельгийской гостинице. Какие-то незначительные вещи, ни о чем не говорящие детали, которые, видимо, и определяли нас.

Еще вспоминается другая осень, в которой мы идем по набережной, но от реки не веет холодом. Напротив, на улице слишком тепло для этого времени года. Воздух был пропитан солнцем, а весь город гулял в парках или катался на речных трамваях и, кажется, даже листья в тот год не хотели желтеть.

Остановившись у моста, мы долго смотрели на воду, и Оксана сказала что-то вроде «хочется, чтобы это продолжалось вечно». А я тогда ответил: вряд ли мы это заслужили.

Она засмеялась и продолжила свой лирический пассаж, но что конкретно говорила, я не помню. Скорее всего я был занят своими мыслями, или вставил в уши пуговицы наушников, или просто отвернулся. Я всегда был занят чем-то своим.

Мы слишком мало разговаривали. Даже в последний раз, когда у нас случились эти разборки, я в основном отмалчивался. Хотя наутро мне казалось, что мы сказали друг другу все и даже больше, сегодня я уверен в том, что мы не договорили.

Будь она жива, мы бы нашли объяснение тому, почему эта история произошла именно со мной. У нее всегда все было по полочкам. Одно логично цеплялось за другое, предопределяло третье и выливалось в четвертое. Как-то, обсуждая одно интеллектуальное кино, Оксана вскользь заметила: «Это история о том, как определенные обстоятельства предлагают человеку возможность измениться». Вероятно, что-то такое она бы сказала и на этот раз.

Но обстоятельства, душа моя, не сотрудники банка или страховой компании. Они ничего не предлагают человеку. Они лишь пробуют на прочность, потоком надвигаясь на тебя. Обтекают, если не находят пазух слабости. А найдя, забиваются в них и разрывают твою сущность на мелкие кусочки.

И вот я валяюсь здесь, на набережной, разбитый вдребезги, и тот кусок, в котором осталось больше цинизма, говорит, что мне не хватает тебя. А другой, в котором, кроме цинизма, ничего и не осталось, стонет, что на самом деле мне не хватает тех дней, когда ничего не произошло, когда мы что-то еще могли изменить.

Но никаких нас больше нет. Ты не знаешь, какой теперь день и чем все закончилось, а я не знаю, на каком кладбище тебя похоронили.

Мы очень любили этот район. Теперь придется научиться полюбить другие места и другие виды из окна. Теперь многому придется учиться заново.

Москва-Сити — маленькая площадка, со всех сторон сдавленная небоскребами, в полированных боках которых отражается багровое солнце. Солнца так много, что кажется, будто оно только взошло. Я задираю голову вверх, но там лишь сходящиеся как кроны деревьев башни, и между ними никакого солнца нет. Его последние лучи падают из-за крыш, преломляются в огромных стеклянных поверхностях и создают этот оптический обман. Меня эта иллюзия настолько удивляет, что я смотрю по сторонам в поисках таких же, как я, городских сумасшедших, приходящих сюда вечерами, чтобы понаблюдать это явление. Такая смешная городская традиция, вроде наблюдения садящихся в Шереметьеве самолетов.

Но, похоже, солнце здесь никого не волнует. Люди перебегают из офиса в офис, застревают в огромных вращающихся дверях торгового центра или стоят группами по трое и молча курят, глядя перед собой.

Встав так, чтобы башни с отражающимся солнцем занимали весь задний фон, я вытягиваю вперед руку с телефоном и щелкаю себя пару раз. Выбрав наиболее удачный кадр (стоит ли говорить, что все селфи более-менее одинаковы и среди них нет удачных или неудачных), я собрался было залить фотографию в инстаграм, но тут заметил в собственной ленте фотографию из его квартиры. То самое селфи с друзьями. Издевательская фотография, последний ехидный привет. Кроме нее, еще несколько свежих селфи, выложенных двойником. Он на фоне телекамер, он, стоящий на балконе моей квартиры, он, сидящий за рулем моего авто, и все в таком духе. Я за два года выложил сюда меньше своих фотографий, чем он за месяц. Видимо, приучал к себе аудиторию.

Аудитория ставила «лайки» в таком же количестве, что и к моим настоящим фотографиям. Справедливости ради стоит сказать, что так же произошло и в жизни — никто особенно не заморачивался некоторыми несоответствиями между нами. Ни один из наших (теперь уже общих) знакомых не сказал себе: кажется, что-то идет не так. Подведи я сейчас всех, кого так или иначе коснулась наша история, к тем фотографиям в его квартире, максимум, что они бы сказали, глядя на изображение двойника: это просто два одинаковых селфи. Трудно сказать, какое более удачное.

Видимо, он что-то такое понимал на уровне животных инстинктов.

Отправной точкой этой истории был я. Слишком уставший, слишком пресыщенный, слишком опустошенный. Слишком зацикленный на самом себе. Считающий всех остальных декорацией.

Все, что он сделал, — поговорил с людьми, смотревшими на меня в тот момент, когда я в очередной раз фотографировался на их фоне. Узнал, кем они меня видят. Кем бы они хотели меня видеть в идеальном мире.

Он стал моим более удачным селфи. Моим отражением в зеркале, пойманным в объектив.

Следующие пятнадцать минут я трачу на то, чтобы удалить все его фотографии из своего аккаунта. Тру с таким остервенением, будто они не в сети, а прямо в моем телефоне. В запале, кажется, стираю пару своих. Впрочем, теперь это особого значения не имеет.

Темнеет. На улице становится холодно. Стекла небоскребов наполняются всполохами неона и автомобильных фар. Я поднимаю воротник пальто, достаю сигареты. Ветер несколько раз гасит огонь зажигалки. С пятой попытки мне наконец удается прикурить.

С больших ступеней, ведущих к реке, открывается потрясающая панорама ночного города. С левой стороны «книжка» мэрии, напротив гостиница «Украина», между ними бегущий Кутузовский проспект. Подсветка выхватывает кусок травы у подножья рекламного щита. Трава удивительно свежего зеленого цвета, какой бывает только весной. А на ней красная опавшая листва и какой-то странным образом не увядший полевой цветок, и все это выглядит излишне живописно. Как на постановочной фотографии.

«Теперь важно не то, кем ты был, а то, кем ты стал», — гласит надпись на рекламном щите.

Хотя я-то знаю, что по-настоящему важна теперь только эта осень. И эта листва. И то, что где-то там, за звездой, венчающей гостиничный шпиль, скоро начнется новый день.

Я иду вперед. Я стараюсь не захватывать боковым зрением витрин. Не то чтобы мне не нравилось собственное отражение. Скорее я избегаю встречаться с ним глазами.

# СОДЕРЖАНИЕ

| | |
|---|---:|
| «КОСТИ» | 7 |
| ТАКСИ-БЛЮЗ | 28 |
| ВДВОЕМ | 39 |
| ЛЕРА | 56 |
| МАКС | 71 |
| ОКСАНА | 80 |
| «ОСТАНКИНО» | 95 |
| ИЗДАТЕЛИ | 101 |
| ДЕНЬ РОЖДЕНИЯ | 112 |
| ПИДЖАК | 134 |
| УТРО | 150 |
| ЗВОНОК | 160 |
| БОЛЬНИЦА | 171 |
| КАФКА МЕНЕДЖМЕНТ | 180 |
| ЧТЕНИЯ | 191 |
| ОТЕЛЬ | 214 |
| НЕ Я | 229 |
| НОВОСТИ | 239 |
| БЕГ | 244 |
| ДОЧЬ | 252 |
| ПОЧТИ ПО ФРЕЙДУ | 256 |
| НОЧЬ | 265 |
| ДВЕ НЕДЕЛИ СПУСТЯ | 274 |

| | |
|---|---|
| КОПИЯ | 281 |
| НИЧЕГО | 289 |
| БЭРЭТЧИТ | 300 |
| КАТЯ | 307 |
| КНИГА | 314 |
| ВЕТЕР УСИЛИВАЕТСЯ | 329 |
| СИГАРЕТЫ | 338 |
| ОТРАЖЕНИЕ | 353 |
| САМЫЙ ДЛИННЫЙ ДЕНЬ | 361 |
| ДОМА | 367 |
| СЕЛФИ | 372 |
| ЛОЖНЫЙ ОБРАЗ | 386 |
| КАМЕРА | 391 |
| ОСЕНЬ | 403 |

Литературно-художественное издание

**Минаев Сергей Сергеевич**

**ДУХLESS 21 ВЕКА. СЕЛФИ**

Роман

Редакционно-издательская группа «Жанры»

Зав. группой *М. Сергеева*
Руководитель направления *Л. Захарова*
Редактор *О. Ярикова*
Выпускающий редактор *М. Герцева*
Технический редактор *О. Серкина*
Компьютерная верстка *Е. Илюшиной*
Корректор *О. Супрун*

ООО «Издательство АСТ»
129085, г. Москва, Звездный бульвар, д. 21, строение 3, комната 5
Наш электронный адрес: **www.ast.ru**
E-mail: **astpub@aha.ru**

«Баспа Аста» деген ООО
129085, г. Мәскеу, жұлдыздың гүлзар, д. 21, 3 құрылым, 5 бөлме
Біздің электрондық мекенжайымыз: www.ast.ru
E-mail: astpub@aha.ru

Қазақстан Республикасында дистрибьютор
және өнім бойынша арыз-талаптарды қабылдаушының
өкілі «РДЦ-Алматы» ЖШС, Алматы қ., Домбровский көш., 3«а», литер Б, офис 1.
Тел.: 8(727) 2 51 59 89,90,91,92
Факс: 8 (727) 251 58 12, вн. 107; E-mail: RDC-Almaty@eksmo.kz
Өнімнің жарамдылық мерзімі шектелмеген.

Өндірген мемлекет: Ресей
Сертификация қарастырылмаған

Подписано в печать 24.12.2014. Формат 84x108 $^1/_{32}$.
Печать офсетная. Усл. печ. л. 20,16.
Тираж 40 000 экз. Заказ 13
Отпечатано с готовых файлов заказчика
в ОАО «Первая Образцовая типография»,
филиал «УЛЬЯНОВСКИЙ ДОМ ПЕЧАТИ»
432980, г. Ульяновск, ул. Гончарова, 14

ISBN 978-5-17-082216-4